Le cadeau d'une pédiatre

*

Un mariage à Sunday Creek

KATE HARDY

Le cadeau d'une pédiatre

Traduction française de
NOÉMIE SAINT-GAL

BLANCHE

HARLEQUIN

Collection : Blanche

Ce roman a déjà été publié en 2021

Titre original :
MISTLETOE PROPOSAL ON THE CHILDREN'S WARD

HARPERCOLLINS FRANCE
83-85, boulevard Vincent-Auriol, 75646 PARIS CEDEX 13
Service Clients — https://www.harlequin.fr/contenu/contactez-nous
ISBN 978-2-2805-2279-3 — ISSN 0223-5056

Édité par HarperCollins France.
Composition et mise en pages Nord Compo.
Imprimé en septembre 2025 par ScandBook UAB en Lituanie
en utilisant 100% d'électricité renouvelable.
Dépôt légal : octobre 2025.

FSC www.fsc.org MIXTE Papier | Pour une gestion forestière responsable FSC® C021394

Pour limiter l'empreinte environnementale de ses livres, HarperCollins France s'engage à n'utiliser que du papier fabriqué à partir de bois provenant de forêts gérées durablement et de manière responsable.

1

— Dites-moi, comment s'organise Noël, cette année ? demanda Robert Jones.

Anna sourit au chef du service de pédiatrie.

— Très bien, merci. La mise en place de l'échange de cadeaux est presque terminée, le dîner de réveillon a été commandé, et la plupart des inscrits m'ont donné le montant de leur participation et leur choix de menu. Tout ce qui me manque, c'est quelqu'un pour jouer le Père Noël.

Son sourire s'élargit.

— Étant donné que celui qui endosse ce rôle d'habitude nous pose un horrible lapin ! ajouta-t-elle.

Robert leva les mains en riant.

— Anna, vous savez pourquoi c'est impossible, cette année, il faudrait que je revienne de New York. Et ce serait risquer ma vie, le jour de mes noces d'argent !

— Même pour le service ? Même pour moi ? rétorqua-t-elle, taquine.

— Même pour le service, et même pour vous. Mais je suis sûr que vous me trouverez un remplaçant. On peut toujours compter sur vous ! D'ailleurs, j'ai une faveur à vous demander. Jamie Thurston... Vous savez, le nouvel orthopédiste qui remplace Nalini pendant le premier trimestre de son congé maternité ? Il arrive aujourd'hui.

— Vous voulez que je lui fasse visiter le service et que je l'aide à s'installer ?

— Ça ne vous dérange pas ?

— Bien sûr que non.

Anna lui sourit à nouveau.

— Je suis affectée à l'HDJ, ce matin. Je laisserai un message à l'accueil pour lui donner rendez-vous à 13 heures, nous déjeunerons ensemble.

— Merveilleux, fit Robert en lui tapotant l'épaule. Merci pour tout, Anna.

— Je vous en prie.

Anna passa le message à Lacey, qui s'occupait de l'accueil, avant de se diriger vers le service d'hôpital de jour.

Sa troisième patiente de la journée, un bébé de quatre mois, avait été admise sur la recommandation d'une infirmière de secteur, qui avait effectué une visite au domicile de l'enfant. Cette dernière soupçonnait la présence d'une DDH, une dysplasie développementale de la hanche. Une lecture rapide des notes confirma qu'il s'agissait d'un cas à haut risque : Poppy Byford était un premier bébé, né à trente-six semaines par le siège. Alors Anna était presque certaine que le diagnostic de l'infirmière était le bon.

— Bonjour, madame Byford. Entrez donc, nous allons examiner Poppy. Bonjour, ma petite chérie !

Le bébé gloussa et agita les mains.

— Elle est magnifique, dit Anna.

Elle ravala un petit pincement d'envie. Elle aimait être tante et travailler avec de jeunes patients. C'était suffisant. En vouloir plus, c'était inutile et trop en demander. Ainsi que le meilleur moyen de se retrouver avec le cœur brisé.

— Merci.

La mère de Poppy paraissait inquiète.

— Votre infirmière de secteur vous a envoyée à moi car d'après elle Poppy pourrait souffrir de ce qu'on appelle une dysplasie développementale de la hanche, ou DDH, expliqua Anna. En général, on la détecte au premier examen médical du nouveau-né. Je vois dans le carnet de santé de Poppy que le médecin a fait une radiographie à six semaines et que tout paraissait normal. Mais l'infirmière a eu des doutes et souhaite que je fasse une vérification.

— Qu'est-ce que ça veut dire, pour Poppy ? demanda Mme Byford. J'ai fait des recherches sur Internet, mais...

Elle grimaça.

— Quand on y cherche des problèmes médicaux, Internet est terrifiant, acquiesça Anna. Et mieux vaut éviter de s'y renseigner sur la grossesse, quand on attend son premier enfant : les accouchements difficiles sont bien moins courants que ceux qui se passent bien, pourtant les forums regorgent d'histoires épouvantables...

Anna caressa la tête de Poppy.

— Concernant votre fille, le souci pourrait disparaître au fur et à mesure que Poppy grandira. J'aimerais quand même l'examiner comme il faut, puis faire un scanner pour voir comment sa hanche se développe.

Devant l'air inquiet de la maman, elle sourit.

— Elle n'aura pas mal, c'est promis, en revanche elle pourrait ne pas apprécier qu'on la manipule et râler un peu.

— D'accord, dit Mme Byford.

— Quand vous changez sa couche, avez-vous remarqué que l'une de ses hanches ne s'ouvre pas autant que l'autre ?

La mère de Poppy fronça le nez.

— Pas vraiment. Je croyais que tout était normal... Je n'ai pas d'autre enfant.

— Alors vous n'avez pas de comparaison possible. Ce n'est pas grave, la rassura Anna en souriant. Pourriez-vous lui enlever son body, s'il vous plaît ?

Ceci fait, elle manipula la hanche de Poppy en babillant et en lui soufflant sur le ventre pour la faire rire.

— Alors, est-ce qu'elle a cette DDH ? demanda Mme Byford.

— J'ai senti un clac, alors je dirais que oui. Sa jambe droite est légèrement plus petite que la gauche. Concrètement, je pense que son fémur ne s'emboîte pas comme il le faudrait au niveau du cotyle. Nous allons faire un scanner, puis réfléchir à un traitement. Ce pourrait être tout simplement attendre et voir comment la situation évolue, ou lui mettre un harnais. Je pourrai me prononcer lorsque j'aurai les résultats du scanner. Là encore, l'examen n'est pas douloureux, ajouta-t-elle, rassurante.

Le scan révéla effectivement un problème à la hanche du bébé. Anna n'était pas certaine que le harnais suffirait. Peut-être la petite aurait-elle besoin d'être soignée par traction.

— Je vais en discuter avec l'un de mes collègues, dit-elle à Mme Byford. Il est spécialisé dans l'orthopédie des enfants et j'aimerais avoir son opinion. Je suis navrée, il faudra que vous attendiez encore un peu. Ne vous inquiétez pas, c'est un problème que nous pouvons régler.

À son grand soulagement, Anna trouva le nouvel orthopédiste dans l'un des bureaux.

— Docteur Thurston ? fit-elle en frappant à la porte ouverte. Je suis le Dr Anna Maskell. Ravie de vous rencontrer.

Il leva vers elle des yeux d'un bleu perçant. Anna sentit aussitôt son pouls s'accélérer.

— Enchanté, répondit-il avec un sourire qui augmenta son trouble. En quoi puis-je vous être utile ?

— Robert m'a chargée de vous faire visiter le service. Mais avant cela, j'aimerais avoir votre avis sur une patiente. C'est un bébé qui a une DDH. Un cas compliqué, alors je n'arrive pas à déterminer si elle a besoin d'être opérée. Cela vous dérangerait-il de lire son scanner et d'établir son protocole de soins avec moi ?

— Aucun problème. Je vous écoute.

Sa voix était grave et posée... sexy. Bon sang, que lui

arrivait-il ? Sa réaction devant cet homme était totalement inappropriée.

Déjà, ils étaient au travail. Ses patients passaient avant tout. Ensuite, étant donné que Jamie Thurston devait avoir au moins trente-cinq ans, il était certainement en couple. Et même si ce n'était pas le cas, Anna ne cherchait pas de relation. L'amour n'était plus sur sa liste. Elle avait mis deux ans à recoller les morceaux de son cœur, après que l'infidélité de Johnny avait détruit leur mariage. Elle n'avait pas l'intention de revivre ça.

Jamie referma la fenêtre ouverte à l'écran de son ordinateur et déplaça son siège pour permettre au Dr Maskell d'afficher le scanner. Tandis qu'elle prenait place à côté de lui, il l'observa du coin de l'œil.

Ainsi donc, voilà la jeune femme qui lui avait laissé ce gentil message de bienvenue, à l'accueil.

Les épaules larges, elle était plus grande que la moyenne. Elle avait attaché ses cheveux bruns et bouclés sur sa nuque, et ses yeux étaient du même vert que la mer en été. Elle tenait plus d'Artémis que d'une nymphe délicate – une pensée inopportune qui le prit de court. Un instant, il eut l'impression que sa langue était collée à son palais. Puis il se reprit.

— Poppy Byford a quatre mois, commença-t-elle d'un ton très professionnel. Elle montre tous les signes d'une DDH, alors que ses examens à la naissance et à six semaines étaient complètement normaux. L'infirmière de secteur nous l'a envoyée car l'une de ses hanches ne s'ouvrait pas correctement. J'ai bien senti un blocage lorsque je l'ai manipulée. Je ne pense pas qu'attendre soit la bonne solution, mais je ne saurais dire s'il vaut mieux qu'elle porte un harnais de Pavlik pendant quelques mois ou si un traitement par traction serait plus approprié. J'espère qu'on pourra éviter l'opération, toutefois j'aimerais l'opinion d'un orthopédiste. Comme je le disais, c'est un cas compliqué.

Jamie appréciait cette façon qu'elle avait de donner clairement les informations dont il avait besoin, et qu'elle ait réfléchi aux traitements possibles avant de le consulter.

— Je suis d'accord, ce n'est pas évident. Et elle a moins de six mois, il vaudrait mieux commencer par quelque chose de moins invasif qu'une opération. Essayons le harnais pendant trois mois, et nous ferons un scanner mensuel de sa hanche pour voir comment ça évolue.

— Parfait. Merci.

Elle lui sourit.

C'était étrange qu'un sourire le réchauffe ainsi de l'intérieur. En fait, il n'avait pas eu aussi chaud depuis le décès de Hestia, trois ans plus tôt.

Avant de comprendre ce qu'il faisait, il se surprit à regarder la main gauche d'Anna. Ridicule. L'absence d'alliance ne signifiait pas qu'elle était célibataire, de plus il ne cherchait pas de relation. Il refusait de revivre la perte d'un être cher, après laquelle il fallait reconstruire sa vie.

Le travail.

Seul le travail comptait. Point final.

— Voulez-vous que je parle à la mère de Poppy et que je mette en place le harnais ? demanda-t-il.

— Ça ne vous dérange pas ?

— Pas du tout. Je ne faisais que parcourir la liste des patients pour demain, ça peut attendre. J'arrive tout de suite.

À l'hôpital de jour, Anna le présenta rapidement à Poppy et sa mère.

— La bonne nouvelle, dit Jamie, c'est qu'une opération ne sera peut-être pas nécessaire. Nous pouvons installer ce qu'on appelle un harnais de Pavlik, cela maintiendra ses hanches dans une position qui leur permettra de se développer correctement.

— Est-ce que ce sera douloureux ? demanda Mme Byford.

— Non. Il est léger et tout en tissu, répondit Anna. Vous trouverez peut-être ça un peu perturbant à voir et Poppy risque de chouiner les premiers jours, toutefois cela ne lui fera aucun mal et elle s'y habituera vite.

— Il faudra qu'elle le porte tout le temps, ajouta Jamie. Ce sera plus facile pour vous si vous lui mettez des vêtements amples.

— Est-ce que je l'enlève pour le bain ?

— Non. Contentez-vous de lui laver le visage et le derrière. Nous la verrons toutes les semaines pour adapter le harnais au fur et à mesure qu'elle grandira. Elle pourra alors prendre un vrai bain le temps qu'on le réajuste.

— Combien de temps devra-t-elle le porter ?

— Peut-être deux ou trois mois. Nous lui ferons un scanner mensuel pour surveiller l'évolution et vous verrez un kinésithérapeute ici toutes les semaines.

Mme Byford fronça les sourcils.

— Et si le harnais est sali ?

— On peut le nettoyer à l'éponge, dit Anna. Certains des parents mettent de grandes chaussettes sur les jambes du bébé pour le protéger pendant qu'ils changent les couches.

Elle sourit.

— L'une des mamans les appelle les chaussettes à caca.

Mais Mme Byford était au bord des larmes.

— Il y a quelques jours, tout allait bien. Et maintenant...

— Poppy n'a pas besoin d'être opérée, dit Jamie d'une voix douce. C'est une bonne nouvelle. Je sais que c'est un choc, mais tout ira bien.

— Elle ne risque rien ?

— Absolument rien, la rassura Anna. Et Poppy est loin d'être le seul bébé souffrant d'une dysplasie. Vous verrez, elle se mettra très vite à ramper et vous serez stupéfaite de la vitesse à laquelle un bébé déterminé se déplace.

À eux deux, Jamie et Anna installèrent le harnais. Poppy protesta et sa mère les regarda faire, angoissée, des larmes silencieuses coulant sur ses joues.

Anna l'étreignit pour la réconforter.

— Je comprends que vous ayez peur et que vous vous sentiez dépassée, mais vous vous y habituerez toutes les deux rapidement, et votre fille retrouvera vite le sourire. Je vais prendre rendez-vous avec le kiné et la clinique pour la semaine prochaine. En attendant, si vous avez des questions, appelez-moi.

Elle sortit une brochure d'un tiroir.

— Tenez. Vous y trouverez toutes les informations au sujet du harnais.

Jamie acquiesça. Anna Maskell était aussi gentille que professionnelle. Et son empathie réconfortait déjà Mme Byford. Elle avait cessé de pleurer et posait des questions.

Ce serait agréable de travailler avec Anna.

Non qu'il ait l'intention de se rapprocher d'elle ni d'aucun de ses autres collègues de l'hôpital Muswell Hill Memorial. Il avait accepté d'effectuer un remplacement pendant trois mois, et c'était tout. Il n'avait pas besoin de se faire de nouveaux amis. Il était très bien tout seul.

— À bientôt, madame Byford, dit-il. À tout à l'heure, docteur Maskell.

Il sortit de la chambre avant de céder à la tentation de tirer la langue à Poppy pour la faire rire.

Les bébés.

Quelle ironie qu'il s'agisse de sa vocation, d'un travail qu'il adorait !

Après avoir perdu Hestia et leur bébé, Jamie aurait voulu ne plus jamais croiser d'enfant. Mais comment aurait-il pu changer de carrière et jeter à la poubelle toutes ces années d'études et de travail acharné ? Hestia ne le lui aurait jamais pardonné. Néanmoins, incapable de supporter la pitié de son équipe à l'hôpital du sud de Londres, il avait décidé de devenir intérimaire.

Pas d'implication, pas de rapprochement, pas de risque d'avoir le cœur brisé. Il ne restait jamais plus longtemps que trois mois au même endroit et, dès son remplacement terminé, il passait au poste suivant. C'était ainsi que se déroulait sa vie depuis deux ans et demi, et ainsi qu'il avait l'intention de continuer.

Sans quitter sa zone de confort.

Une fois qu'elle eut terminé son rapport sur le dernier patient de la matinée, Anna se dirigea vers le bureau de Jamie Thurston.

— Vous êtes prêt ? demanda-t-elle depuis le seuil.

— Oui.

Il éteignit son ordinateur, puis la rejoignit.

— Est-ce que Robert vous a présenté à tout le monde à votre arrivée ?

— Il s'en est chargé.

— Parfait. Bon, j'imagine qu'il vous a aussi montré la cuisine ?

— Oui.

— Il ne reste que la cantine, alors, et à vous parler des activités du service.

— Des activités ?

Était-ce son imagination, ou Jamie s'était-il crispé ?

— Notre équipe est très soudée. Nous faisons beaucoup de choses ensemble en dehors du travail, qui incluent au mieux les partenaires et les enfants.

Pour toute réponse, il hocha la tête.

— Les intérimaires comptent comme membres de l'équipe, ajouta-t-elle doucement.

Elle se tut en remarquant qu'il se renfrognait un peu.

Peut-être était-il timide. Et c'était son premier jour, elle pouvait le laisser tranquille.

Le sujet resta en suspens jusqu'à ce que, leur déjeuner acheté, ils se soient assis à une table isolée.

— C'est peut-être parce que je suis du genre autoritaire, dit-elle avec un sourire qui adoucissait ses propos, mais c'est moi qui organise la plupart des activités du service. Le pub pour le dîner de Noël est réservé depuis juillet, toutefois j'ai encore une semaine avant de donner le nombre exact de participants et leur choix de menu.

Le wrap au poulet sauce aigre-douce de Jamie prit le goût de la cendre. Noël.

Non.

Il ne fêtait plus Noël depuis la mort de Hestia. Il n'y trouvait plus ni joie ni réconfort. Il ne restait que cette période déprimante du milieu de l'hiver, où la radio diffusait des chansons rappelant combien on se sent seul à Noël ou suppliant les êtres aimés de revenir pour les fêtes. Pire encore : celle qu'Hestia avait adorée, au son de laquelle elle dansait avec lui dans toute la maison et qu'elle lui faisait chanter en chœur avec elle.

Tout ce qu'Hestia avait voulu pour Noël, c'était lui. Et leur bébé.

C'était tout ce qu'il avait voulu aussi.

À la place, il avait eu droit à un double enterrement. Tous ses projets, tout le bonheur et l'excitation avaient disparu dans un trou noir.

Trois ans s'étaient écoulés, depuis. Tout le monde s'attendait à ce qu'il tourne la page. Mais il n'y arrivait pas. C'était beaucoup trop difficile. Raison pour laquelle il travaillait comme intérimaire.

Et qu'il refusait toute invitation de sa famille ou ses amis, depuis que ceux-ci avaient décidé qu'il devait passer à autre chose. On lui avait présenté une femme célibataire lors d'un dîner, la dernière fois. Une femme gentille, douce, qui méritait bien mieux que la loque qu'il était devenu.

Il n'avait pas besoin d'être casé avec quiconque. Il ne voulait personne d'autre dans sa vie.

— Désolé, je ne crois pas..., commença-t-il.

Anna avait déjà sorti son téléphone de sa poche.

— C'est un pub gourmet, alors la nourriture est absolument délicieuse. Il faut goûter à leur pâté au saumon fumé avant de mourir !

Mourir. Oui. Jamie s'y connaissait bien, en mort. Ce n'était pas la faute d'Anna. Elle ne savait pas, alors elle ne se rendait pas compte combien cette phrase manquait de tact.

— Si vous êtes végétarien ou végan, les toasts à l'avocat sauce aigre-douce sont fabuleux. La soupe de potiron aux épices aussi, continuait-elle.

Il ne voulait même pas penser à un dîner de Noël avec le service, encore moins y aller.

— Ils font les meilleures pommes de terre rôties au monde, meilleures que celles de ma mère, ce qui n'est pas rien. Grillées à l'extérieur, aériennes à l'intérieur. Et ils passent les choux de Bruxelles à la poêle avec du citron et du piment. Il y a la dinde traditionnelle, du bar si vous préférez le poisson...

Elle lui tendit son téléphone pour qu'il lise le menu.

— Bien sûr, il y a le pudding de Noël habituel et du fromage, mais je vous garantis qu'après avoir goûté au gâteau au chocolat vénitien vous ne verrez plus les desserts de la même façon !

Dérouté, il cligna des paupières.

— Je peux tout vous envoyer par mail, si vous voulez prendre le temps de choisir. C'est le premier vendredi soir de décembre, à 19 h 30. Nous faisons aussi un échange de cadeaux : vous piochez un nom dans un chapeau et vous donnez le cadeau aux secrétaires. Ceux qui ne peuvent participer au dîner le récupèrent quand ils reprennent leur service à l'hôpital.

Ça allait beaucoup trop vite pour lui.

Elle le scruta d'un air calculateur.

— D'habitude, c'est Robert qui se déguise en Père Noël, sauf que cette année il sera à New York.

Elle sourit.

— Ses noces d'argent sont une bonne excuse. Ce qui signifie qu'il me faut un remplaçant. Vous faites à peu près la même taille que lui, le costume vous irait à la perfection.

Quoi ? Jamie arrivait à peine à comprendre ce qu'elle lui disait. Elle voulait qu'il se déguise en Père Noël ?

Impossible. C'était impossible.

Enfin, il retrouva sa voix.

— Désolé. Je ne peux pas.

Quelque chose dans son regard dut le trahir, car elle grimaça.

— Je suis vraiment désolée. Ce n'est que votre premier jour, et je vous soûle d'informations. Je vais revenir en arrière. Je vous enverrai tout ce qu'il faut sur les activités de Noël. Et si vous veniez au bowling avec nous vendredi soir, pour commencer ? Ça vous donnera l'occasion de rencontrer ceux que vous n'avez pas encore vus, et nous sommes tous gentils. Tout le monde n'est pas aussi... exubérant que moi.

Exubérante ? C'était indéniable. Toutefois, la femme qu'il avait vue travailler était aussi douce. Elle laissait à ses patients et leurs parents le temps de réfléchir, s'assurait qu'ils aient les informations nécessaires pour prendre la bonne décision. Elle essayait de comprendre leurs émotions. Oui, il s'était senti un peu dépassé, mais c'était parce qu'il détestait Noël.

— Ça fait des années que je n'ai pas fait de bowling, dit-il.

— Ce n'est pas grave. Je triche horriblement et je garde les rails, avoua-t-elle. Je suis incapable de lancer la boule droit. Direct dans la gouttière à chaque fois !

Elle leva les yeux au ciel.

— Malheureusement, être grande et bâtie comme une amazone ne me rend pas bonne en sport.

Jamie avait envie de refuser et de lui dire qu'il ne participait jamais aux sorties de groupe.

Mais son sourire était désarmant. Il était chaleureux, amical et un petit peu décalé. C'était stupéfiant qu'elle arrive à le toucher comme ça. Pendant presque trois ans, il était resté à distance de tout le monde. Comment une femme qu'il venait à peine de rencontrer pouvait lui faire autant d'effet... ?

— C'est juste pour s'amuser, personne ne joue sérieusement, poursuivait-elle. C'est l'occasion de se détendre et de passer du bon temps ensemble. Et puis vous verrez : tout le monde est très sympa.

Sympa. Le mot n'avait rien de rassurant, pour Jamie. Si ses nouveaux collègues étaient gentils et découvraient son passé, ils ne tarderaient pas à l'envelopper de leur pitié. Or Jamie ne le supporterait pas. Il en avait eu assez pour une vie entière. Tout ce qu'il voulait, c'était qu'on le laisse tranquille.

— Merci de cette invitation, répondit-il, déterminé à trouver une excuse pour ne pas y aller.

Puis, à sa stupéfaction, les mauvais mots sortirent de sa bouche :

— Je serai là.

Quoi ? Non, il ne participait pas aux activités de groupe !

C'était trop tard, car Anna était manifestement ravie.

— Merveilleux ! En général, on mange un bout là-bas. Je crains que ce ne soit pas très nutritif, vous avez le choix entre de la pizza, des nachos ou un hamburger avec frites. Ça reste mangeable. Nous avons réservé pour 19 heures. J'imagine que vous ne connaissez pas le quartier, alors je vous enverrai l'itinéraire.

Il était trop tard pour faire marche arrière. Ou peut-être qu'il inventerait une urgence de dernière minute vendredi soir.

— Donnez-moi votre numéro et votre adresse mail, dit-elle. Je vous transmettrai tout ça.

Ce sourire encore. Sa chaleur fit fondre toute réticence

chez Jamie. Un instant après avoir donné à Anna son numéro et son adresse mail, son téléphone bipa pour indiquer un nouveau message.

— Maintenant, vous avez le mien aussi. Je vous enverrai le reste après le travail. Bienvenue au Muswell Hill Memorial, Jamie !

2

Une migraine ? songea Jamie une fois le vendredi soir arrivé. Non, ce serait trop vite réglé avec du paracétamol. La peste bubonique ? Techniquement, elle existait encore, toutefois le dernier cas avait été recensé dans le Colorado, trop loin de Londres. Coincé dans les bouchons ? Non, le bowling était accessible à pied depuis son appartement.

Il n'avait pas une seule bonne excuse.

Ce qu'il avait en revanche, c'était le numéro d'Anna. Il pouvait l'appeler et lui avouer qu'il n'avait pas envie de rejoindre l'équipe.

Incapable de doucher l'enthousiasme de sa collègue, Jamie se retrouva à 18 h 55 devant le bowling. Dans le hall se trouvaient des gens qu'il reconnaissait, dont Anna qui se dirigea aussitôt vers lui.

— Jamie ! Je suis contente que tu sois là.

Il l'avait vue à plusieurs reprises au cours de la semaine. Chaque fois, elle arborait une tenue professionnelle sous sa blouse blanche : chemise cintrée et jupe droite. Dans ce jean et ce T-shirt moulants qui mettaient ses courbes en valeur, elle semblait différente – plus jeune et très sexy ! Quant à ses longs cheveux bruns lâchés, ils lui donnaient envie d'y plonger la main.

Que lui arrivait-il, bon sang ? Il n'avait rien d'un adolescent en pleine crise hormonale !

Pourquoi cette femme lui faisait-elle un tel effet ?

Il avait décidément commis une erreur en venant ce soir. Si Anna était célibataire, lui ne restait à Muswell Hill que pour trois mois. Il ne cherchait pas de relation, même temporaire. Il avait verrouillé son cœur le jour où il avait enterré sa femme et sa fille.

Mais il se força à lui rendre son sourire. Puis il fit en sorte de se mêler aux autres, adoptant l'attitude qu'on attendait de lui : il changea de chaussures, paya ses parties et participa à la commande de nourriture et de boissons. Il joua avec le reste de l'équipe, obtenant un score moyen, ni très bon, ni très mauvais.

Anna jouait sur la même piste que lui. Elle n'avait pas plaisanté en disant qu'elle était très mauvaise. Sans les rails, sa boule aurait fini chaque fois dans la gouttière. On aurait dit que sa stratégie était de la faire zigzaguer dans l'espoir de toucher la quille du milieu, en comptant sur la chance plutôt que la technique.

— Oui ! Six quilles ! C'est mon meilleur tir de la soirée !

— Des quatre dernières années même, plaisanta l'un de leurs collègues.

— Je sais ! C'est génial, non ? s'exclama-t-elle en sautant de joie.

Tout le monde lui tapa dans la main, alors Jamie se sentit obligé de les imiter.

Lorsque sa paume frôla celle d'Anna, il ressentit comme une décharge électrique.

Elle aussi, de toute évidence, car elle écarquilla ses beaux yeux vert océan. Un instant, ce fut comme s'ils se trouvaient tous les deux dans une bulle. Tout s'était tu : le fracas des boules qui renversaient les quilles sur les autres pistes, la sonnerie du panneau d'affichage des scores, la musique, le rire et les bavardages.

Puis il se secoua. Hors de question. Anna était sa collègue

pour les quelques semaines à venir, et devrait le rester jusqu'à ce qu'il s'en aille.

Toutefois, il n'arrivait pas à se sortir de la tête cette femme énergique, qui animait leur service. Une femme qui l'attirait, contre toute raison.

Ils firent une pause lorsque les plats arrivèrent. Jamie se retrouva alors assis à côté d'Anna. De nouveau, la proximité de la jeune femme lui fit un étrange effet. Il lui faudrait se montrer très prudent.

— Est-ce que tu as regardé les menus du repas de réveillon ? demanda-t-elle.

— Désolé, non.

À quoi bon, puisqu'il n'avait pas l'intention d'y aller ?

— Il nous reste encore un peu de temps, dit-elle, l'air déçu. Peut-être que j'arriverai à te convaincre de jouer le Père Noël.

— Ça, c'est hors de question.

— Ne me dis pas... Tu es allergique aux costumes rouges et aux longues barbes blanches ?

Si elle avait été trop insistante, agressive ou sarcastique, résister aurait été facile. Mais ce ton de plaisanterie enrobé de douceur... Il fut forcé de lui dire la vérité.

— Je n'aime pas du tout Noël.

Il se prépara à ses questions.

— Ça arrive à beaucoup de gens, lui répliqua-t-elle à sa grande surprise. C'est une période difficile pour nos jeunes patients et leurs parents. Les enfants qui croient encore au Père Noël veulent tous savoir s'il leur offrira ce qu'ils désirent le plus : rentrer chez eux pour les fêtes. Je déteste leur dire que c'est impossible. Pour ceux qui sont trop âgés pour y croire, c'est dur de voir leur famille, de savoir combien ils souffrent tous d'être séparés. Surtout quand il faut jongler entre les fêtes en famille et les visites à l'hôpital. Noël peut être affreux.

Sa façon d'en parler trahissait ce qu'elle ressentait vraiment.

— Alors, ce n'est pas ton truc non plus ?

— Si. J'adore Noël. C'est une période de générosité et de joie. Je suis toujours émue devant le regard émerveillé de nos plus jeunes patients, quand le Père Noël arrive dans leur chambre pour leur offrir un cadeau des Amis de l'Hôpital. Ce n'est jamais rien de très coûteux, un livre, des crayons de couleur ou un ours en peluche. Mais ça suffit à leur prouver que passer Noël à l'hôpital, ce n'est pas si terrible. J'apporte ma guitare, nous chantons quelques chants de Noël. C'est merveilleux, de participer à rendre ce jour spécial. Malgré toute l'inquiétude et la peur, il y a encore de l'espoir et de l'amour.

De l'espoir et de l'amour. Deux choses qu'il avait perdues depuis longtemps.

— Je suis désolée d'avoir insisté. Je comprends que tu ne veuilles pas être Père Noël. On dirait bien que, cette année, nous aurons une mère Noël, ajouta-t-elle avec un sourire en coin.

Il comprit soudain :

— C'est toi qui vas mettre le costume ?

— Je n'ai réussi à convaincre personne. Alors c'est soit pas de Père Noël, soit moi. Au moins, je suis assez grande pour faire illusion, dit-elle en écartant les mains d'un air amusé. Je pourrais emprunter un modificateur de voix à mon neveu et le cacher derrière la barbe. Ou alors il faudra que je suive des cours de théâtre.

Anna Maskell était grande, oui, mais il n'y avait rien de masculin chez elle. Elle ne convaincrait personne qu'elle était le Père Noël.

Jamie savait qu'il aurait dû faire preuve de gentillesse et proposer son aide. Pourtant les mots restèrent bloqués dans sa gorge.

Pourquoi Jamie Thurston détestait-il Noël à ce point ? se demandait Anna.

Peut-être avait-il eu une enfance difficile, faite de disputes familiales exacerbées au moment des fêtes ? Les urgences étaient le reflet même des tensions que pouvait engendrer cette période. Quand l'alcool coulait à flots, les conséquences en étaient d'autant plus explosives et douloureuses.

Bien que curieuse, elle se garda de l'interroger.

— Le week-end prochain, nous organisons une partie de foot dans le parc, lança-t-elle. Les conjoints et enfants sont invités, si ça te dit.

— Je vis seul.

Le désespoir dans son regard causa un choc à Anna.

Peut-être était-il divorcé, et n'avait-il pas beaucoup l'occasion de voir ses enfants ? Dans ce cas, il n'y avait rien d'étonnant à ce qu'il déteste Noël...

— Pardon, je ne voulais pas me montrer intrusive. Ou te faire des avances ! ajouta-t-elle en riant.

Certes, Jamie Thurston était beau comme un dieu, il lui rappelait un des acteurs de sa série historique préférée, brun, ténébreux, avec des yeux d'un bleu merveilleux. Mais elle ne prendrait pas le risque d'avoir à nouveau le cœur brisé.

Johnny avait été on ne peut plus clair : aucun homme ne resterait avec elle, une fois qu'il connaîtrait la vérité. Il avait sûrement dit ça pour se dédouaner. L'homme dont elle était tombée amoureuse avait été quelqu'un de bien, toutefois apprendre qu'ils ne pourraient fonder de famille sans de lourdes interventions médicales l'avait transformé. Il était allé voir ailleurs, et la culpabilité l'avait poussé à dire des choses impardonnables, encore plus blessantes que sa trahison.

— Les sorties de groupe, ce n'est pas trop mon truc, répondit Jamie.

— Mais ce ne sera pas en lien avec Noël.

Alors même qu'elle prononçait ces mots, elle grimaça. Le pauvre avait dit qu'il ne voulait pas venir. Pourquoi fallait-il qu'elle insiste ?

Heureusement, la partie de bowling reprit alors, et elle dut se concentrer pour lancer la boule droit. En vain. Cette fois, elle ne toucha qu'une seule quille. Pathétique !

— C'est ta position, dit Jamie.

— Ma position ? répéta-t-elle sans comprendre.

— La boule suit la direction de ta main.

Elle lâcha un rire ironique.

— Direct dans la gouttière ! J'imagine que mon zigzag est un peu trop hasardeux...

— Garde le bras droit et lâche la boule quand ta main indique le milieu des quilles. Regarde comment je fais, dit-il.

Et il marqua un strike.

— Waouh, je suis impressionnée !

— Ce n'est pas bien compliqué. Il suffit de viser le milieu.

— Mais c'est là que je vise aussi ! protesta-t-elle.

— Tu devrais t'entraîner davantage... avec un partenaire.

Johnny n'avait jamais aimé le bowling.

— Je vis seule, répondit-elle.

— Pardon, je ne voulais pas me montrer intrusif. Ou te faire des avances ! acheva-t-il en reprenant ses termes.

— Je sais, répondit-elle avec un sourire. Tu veux simplement m'aider, en ami. Je t'en suis reconnaissante.

Comme il se figeait, elle se demanda si elle était allée trop loin. Puis il esquissa un sourire. Le genre de sourire qui éclaire toute une salle. Il en fut complètement transformé. C'était comme s'il était sorti des ombres dans lesquelles il se cachait. Quand il souriait, Jamie Thurston était beau à couper le souffle.

— Je t'aiderai au prochain tir, dit-il.

Elle le scruta du regard.

— Tu es comme moi. Tu as à cœur de réparer les choses.

— C'est un peu la définition d'un chirurgien, répondit-il en haussant les épaules.

Mais c'était plus que ça.

Elle ne savait pas pourquoi Jamie Thurston gardait ses distances et pourquoi il détestait Noël, mais peut-être qu'elle pourrait lui venir en aide ?

Elle y réfléchit tandis qu'il discutait avec d'autres membres de leur équipe. Bientôt, ce fut son tour de jouer et Jamie vint l'assister, comme il le lui avait promis. Le sentir si proche d'elle était troublant sans être gênant. Mais lorsqu'il glissa le bras le long du sien pour lui montrer le bon geste, elle faillit oublier de lâcher la boule.

— Tu es allée un peu trop à gauche, expliqua-t-il comme elle venait de renverser six quilles. Alors cette fois, il faut que tu vises à droite.

Il l'aida une nouvelle fois. Et ce coup-ci, Anna renversa les quatre quilles du milieu.

— Et voilà. Tu as un demi-strike.

— C'est fantastique ! lança Anna.

Et tout à sa joie, elle se jeta dans ses bras.

Jamie resta un moment interdit. Depuis quand ne l'avait-on pas étreint de la sorte ? Probablement depuis l'enterrement. Il s'était éloigné de sa mère et de ses sœurs, sans même parler de la famille de Hestia et de la meilleure amie de celle-ci.

Et voilà qu'Anna Maskell brisait ses défenses et le serrait dans ses bras. Brièvement, car elle s'écarta presque tout de suite après.

— Pardon ! Je me suis laissé emporter... Mais je n'avais jamais fait tomber autant de quilles, dit-elle avant de prendre une profonde inspiration. Je vais être plus formelle : merci de votre aide, docteur Thurston.

— Je vous en prie, docteur Maskell, répondit-il sur le même ton.

Malgré lui, cette étreinte l'avait touché. Comme si, au loin, il y avait une petite lumière qui l'appelait, l'attirait, si toutefois il trouvait le courage de l'atteindre.

Jamie n'était pas encore prêt pour cela. Pour le moment, vivre au jour le jour lui paraissait suffisamment pénible. Plus tard, peut-être, parviendrait-il à aller de l'avant…

Chassant ces sombres pensées, il se concentra sur le jeu le reste de la soirée. Enfin, chacun prit congé et Jamie entreprit de regagner son appartement. Alors que ses nouveaux collègues se dispersaient, il se rendit compte qu'Anna marchait à côté de lui.

— On dirait que nous allons dans la même direction, dit-elle. Ça t'embête si je t'accompagne ?

— Pas du tout.

— Merci pour la leçon de bowling.

— Le plaisir était pour moi.

C'était la stricte vérité. Il avait pris plaisir à voir Anna prendre confiance en elle.

Autrefois, il avait à cœur d'aider son prochain. Jusqu'à ce qu'il ne puisse rien faire pour les deux êtres qu'il chérissait le plus au monde.

— Je pourrais peut-être t'aider, dit-elle soudain.

— À quel sujet ? demanda-t-il, perplexe.

— Noël. Et rassure-toi : je ne suis toujours pas en train de te faire des avances ! En fait, je ne cherche pas à me mettre en couple.

Jamie l'imaginait si bien au cœur d'une famille. Et même d'une grande famille… Alors pourquoi était-elle célibataire et pourquoi voulait-elle le rester ?

Ce n'était pas son problème. Et puis il évitait de poser des questions personnelles, de peur qu'on lui en pose en retour.

— Je ne vais pas faire ma curieuse, promit-elle en écho à ses propres réflexions. Mais à l'hôpital, Noël est un événement exceptionnel, alors tu ne pourras pas y échapper. Si je te montrais les bons côtés des fêtes, peut-être que tu saurais mieux les apprécier.

Devait-il lui expliquer la raison de ses réticences ? Elle cesserait d'insister, seulement il ne voulait pas susciter sa pitié.

— Me montrer le bon côté des fêtes ? répéta-t-il.

— Oui. Et sache que ma démarche est purement intéressée. Si je t'aide, tu m'aides.

Oh ! non. Il voyait exactement où elle voulait en venir.

— Si tu me réconcilies avec les fêtes de fin d'année, alors tu attends de moi que je joue le Père Noël, c'est ça ?

Elle afficha un grand sourire.

— Merci, Jamie. J'accepte ta proposition avec joie.

Une seconde. Il n'avait rien proposé du tout ! Il n'avait fait qu'énoncer à voix haute le plan d'Anna.

— Mais je...

Il resta muet de stupéfaction.

— Parfois, mieux vaut affronter ses démons. Je le sais d'expérience, car il m'est arrivé de flancher. Ces jours-là, je n'avais même plus envie de sortir du lit. Tout ce que je voulais, c'était me rouler en boule et attendre que ça passe.

Jamie savait exactement de quoi elle parlait. Alors il riva son regard au sien. Il ne lisait aucune pitié dans ses jolis yeux. Rien que de la compréhension.

Anna avait été blessée elle aussi.

— Renouer avec Noël te ferait du bien, j'en suis sûre, reprit-elle. Et puisque nous sommes dans la même équipe, nous pourrions nous entraider.

Malgré toute sa bonne volonté, Anna ne pouvait rien pour lui, songea Jamie. Personne ne peut ramener les morts à la vie.

Il était sur le point de refuser, lorsqu'il songea à cette soirée bowling. Malgré ses réticences à y participer, il avait passé un bon moment. Il avait eu la sensation de faire partie d'une équipe, ce qu'il s'était toujours interdit. Mieux encore, il était parvenu, durant ces quelques heures, à retirer le manteau de chagrin qui pesait si lourd sur ses épaules.

Si Anna parvenait à alléger aussi la souffrance que Noël

lui causait, alors il porterait avec plaisir le costume rouge et la barbe blanche.

— Qu'est-ce que tu proposes ? demanda-t-il.

— Participons ensemble à des activités de Noël, durant tout le mois de novembre. Si j'arrive à te convaincre, alors tu acceptes de te déguiser.

— Et si tu échoues ?

— Alors il ne me restera plus qu'à porter un faux ventre ! Mais j'espère de tout cœur rendre cette période plus supportable pour toi.

Il pouvait refuser. Garder son manteau de chagrin.

Ou accepter.

Anna lui avait clairement expliqué ne pas chercher de relation. L'attirance qu'il ressentait pour elle n'était donc pas réciproque et c'était mieux ainsi.

Il entendait presque la voix de Hestia à son oreille. *Dis oui.* La professeure de danse toute menue dont il était tombé amoureux avait adoré la période des fêtes. Les flocons de neige, les guirlandes et la joie que son ballet préféré apportait à ses élèves et leurs parents. Son bonheur était contagieux et il l'avait partagé avec plaisir.

Sans elle, hélas, Noël lui était devenu intolérable.

Comme ce serait agréable de pouvoir se rappeler la joie de Hestia plutôt que tout ce qu'il avait perdu. Pourrait-il un jour passer ces moments auprès de sa famille, qu'il fuyait pour ne pas imposer sa tristesse aux autres ? Ses proches s'inquiétaient tous pour lui.

— D'accord, dit-il. J'accepte.

— Merci. Tu pourrais déjàm'envoyer ton choix de menu de réveillon, ce week-end.

Son sourire n'avait rien de triomphant, c'était un mélange de soulagement et de gratitude.

— Nous pouvons peut-être commencer par quelque chose de léger. Un festival se tiendra au parc durant les trois prochaines semaines. C'est un grand marché de Noël. Tu travailles, dimanche ?

— Non.

— Parfait. Je suis de service le matin, alors on se retrouve à 16 heures devant le parc ?

Il hocha la tête.

— C'est chez moi, ajouta-t-elle en désignant une porte. À dimanche, alors. Et merci !

— À dimanche.

3

Anna soupira : quatre nouveaux cas de bronchiolite. C'était la saison de ce fichu virus. Chez les enfants, l'inflammation des petites bronches rendait leur respiration difficile. Il fallait donc se montrer vigilant.

Elle éprouvait une profonde compassion pour ses minuscules patients et leurs parents. Quel choc de voir son tout-petit sous oxygène et nourri par sonde, car il est trop faible pour boire le lait au sein ou au biberon !

Elle acheva ses rapports et fit un dernier tour du service. Enfin, elle envoya un message à Jamie pour lui faire savoir qu'elle quittait l'hôpital à l'heure et le retrouverait bien à 16 heures.

Avec un peu de chance, elle arriverait à le faire changer d'avis sur Noël et il cesserait d'en souffrir. Même sans connaître la raison de ses difficultés, elle serait heureuse de lui rendre la vie un peu plus facile.

Anna ne pouvait s'empêcher de chercher des solutions aux problèmes des autres. Les membres de sa famille la taquinaient à ce sujet, toutefois elle savait qu'ils appréciaient ses efforts. Hélas, personne ne pouvait rien pour son problème à elle… Au moins, elle pouvait compter sur le soutien de ses proches et de très bons amis.

Bientôt, elle serait capable de pardonner à Johnny, même si elle continuait à croire qu'ils auraient pu trouver une solution à sa stérilité. Essayer une FIV ou choisir l'adoption. Johnny n'avait pas supporté la pression, alors il lui avait préféré une femme qui lui donnerait ce qu'il voulait sans complications.

Quel dommage qu'il n'ait pas pris la peine de mettre fin à leur mariage avant.

Sa trahison avait brisé Anna. Pendant des mois, elle avait perdu confiance en elle. Johnny s'était montré particulièrement mesquin, en déclarant qu'aucun homme ne voudrait d'elle puisqu'elle était incapable de donner la vie. Avec le recul, Anna comprenait que les mots durs de son époux avaient été dictés par la culpabilité. Avant leur mariage, si on lui avait dit qu'il serait capable d'une telle cruauté, elle aurait ri. Johnny et elle s'aimaient alors, et ils avaient été heureux.

Sa stérilité avait fait voler en éclats leurs rêves à tous les deux. Tous ces mois de déception, durant lesquels ils avaient essayé de concevoir un bébé en vain, avaient rendu Johnny amer. Parce qu'il s'était senti émasculé, il avait reporté sa colère sur la personne à l'origine du problème.

Anna avait mis du temps à se remettre de leur séparation. Maintenant qu'elle s'en était sortie, elle refusait de replonger. À quoi bon se plaindre ou souhaiter l'impossible ? Elle menait une vie heureuse et mesurait sa chance d'avoir une famille aimante, le boulot de ses rêves et des collègues formidables. Elle avait de quoi payer son loyer et se nourrir, et jouissait d'une bonne santé.

Elle avait tout pour être heureuse. Ou presque.

Anna inspira profondément. La stérilité n'est pas une maladie – elle changeait ses possibilités, voilà tout.

Quant à sa vie sentimentale... Elle savait que tous les hommes n'étaient pas comme Johnny. Néanmoins, elle craignait d'ouvrir à nouveau son cœur, de peur qu'il ne soit piétiné. Elle se voyait mal entamer une relation en demandant à son partenaire s'il souhaitait des enfants !

Pour éviter ce problème, elle gardait ses distances avec la

gent masculine. Au moins, elle ne décevrait personne et ne souffrirait pas davantage encore.

Jamie n'avait pas répondu à son message, aussi Anna se sentait-elle un peu nerveuse sur le chemin du parc. Serait-il là ? Ou avait-il renoncé durant le week-end à leur programme de Noël ?

Il ne lui devait rien. Après tout, ils se connaissaient à peine et elle lui avait forcé la main. S'il ne venait pas, elle ne pourrait s'en prendre qu'à elle-même.

Lui permettrait-il de l'aider ? Elle l'espérait de tout cœur.

Lorsqu'elle l'aperçut à l'entrée du parc, son cœur manqua un battement. Que lui arrivait-il ? Ils étaient de simples collègues en passe de devenir amis. Il ne s'agissait pas d'un rendez-vous amoureux !

Certes, Jamie était magnifique : grand, ténébreux, avec ses immenses yeux bleus, ses cheveux bruns qui seraient probablement bouclés s'il les laissait pousser, une bouche aux lèvres pleines, sensuelles. Mais ils ne sortaient pas ensemble. Point final.

— Bonjour, fit-elle en le rejoignant. Merci d'être venu.

Comme il lui souriait, le cœur d'Anna eut un nouveau raté ridicule.

— Comment s'est passée ta journée ? demanda-t-il.

— Plein de bébés avec la bronchiolite – nous leur avons réservé une salle. Pauvres chéris… Et je plains davantage encore leurs parents !

— C'est très dur pour eux, en effet. Ils se sentent tellement impuissants de ne pouvoir aider leur enfant…

— Ça sent le vécu, dit-elle avant de le regretter aussitôt.

Déjà, Jamie fronçait les sourcils.

— Simple observation. J'ai fait mon stage en pédiatrie à cette époque de l'année. Je me souviens de la détresse des parents.

Mais Anna savait qu'elle avait posé une question trop intime.

— Pourquoi es-tu devenu chirurgien ? demanda-t-elle, pressée de revenir sur un terrain plus professionnel.

— Pour sauver des vies. Et toi ?

— Au début, j'étais tentée par l'obstétrique. Faire naître un bébé, c'est merveilleux. Puis j'ai fait mon stage de pédiatrie à Noël, et j'ai revu mes plans. C'est auprès des enfants que je me sens vraiment utile, alors j'ai choisi cette spécialité. On y va ? conclut-elle avec un sourire.

Et ils entrèrent dans le parc.

Jamie avait cherché durant deux jours une excuse valable pour échapper à cette sortie au parc, en vain. En fait, une part de lui avait envie de faire plaisir à sa famille, en se joignant à elle le jour de Noël. Ces trois dernières années, il en avait été incapable et avait préféré travailler. Son métier exigeant lui servait souvent de prétexte pour ne pas voir ses proches, même en dehors des fêtes.

Il se sentait coupable mais, chaque fois qu'il les retrouvait, tous l'entouraient de tant d'attentions que c'en était étouffant. Et puis, se retrouver en famille en cette période de joie lui rappelait bien trop ce qu'il avait perdu.

Il savait qu'il devait faire des efforts. Mais… ce serait douloureux.

Affronter Noël.

La période de l'année qu'il craignait le plus.

— Tu as changé d'avis ? fit doucement Anna, bien trop perspicace.

Oui.

— Écoute, on n'est pas obligés, poursuivit-elle en lui prenant la main pour la presser brièvement. On peut, je ne sais pas, aller manger un morceau dans la rue principale, ou même prendre à emporter et rentrer chez moi pour regarder de vieilles comédies à la télé. Tu pourras rencontrer George.

— George ?

Anna lui avait pourtant bien dit qu'elle n'avait pas d'homme dans sa vie. S'agissait-il d'un enfant ? Était-elle mère célibataire ?

— George le Génial, mon poisson rouge.

— Ton poisson rouge ? répéta-t-il, sidéré.

— Oui ! Un compagnon idéal. Bon, d'accord, il n'est pas aussi vif qu'un chien et impossible de l'emmener faire une balade. Mais je lui parle et il aime quand je chante.

Elle chantait pour son poisson rouge.

Un sourire aux lèvres, Jamie la suivit dans le parc.

Soudain, ils se retrouvèrent au milieu du marché, à se promener le long des baraques de bois où se vendaient de quoi boire et manger, des décorations de Noël et tous les cadeaux imaginables : bougies, cosmétiques, bijoux, pulls de Noël tricotés à la main… Partout, des guirlandes lumineuses et des branches de sapin décoraient les toits.

— J'espère que tu as faim, dit Anna, car je suis affamée. Je n'ai pas eu le temps de déjeuner.

— Il est 16 heures…

— Alors c'est le moment de goûter ! Il me faut un biscuit et un chocolat chaud pour maintenir ma glycémie, répondit-elle avec un sourire. Bon, j'avoue, c'est de la pure gourmandise.

Elle attrapa le bras de Jamie et, bientôt, commandait pour eux une boisson et un biscuit en forme d'étoile avec des éclats de caramel.

— Divin ! s'exclama-t-elle après la première bouchée. Il faut que tu goûtes ça, Jamie.

Elle cassa l'un des bras de l'étoile et le lui tendit.

Il n'avait pas le choix.

Depuis quand n'avait-il pas mangé ce genre de friandise ? Le biscuit était délicieux : beurré, sucré, il faisait chanter ses papilles.

— C'est très bon, dit-il, sincère. Merci.

— Et maintenant… Shopping de Noël ! Il me faut des cadeaux à mettre dans les chaussettes.

— Tu n'achètes pas ton cadeau pour l'échange organisé dans le service ?

— Je l'ai déjà. Toi, en revanche, tu pourrais trouver quelque chose.

— Mais alors tu saurais quel nom j'ai tiré quand la personne l'ouvrira.

— C'est vrai ! OK. Soyons méthodiques. Nous allons longer chaque allée, aller et retour, puis je me déciderai. J'ai quatre belles-sœurs.

— Vous êtes cinq ? s'étonna-t-il.

— Je suis celle du milieu. J'ai deux frères aînés, et un frère et une sœur cadette. Tous mariés, tous avec des enfants.

Une ombre venait-elle de traverser son visage ou l'avait-il imaginée ? Était-elle célibataire par choix ?

— Et j'ai été témoin au mariage de ma sœur JoJo et de Becky, dit-elle avec un sourire. C'était très chouette. Et toi ?

— Je suis le plus jeune. J'ai deux sœurs aînées, répondit-il. Mariées avec enfants.

— J'adore être tante. J'ai tout le temps droit à des dessins et des câlins. Cet été, on a passé des vacances fantastiques en Toscane, où nous avons loué une villa avec mes parents. Nous sommes tous très différents, mais on s'entend bien malgré tout.

Il avait deviné qu'Anna faisait partie d'une grande famille : il y avait cette confiance chez elle, cette assurance d'être aimée. De toute évidence, elle adorait sa famille. Jamie se sentait d'autant plus coupable d'avoir repoussé la sienne. Il aimait ses parents et ses sœurs, ses nièces et ses neveux, mais il ne supportait pas les précautions que tous prenaient avec lui, ou la façon dont ils cherchaient à lui faire tourner la page. Pour échapper à la pression familiale, il s'était isolé et se noyait dans le travail.

— Quel âge ont tes nièces et tes neveux ? demanda-t-elle.

— Entre six et dix ans.

Et voilà qu'il se sentait encore plus coupable. Anna était clairement une tante très présente. Tout comme Hestia l'avait été avec Josh, Caitlin, Dylan et Layla. Elle avait eu toute une réserve de livres sur la danse qu'elle lisait aux quatre enfants, affirmant que le ballet n'est pas réservé aux filles. Elle leur avait même appris quelques pas. Les enfants avaient adoré monter des spectacles les dimanches après-midi en famille. Hestia les avait aussi emmenés voir quelques représentations. Les enfants avaient été enchantés par *Casse-Noisette*, d'autant que leur tante était sur scène, à sauter et faire des pirouettes.

À l'époque, lui aussi avait été un oncle très attentif. Il avait lu des histoires, construit des trains et bu du thé avec des peluches. À la mort de Hestia, les enfants avaient perdu leur oncle en même temps que leur tante. Il se sentait coupable. Pour eux, il devait faire un effort.

Il commencerait à Noël, décida-t-il. Ce Noël.

Avec l'aide d'Anna, il affronterait ses démons et retrouverait sa famille pour les fêtes. En échange, il jouerait le Père Noël à l'hôpital. Il n'arriverait jamais à ouvrir son cœur à nouveau, mais sa famille méritait mieux que sa tristesse. Il fallait qu'il change.

— Mes neveux sont un peu plus jeunes, dit Anna. L'aîné, Will, a huit ans, et Ivy, la petite dernière, aura six mois la semaine prochaine. Mes parents ont réussi à nous espacer de deux ans chacun, et on dirait que mes frères et sœur ont tous décidé d'avoir un bébé à trente ans !

Mais pas elle ? Jamie n'osait poser la question, mais il avait vu Anna se rembrunir. Bien que curieux, il ne voulait ni se montrer indiscret ni la blesser.

Bientôt, elle retrouva son sourire lumineux.

— J'ai déjà acheté et empaqueté mes principaux cadeaux. En fait, je ne cherche que quelques bricoles pour remplir les chaussettes.

— Déjà ? Mais on est encore au mois de novembre !

— Décembre commence le week-end prochain, corrigea-t-elle. J'aime prendre le temps de dénicher les cadeaux parfaits puis de les emballer. Mon frère aîné refuse de faire ses courses de Noël avant la veille du réveillon, ajouta-t-elle en levant les yeux au ciel. Ça me rendrait dingue, toute cette foule, sans parler du risque de ne pas trouver ce que je cherche.

— Alors tu es du genre à tout planifier ?

— Oh que oui ! Je fais même des tableaux : je garde un fichier de ce que j'ai acheté, quand et pour qui. Comme ça, je n'achète jamais accidentellement deux fois le même jouet à l'un de mes neveux, ou le même livre à l'un de mes frères et sœur. Ce n'est pas toujours facile de se renouveler, alors cette année je compte sur ton aide !

Le shopping de Noël.

Hestia avait adoré ça. Ainsi qu'emballer les cadeaux, mettre des rubans et de jolis nœuds. Depuis son décès, Jamie offrait surtout des bons cadeaux. Et quand il faisait une commande en ligne, il choisissait l'option « emballage » plutôt que de s'en charger lui-même.

Il comprenait désormais combien tout cela devait paraître impersonnel à sa famille. La honte le submergea. Ses proches l'aimaient, et Hestia leur manquait à eux aussi. Tous avaient ressenti la perte de la petite fille qui n'avait pas eu le temps de se joindre à eux.

Jamie aurait dû partager leur deuil plutôt que de les repousser.

— Peut-être que, toi aussi, tu peux m'aider, suggéra-t-il.

Elle rayonna.

— Avec plaisir ! Acheter des cadeaux, c'est ce que je préfère au monde. Alors, dis-moi tout sur tes neveux et tes nièces.

Euh… Comment avouer qu'il s'était tellement éloigné de sa famille qu'il n'avait aucune idée de ce qui intéressait les enfants aujourd'hui ?

— Dylan a dix ans. Layla et Josh, huit, et Caitlin, six.

— Est-ce que les filles sont très girly ? Ont-elles les cheveux courts ou longs ? Parce que les élastiques et les barrettes ont toujours du succès. Megan a six ans, et elle raffole de tout ce qui est en forme de cœur ou couvert de paillettes.

— En forme de cœur ou couvert de paillettes, répéta-t-il, en y réfléchissant pour la première fois. Ça me paraît une bonne idée.

— Il y a aussi les fournitures artistiques : mes nièces adorent la peinture, les jolis stylos et les carnets. Et les livres ! Je connais un bouquiniste merveilleux, ici. Est-ce que Josh et Dylan aiment lire ?

— Je crois, répondit-il avec hésitation.

Bientôt, ils achetaient des élastiques, des chouchous et des barrettes. Puis Jamie se retrouva avec du savon bio et du beurre corporel pour sa mère et ses sœurs, de la bière artisanale pour son père et ses beaux-frères, des livres pour ses quatre nièces et ses neveux, un canard en peluche avec des bottes rouges pour Caitlin et une très belle tortue en bois pour Layla qui, dans son souvenir, adorait aller à l'aquarium quand elle était plus jeune.

— Qu'est-ce qu'on offre à des garçons de huit et neuf ans ? demanda-t-il, pensif.

— Quand ils ont déjà des consoles de jeux ? J'ai acheté à Will un planétarium miniature. Je crois que j'ai vu quelque chose de similaire sur l'un des étals, tout à l'heure.

— Ça devrait plaire aussi à Josh.

— Et je cherche l'un de ces kits où on se sert d'objets du quotidien pour faire des expériences scientifiques. Comme ajouter du vinaigre à du bicarbonate de soude et du colorant pour créer de la lave.

— Ça devrait plaire à Dylan, dit Jamie d'un ton songeur.

Une fois leur shopping terminé, Anna se tourna vers lui.

— Tu as du papier cadeau pour tout emballer ?

Jamie secoua la tête.

— Je ne suis pas doué pour ça.

— Ne me dis pas que tu n'es pas suffisamment soigneux, tu es chirurgien ! répliqua Anna en riant.

Il ne put s'empêcher de lui rendre son sourire.

— Il y a une grande différence entre réaliser des points de suture et emballer des cadeaux de forme bizarre.

— Ce ne sont que des excuses, docteur Thurston, conclut-elle, taquine.

Elle n'avait pas tort et, quelques minutes plus tard, Jamie avait acheté de belles pochettes et papiers cadeaux.

C'était la première fois en trois ans qu'il prenait plaisir à préparer Noël. Sa famille serait sous le choc lorsqu'il distribuerait de vrais cadeaux plutôt que les enveloppes habituelles. Peut-être même aurait-il assez de courage pour aller les voir après son service le jour de Noël, au lieu de sortir son excuse habituelle. Grâce aux conseils d'Anna, il était certain que les enfants adoreraient les présents choisis pour eux.

Il lui proposa de porter ses achats et, ensemble, ils continuèrent leur déambulation parmi les étals. Ils s'arrêtèrent devant une immense grande roue, tout éclairée, et qui attirait beaucoup de monde.

— Tu veux faire un tour ? demanda Anna.

— Ce n'est pas une bonne idée, avec tout ça, dit-il en indiquant leurs paquets.

C'est alors qu'il aperçut le carrousel. Les parents déposaient de très jeunes enfants sur des chevaux de bois et un musicien jouait des chants de Noël sur un orgue de Barbarie. Les petits tournaient sur les chevaux, l'air émerveillé. Si tout s'était déroulé comme prévu, Gisèle aurait eu presque trois ans aujourd'hui, l'âge idéal pour une telle activité.

Il prit une profonde inspiration. Il tenait bon. Ou presque.

La chanson changea, laissant la place à celle qu'il ne pouvait éviter. *All I Want for Christmas Is You*, que Hestia avait tant aimée. Elle avait même créé une chorégraphie pour sa classe de danse...

Le froid le saisit, et ce n'était pas seulement parce que le soleil s'était couché. C'était quelque chose qui l'ébranlait jusqu'à la moelle. Le chagrin était de retour. En force.

Comme si elle l'avait remarqué, Anna dit d'une voix douce :

— Il est temps de dîner. De quoi as-tu envie ?

— N'importe quoi.

Elle se mordit la lèvre.

— Désolée. J'en ai trop fait aujourd'hui, n'est-ce pas ?

— Non. Tu m'as... aidé.

Et c'était vrai, jusqu'à ce qu'il voie le carrousel et qu'il entende la musique, jusqu'à ce que son deuil le déchire à nouveau.

— Quand je me sens déprimée, je choisis ce qui me rend heureuse. Pas de *junk food*, mais plutôt un plat réconfortant accompagné de musique. Allons manger un morceau.

Cette fois encore, elle n'avait pas insisté pour qu'il parle et il lui en fut reconnaissant. Jamie tourna le dos à la grande roue et au carrousel, et la suivit vers les baraques où on servait de la nourriture.

— C'est moi qui offre, dit-il en s'efforçant de chasser ses idées noires. Trouvons une table.

Attablée, Anna attendait le retour de Jamie, parti commander leurs plats. Elle l'observait de loin, pensive. Qu'était-il arrivé à cet homme ? Sa souffrance manifeste était forcément en rapport avec un enfant : il s'était rembruni au niveau du carrousel, lorsqu'il avait vu des parents installer leur progéniture sur les chevaux.

Pourtant, il travaillait chaque jour avec des enfants malades. Comment le supportait-il, si ça lui déchirait le cœur ?

Anna le connaissait à peine, aussi n'osait-elle pas l'interroger. D'autant qu'il risquerait de poser des questions embarrassantes en retour. Par exemple, pourquoi n'était-elle pas mariée et mère de plusieurs enfants comme le reste de sa famille, puisqu'elle avait plus de trente ans ?

Elle hésitait. D'un côté, elle sentait que cela ferait du bien à Jamie de se confier. De l'autre, elle craignait de l'agacer en s'immisçant dans sa vie.

— À quoi penses-tu ? demanda Jamie en la rejoignant.

Il s'assit et fit glisser vers elle un plat en carton garni de macaronis au fromage et aux épinards, et une cuillère en bois.

— Oh ! rien d'intéressant. Merci, ça a l'air délicieux, dit-elle avant de prendre une bouchée. Et ça l'est !

Elle remarqua qu'il avait commandé la même chose qu'elle.

— Un très bon choix, acquiesça-t-il après avoir goûté.

— Garde une place pour le dessert. Je nous prendrai des churros et du chocolat chaud à la crème de liqueur.

— Si je comprends bien, tu viens ici tous les ans ? fit-il.

— Oui. Et le marché de Noël s'agrandit chaque année. D'habitude, j'en fais une sortie entre filles, soit avec ma meilleure amie, soit avec mes sœurs et mes belles-sœurs. M'accompagner aujourd'hui est un grand honneur que je te fais, sache-le ! conclut-elle avec un sourire.

— Merci d'avoir insisté pour que je vienne.

Elle esquissa une grimace.

— Alors, tu n'en détestes pas chaque instant ?

— Pas complètement. J'ai fait mes courses de Noël et j'ai bien mangé.

— Dis-moi, qu'est-ce qui est le plus dur pour toi, à cette époque de l'année ? demanda-t-elle avant de pouvoir s'en empêcher.

Il garda le silence si longtemps qu'elle crut qu'il ne répondrait pas. Elle était sur le point de lui presser la main et de s'excuser de sa curiosité lorsqu'il dit doucement :

— La musique. Certaines chansons. Je...

— J'essaierai de m'en souvenir, lança-t-elle. Je ne veux pas te faire souffrir, Jamie.

— Ce n'est pas le cas, rassure-toi. Et ton amour pour Noël... Je commence à comprendre.

— Attends un peu de goûter les churros !

Elle se hâta d'aller chercher leurs chocolats chauds et leurs churros, qu'elle déposa devant eux. Comme ils trempaient les beignets dans le pot de sauce chocolat en même temps, leurs doigts se frôlèrent. Elle frissonna au contact de sa peau, ce qui était ridicule. Ils étaient collègues, à peine sur le point de devenir amis. Et puis, tous deux avaient un passé compliqué. Mieux valait qu'elle se reprenne, plutôt que de rêver à l'impossible.

Ses émotions étaient probablement à mettre sur le compte d'un excès de sucre ! Car rien de romantique ne naîtrait jamais entre Jamie Thurston et elle.

Elle reprit son sang-froid, et ils discutèrent de choses et d'autres jusqu'à ce qu'ils aient terminé de manger.

— Il est temps que je rentre, sinon George va se demander où je suis, dit-elle en riant. Merci de m'avoir accompagnée au marché de Noël.

— Ce n'était pas aussi pénible que je le pensais.

— Parfait. Alors demain, tu me donnes ton choix de menu.

— Promis.

— Es-tu libre jeudi soir ? On pourrait aller faire du patin à glace. Je nous prends les tickets pour 20 heures ?

Il inspira profondément.

— D'accord, puisque ça fait partie de ma thérapie... Tu sais patiner ?

— Tu le découvriras bien assez tôt, répondit-elle en agitant les sourcils.

— Meilleure qu'au bowling ?

Elle éclata de rire.

— Tu es méchant. Et toi, tu sais patiner ?

— J'invoque le cinquième amendement.

— Impossible, tu n'es pas américain. Alors, est-ce que tu sais patiner, ou est-ce qu'il faut que je demande s'ils ont une version adulte de ces luges en forme de manchots ?

À son grand ravissement, il rit.

— Je refuse de faire du patin agrippé à un manchot géant !

— Dommage, j'aurais adoré voir cela, dit-elle en riant.

Puis elle retrouva son sérieux.

— À la patinoire, il y aura forcément de la musique… Tu préfères peut-être qu'on fasse autre chose ?

— Oui. Mais le principe de la thérapie, c'est d'affronter ce qui vous rend mal à l'aise, non ?

Elle hocha la tête.

— Si ça devient trop pénible pour toi, alors on partira. Même si c'est en plein milieu d'une chanson !

— Cela me semble un très bon compromis, merci. Je te ramène chez toi.

Il porta ses paquets jusqu'à la grille de son immeuble.

— Tu veux monter boire un café et rencontrer George ? proposa-t-elle.

— Une autre fois, peut-être. À demain.

— À demain.

Et d'un simple sourire, Jamie la bouleversa tout entière.

4

Le lundi, après son service, Anna alla dîner chez sa sœur JoJo et sa belle-sœur Becky. Elle était ravie de lire une histoire à son neveu de deux ans, Noah, pour l'endormir, bien que ce moment lui serrât le cœur. Si son rêve s'était réalisé, elle aurait répété ce rituel chaque soir avec ses propres enfants : lire un conte, se faire un câlin, rire.

Hors de question de se plaindre pour autant ! Elle avait la chance de voir souvent ses neveux et ses nièces, et de participer à leur éducation.

Après avoir souhaité une bonne nuit à son neveu, elle descendit. Becky la guida aussitôt dans le salon, où JoJo lui mit un verre de vin entre les mains.

— Allez. Raconte-nous tout, dit sa sœur.

— Je ne vois pas du tout de quoi tu parles.

— Intéressant ! Parce que tu étais au marché de Noël, hier.

— Comment tu le sais ? demanda Anna, surprise.

— Ma collègue Gemma s'y trouvait, et elle t'a vue, dit JoJo avant de faire une pause dramatique. En train de manger des churros avec un très bel homme, paraît-il.

— Pourquoi n'est-elle pas venue me dire bonjour ?

— Parce qu'elle ne voulait pas vous interrompre en plein rendez-vous amoureux.

Anna leva les yeux au ciel.

— Oh ! arrête. Ce n'était pas du tout ça.

— C'était quoi, alors ?

— Jamie est un ami.

JoJo s'esclaffa.

— *Juste* un ami ? Allons, je n'y crois pas une seconde.

— C'est un collègue.

— Il n'y a rien de mal à sortir avec un collègue, déclara sa sœur avec un sourire.

Anna se renfrogna.

— C'est ridicule. Si tu veux tout savoir, c'est notre nouveau chirurgien orthopédiste, celui qui remplace Nalini pendant son congé maternité. J'essaie de le convaincre de jouer le Père Noël du service, sauf qu'il refuse parce qu'il déteste les fêtes de fin d'année.

— Pourquoi ça ?

— Aucune idée, reconnut Anna, je n'ai pas osé lui demander.

— Je comprends. Mais si tu ne sais pas quel est son problème, tu risques de commettre un impair.

— Oui... Je crois que c'est en rapport avec les enfants, pourtant il travaille en pédiatrie, alors je ne sais que penser.

— Il faudrait que tu l'interroges avec délicatesse.

Anna haussa les épaules.

— Il se confiera à moi le jour où il sera prêt.

JoJo fronça les sourcils.

— Ce que je ne comprends pas, c'est ce qu'il faisait à un marché de Noël avec toi s'il déteste Noël... ?

— On a un accord, tous les deux. Si j'arrive à lui rendre cette période plus supportable, alors il portera le déguisement de Père Noël cette année.

— Et toi, qu'est-ce que ça t'apporte ? À un niveau personnel, je veux dire ?

Sa sœur marqua une pause avant de poursuivre :

— Si tu l'aides à surmonter son aversion pour Noël, alors il faut qu'il t'aide à te remettre de ton divorce.

— Je m'en suis déjà remise ! protesta Anna. Je n'ai pas besoin d'aide.

— Oh que si ! Tu n'es sortie avec aucun homme depuis, insista JoJo. Donc soit tu es toujours amoureuse de Johnny...

— Absolument pas !

— ... Soit cet imbécile t'a fait perdre confiance en toi. Ce n'est pas juste. Tu es merveilleuse, et il est temps pour toi de trouver celui qui t'aimera pour ce que tu es. Un homme qui te mérite.

C'était bien le genre de JoJo de mettre le doigt sur le problème. Il n'y avait pas plus perspicace que sa sœur.

— Je n'ai besoin de personne, répliqua Anna.

JoJo l'étreignit.

— On a tous besoin d'être aimé. J'ai si peur que tu te sentes seule.

— Comment pourrais-je me sentir seule, alors que j'ai la meilleure famille au monde et tout un tas de très bons amis ?

— Tu rentres tous les soirs dans une maison vide.

Anna balaya la remarque d'un revers de la main.

— Tout comme beaucoup de monde !

— Ne laisse pas l'égoïsme de Johnny te gâcher la vie. Tu refuses de nouer une relation parce que tu es persuadée qu'aucun homme ne restera auprès de toi en raison de ta stérilité.

— Je vais bien, JoJo, soupira Anna. Promis. Je sais que tous les hommes ne ressemblent pas à Johnny. Et que tous ne veulent pas forcément des enfants.

— Je doute que tu aies toi-même accepté la situation, dit sa sœur avec douceur.

— C'est le cas, je t'assure. Et si j'avais le moindre problème, tu serais la première informée.

Sa sœur semblait toujours inquiète.

— Tu sais que je serai toujours là pour toi. Et j'espère

que Becky et moi ne retournons pas le couteau dans la plaie avec Noah.

— Pas du tout, rétorqua Anna, catégorique. Je l'adore. Je suis ravie d'être sa marraine. Et je vous suis très reconnaissante de me laisser lui lire des histoires et jouer avec lui chaque fois que j'en ai envie.

— Parce qu'on t'aime aussi, répondit JoJo, toujours soucieuse. Alors tu l'aimes bien, ce Jamie ?

— En tant que collègue, oui. On pourrait même devenir amis.

Comme JoJo haussait les sourcils, Anna ajouta avec un soupir :

— D'accord ! Oui, il est très beau. Il me rappelle cet acteur de la série historique écossaise que tout le monde adore.

— Oh ! sympa ! s'exclama JoJo, approbatrice. Est-ce que tu lui plais ?

— Je n'en ai aucune idée ! On se connaît depuis une semaine ! Et je ne cherche pas de relation, de toute façon. Dis donc, tu ne chercherais pas à me caser, par hasard ?

— Loin de moi cette idée ! protesta sa sœur en riant. Mais si ce Jamie te plaît, je ne vois pas ce qui t'empêche de transformer cet accord de Noël en une véritable rencontre amoureuse. Puisqu'il est chirurgien, au moins tu sais qu'il est doué de ses mains !

Anna ne put s'empêcher de rire.

— Joanna Maskell, tu exagères vraiment, parfois ! Maintenant, est-ce qu'on peut changer de sujet ?

À son grand soulagement, JoJo acquiesça. Becky cria que le dîner était prêt, et toutes trois bavardèrent tranquillement le reste de la soirée.

Quand Anna fut sur le départ, JoJo la serra dans ses bras.

— Désolée de t'embêter. Je t'aime, Anna, et je m'inquiète pour toi. Becky aussi.

Elle lui rendit son étreinte.

— Je vais bien. Je vous aime toutes les deux aussi. Et Noah. À très bientôt.

Anna ne vit pas Jamie du reste de la semaine. Toutefois, le jeudi soir, ils se retrouvèrent à la station de métro où ils s'étaient donné rendez-vous. Ensemble, ils se dirigèrent vers la patinoire de Somerset House.

Il y avait de chaque côté de la piste un énorme arbre de Noël, décoré de guirlandes électriques. Des éclats de lumière multicolores parsemaient la glace, pour le plaisir d'une foule ravie. Certains, peu téméraires, restaient près de la rambarde, d'autres faisaient presque de la danse sur glace. Plusieurs stands proposaient des cadeaux de Noël ou des boissons chaudes et des friandises.

La musique de Noël était omniprésente et Anna pouvait sentir le malaise de Jamie.

— Si tu as changé d'avis, on peut faire demi-tour, dit-elle.

— Tu as acheté les billets, ce serait du gâchis, répondit-il avec un haussement d'épaules. Je suis prêt.

Elle lui sourit.

— Alors faisons déjà le tour de la patinoire, histoire de nous mettre dans l'ambiance.

Il lui prit la main et la pressa brièvement.

— Merci de ta patience, j'apprécie ce que tu fais pour moi.

— C'est que j'ai des intérêts dans l'affaire ! rétorqua-t-elle en riant. Je suis sûre que tu feras un Père Noël très convaincant !

Comme Jamie faisait la grimace, elle rit de plus belle.

— Oublie ce que j'ai dit ! Je devine que tu ne t'es pas encore fait à l'idée… Allons patiner.

Ils louèrent leurs patins et, bientôt, s'élancèrent sur la piste.

— Tu es bien plus douée pour le patinage que pour le bowling, fit remarquer Jamie.

— Ce n'est pas difficile ! répondit-elle, amusée. Pour patiner, il faut juste faire glisser un pied devant l'autre. C'est bien plus simple que de viser une quille. Tu devrais me voir au tir à l'arc ! Tout le monde se jette à couvert, déclara-t-elle en levant les yeux au ciel.

Jamie se mit à rire franchement. Il commençait à se détendre, et cela faisait plaisir à voir.

Du patinage.

Jamie n'en avait pas fait depuis des années. Hestia ne voulait pas risquer de se casser une cheville sur la glace, enseigner la danse n'étant pas facile avec un plâtre.

Une fois que les pas lui furent revenus, il y prit un grand plaisir. Mais une part de lui-même restait tendue, attendant que la chanson préférée de Hestia joue et le tourmente. Il se força tout de même à sourire à Anna, qui faisait tout pour l'aider. De toute évidence, elle était ravie d'être là au milieu de la foule, sous les lumières, à patiner au rythme des chansons pop de Noël.

Il ne manquait que la neige. Quelques flocons légers qui fondraient au contact du sol et apporteraient un peu de magie à la patinoire. Comme il était étrange que cette idée lui fasse envie !

Soudain, un enfant tomba sur la glace, et se mit aussitôt à pleurer.

— Nous devrions aller l'aider, fit Jamie en prenant la main d'Anna.

Tous deux glissèrent jusqu'au petit et sa mère.

— Je m'appelle Jamie et voici Anna. On peut vous aider ?

— Merci, dit la maman, reconnaissante. Il faut que je le relève avant que quelqu'un lui rentre dedans.

Jamie l'y aida. Le petit garçon n'arrêtait pas de pleurer. Il tenait son bras et refusait qu'on le touche.

— Je suis docteur, dit-il gentiment. Je peux regarder ton bras ?

Le petit garçon secoua la tête.

— Comment s'appelle-t-il ? s'enquit Anna.

— Adeoye, on le surnomme Ade, répondit sa mère.

Jamie montra son propre poignet et demanda à l'enfant s'il avait mal là. Ce dernier acquiesça en sanglotant.

— Quand tu as glissé, continua Jamie, est-ce que tu as mis les mains en avant pour protéger ton visage ?

Ade acquiesça encore.

— Ça fait vraiment mal ! hoqueta-t-il à travers ses larmes.

C'était sans aucun doute une fracture de Pouteau-Colles.

— Est-ce que ça chatouille ou est-ce que tu as l'impression que c'est engourdi ? demanda encore Jamie, rassuré lorsque le garçon secoua la tête. Est-ce que tu as la tête qui tourne ou envie de vomir ?

— Un peu, reconnut Ade.

— D'accord. C'est probablement le choc d'être tombé, expliqua Jamie avant de se tourner vers sa mère. Je crois qu'il a le poignet cassé.

— Ça guérit très bien, continua Anna pour rassurer la maman. Quand il gèle, nous voyons beaucoup de cas à l'hôpital.

Jamie caressa la tête de l'enfant.

— Il te faut passer une radio, Ade. Pour vérifier l'état de tes os avant de poser un plâtre.

Il se tourna vers la maman :

— Emmenez-le aux urgences, ils lui poseront une attelle pour maintenir son poignet cette nuit, puis un plâtre léger demain matin. Je suis chirurgien orthopédique en pédiatrie, alors c'est une de mes spécialités, acheva-t-il avec un sourire.

— Est-ce qu'il portera le plâtre longtemps ? demanda la mère en se mordillant les lèvres. Il y a le concert de Noël à l'école dans deux semaines…

— D'ici là, vous aurez le temps de modifier son costume pour prendre le plâtre en compte, intervint Anna.

— Si c'est une fracture nette, il portera un plâtre pendant

quatre à six semaines, reprit Jamie. Puis il devra faire des exercices quotidiens pour rééduquer son poignet.

— Je ferais mieux de le conduire tout de suite à l'hôpital, dit la mère d'Ade. J'appelle un taxi.

Pendant que la mère téléphonait, Jamie et Anna aidèrent l'enfant à retirer ses patins. Puis quand le véhicule fut là, ils lui souhaitèrent un bon rétablissement.

Resté seul avec Anna, Jamie inspira profondément.

— Eh bien, je crois qu'il est temps pour nous de reprendre le patin ! On fait encore un tour ?

— Avec joie ! répondit-elle.

— Et ensuite chocolat chaud, j'imagine ?

— Ce serait parfait.

Devant le sourire de la jeune femme, Jamie sentit les battements de son cœur s'accélérer.

Ce n'était pourtant pas ce qui était prévu. Ça ne faisait pas partie de leur accord. Ils étaient collègues, peut-être amis. Ils n'étaient pas censés se rapprocher ainsi.

Anna était la première femme depuis Hestia à éveiller en lui de telles émotions. Sa spontanéité et son grand cœur étaient irrésistibles. Pourtant, il aurait juré qu'elle cachait une profonde tristesse. Quoi qu'il en soit, elle méritait mieux que lui. Il garderait donc ses distances.

Alors qu'il s'en faisait la promesse, elle vacilla et il la rattrapa de justesse.

Captive de ses bras, elle écarquilla ses grands yeux vert océan tandis que ses lèvres s'entrouvraient. Ce serait si facile de pencher légèrement la tête. De frôler sa bouche de la sienne. De se perdre dans un baiser jusqu'à en avoir la tête qui tourne...

Était-ce son imagination, ou regardait-elle ses lèvres, comme lui regardait les siennes ? Ressentait-elle la même chose, voulait-elle qu'il l'embrasse ? Il ne pouvait rien dire, rien faire d'autre que résister à cette envie insensée.

S'il ne résistait pas… Que se passerait-il ? Répondrait-elle à son baiser ?

Pouvait-il se risquer à l'embrasser ?

Le devrait-il ?

— Merci de m'avoir rattrapée, dit-elle alors, l'arrachant à sa torpeur.

Non. Bien sûr que non. Il devait se montrer raisonnable.

— Je t'en prie, répondit-il. Encore un tour ?

Au moins, le patinage l'obligerait à se concentrer sur autre chose que ce baiser manqué. Il cesserait d'imaginer Anna lovée contre lui, ou la douceur de sa peau contre la sienne…

— Encore un tour, acquiesça-t-elle.

Il n'osa pas la regarder. Était-elle soulagée ou déçue qu'il se soit dérobé à leur étreinte ? L'embrasser était hors de question. Ils n'étaient pas là en amoureux.

Quelle imbécile elle faisait ! songeait Anna. Et dire qu'elle avait failli tomber aux pieds de Jamie, comme le pauvre petit garçon plus tôt !

Pis encore : lorsqu'il l'avait rattrapée, elle s'était sentie… exaltée.

C'était l'effet de leur proximité, voilà tout. Ou peut-être les lumières vives qui l'avaient éblouie, la sensation magique de la patinoire qui l'emportait loin des problèmes du quotidien et lui ouvrait un champ de possibilités. Tout cela éveillait en elle la tentation de faire ce qui ne serait pas raisonnable dans la vraie vie.

Un instant, elle avait regardé la bouche de Jamie et s'était demandé ce que cela serait, de l'embrasser. Sa bouche serait-elle douce, taquine, accueillante ?

Elle ne le saurait jamais, car il n'était pas question de sentiments, entre eux. Cela ne faisait pas partie de leur accord.

Anna était censée montrer à Jamie le bon côté de Noël. Pas se jeter sur lui et les plonger tous les deux dans l'embarras. Aucun d'eux ne cherchait une relation.

Il fallait qu'elle se concentre sur le patinage. Pas les baisers. Elle se le répéta une demi-douzaine de fois, dans l'espoir de se convaincre. *Patiner, pas embrasser, patiner, pas embrasser...*

Malgré tout, elle ne pouvait oublier la présence de Jamie à son côté. Il était si grand, si beau, avec ses yeux d'un bleu magnifique, ce sourire rare mais éblouissant.

Reprends-toi, Anna ! Ce n'est pas un rendez-vous amoureux. Arrête de rêver.

Ils firent le tour de la patinoire. Malgré elle, son attention se porta sur les autres couples qui patinaient main dans la main. Les plus assurés faisaient tourner leur partenaire dans leurs bras. Des baisers étaient échangés.

Elle n'aurait pas dû le remarquer.

Concentre-toi sur le patinage.

— C'est l'heure du chocolat chaud, non ? dit-elle enfin.

— Très bonne idée.

Sauf que, pendant qu'ils faisaient la queue, une bousculade les rapprocha l'un de l'autre. Alors que Jamie refermait les bras sur elle pour la protéger de la foule, Anna eut soudain l'impression d'être privée d'oxygène.

Elle fit l'erreur de le regarder dans les yeux : il semblait tout aussi troublé qu'elle.

Son cœur s'emballa. Allait-il l'embrasser ?

S'il l'embrassait, et qu'elle lui rendait son baiser... Que se passerait-il ensuite ?

Elle restait figée, pressée contre Jamie. Ses bras virils l'entouraient, son visage était à un souffle du sien. Si elle avait fait quelques centimètres de moins, ça n'aurait pas été un problème. Mais sa bouche était proche de la sienne.

C'était la première fois qu'elle avait envie d'embrasser un homme, depuis sa rupture avec Johnny.

Or Anna était sûre d'une chose : si elle cédait à la tentation, Jamie Thurston s'emparerait de son cœur. Comment prendre un tel risque, après que Johnny le lui avait brisé ? Elle ne cherchait pas de relation. Pas même une simple aventure. Ce n'était pas son genre, les liaisons sans lendemain.

Elle laissa échapper un soupir. Comment se libérer des bras de Jamie, sans que ce soit embarrassant ? Il devinerait à son trouble qu'elle désirait qu'il l'embrasse...

— Qu'est-ce que je vous sers ?

Anna sursauta, comme prise en faute, avant de s'écarter de Jamie.

— Deux chocolats chauds, s'il vous plaît, fit-il.

Sa voix était calme, comme s'ils n'avaient pas été à deux doigts de s'embrasser passionnément en public !

La distance aida Anna à recouvrer son sang-froid, en partie du moins. Elle se sentait comme une adolescente à côté du garçon de ses rêves, à la soirée dansante du lycée.

Pendant qu'ils buvaient leurs chocolats chauds sur un banc en regardant les autres patineurs, elle réussit contre toute attente à parler de sujets anodins, de patinage, d'arbres de Noël et de décorations. Puis ils repartirent vers Muswell Hill. Le métro était trop bruyant pour avoir une conversation, ce qui lui donna le temps de réfléchir.

Sur le chemin du retour, Anna prit sa décision. Pour neutraliser l'attirance qu'elle éprouvait pour Jamie, elle le traiterait de la même façon que ses autres amis. Pour lui dire au revoir, elle l'embrasserait sur la joue.

Sauf que Jamie lui proposa de la ramener jusque devant chez elle. Comment aurait-elle pu refuser, alors qu'ils allaient dans la même direction ?

À la grille, elle prit une profonde inspiration. Jamie était son *collègue*.

— Est-ce que tu veux monter boire un café, un verre de vin, autre chose ? lança-t-elle.

Autre chose ? Oh non ! Pourvu qu'il ne prenne pas ça pour une proposition !

— Merci, mais il vaut mieux que j'y aille.

Était-elle soulagée, ou déçue de sa réponse ?

— D'accord. Merci d'être venu ce soir... J'espère que ça n'a pas été trop pénible pour toi.

Anna ne devait pas perdre de vue son objectif : aider Jamie à supporter au mieux cette période de l'année. En aucune façon il ne s'agissait pour elle de se bercer d'illusions.

— En fait, j'ai passé un bon moment, dit-il d'un ton surpris. Merci pour tout.

— Tout le plaisir était pour moi. À demain.

Elle s'apprêtait à l'embrasser sur la joue quand, prise d'un élan incontrôlable, elle frôla ses lèvres des siennes.

Anna Maskell avait un cœur immense, songea Jamie. Elle était chaleureuse, affectueuse, le genre de femme qui embrasse tout le monde. Son geste ne voulait rien dire.

Sauf que, pour lui, ça voulait dire beaucoup.

Trois ans après la disparition de Hestia, les émotions qu'il avait soigneusement fait taire rugissaient en lui.

Prendrait-il le risque de mettre son cœur entre les mains d'Anna ? Prendrait-il le risque de la perdre ?

La foudre ne tombe jamais deux fois au même endroit... paraît-il. Et il avait déjà connu la douleur de voir l'amour de sa vie lui être arrachée. Hestia avait péri des suites d'une éclampsie, et depuis, Jamie ne faisait que survivre.

Non, impossible. Il ne pouvait offrir à Anna de relation sans complications. Il fallait qu'il s'éloigne avant de la faire souffrir.

Tout de suite.

— À demain, marmonna-t-il.

Et il partit sans un regard en arrière.

5

— Je réagis comme une fille de quatorze ans, alors que j'en ai trente-quatre ! dit Anna à son poisson rouge. Une adolescente qui vient d'embrasser le garçon dont elle rêve en secret depuis des mois. Sauf que leurs appareils se sont accrochés, alors c'est très embarrassant plutôt que romantique, et elle a peur qu'il raconte tout à ses copains.

George remonta pour manger le pois qu'elle avait lâché dans l'aquarium.

— D'accord, il ne dira rien au boulot, et moi non plus. Mais ça reste embarrassant. Moi qui me croyais imperturbable ! Heureusement qu'il a refusé de monter boire un verre. Sinon... Bon, un dernier pois et on s'arrête là. Je ne veux pas te donner une indigestion.

Avec un soupir, elle rangea la boîte de friandises pour poissons dans le réfrigérateur et plaça son téléphone dans l'enceinte-dock.

— J'ai failli tomber et, là, Jamie m'a rattrapée... J'avais tellement envie qu'il m'embrasse, au milieu de la patinoire ! Je me sens ridicule, maintenant, et j'espère que cet épisode ne gâchera pas notre relation professionnelle. Demain, il faudra que je m'excuse. J'espère qu'il me laissera quand même lui montrer à quel point Noël est magique. Dans le cas contraire, il me faudra porter le costume moi-même. Je n'aime pas l'idée de décevoir les enfants.

Il ne lui restait qu'un moyen de se remonter le moral...

Elle appuya sur « play » et se mit à chanter et danser sur ses chansons préférées de Wham !

Le vendredi matin, à son arrivée à l'hôpital, elle se demanda comment elle parviendrait à regarder Jamie en face. Peut-être qu'il serait au bloc opératoire ce jour-là ?

Lorsqu'elle consulta la liste de ses patients, elle sut qu'elle ne pourrait l'éviter. Lily Brown, une fillette de onze ans souffrant d'une scoliose, était une de ses patientes préférées. Nalini et elle suivaient Lily depuis des années. Elle avait d'abord porté un plâtre, puis un corset, pour redresser sa colonne vertébrale. Désormais, on envisageait l'opération, car malgré tout son état ne faisait qu'empirer.

On frappa à sa porte ouverte. Lorsqu'elle leva les yeux, Jamie était sur le seuil. Il portait un costume au lieu de sa blouse, et il était encore plus beau.

Ce qui était une pensée totalement déplacée.

— Salut, dit-il. Je vois que tu as déjà un café. J'allais justement t'en proposer un. Est-ce qu'on peut discuter de Lily Brown avant son rendez-vous ? J'ai vu sur son dossier que tu la suis depuis des années.

Et cela suffit à tout recadrer. Aider leurs patients passait avant tout. Elle l'aurait presque embrassé, si ça n'avait déjà été la source du malaise...

— Bien sûr. Va te chercher un café, je te retrouve dans la salle de consultation avec les résultats de son scanner.

Le temps qu'elle lui explique le cas de Lily, l'heure du rendez-vous était arrivée. Anna fit les présentations.

— Voici le Dr Thurston, qui remplace Nalini pendant son congé maternité. C'est lui qui se chargera de l'opération la semaine prochaine.

— Appelez-moi Jamie. Ravi de vous rencontrer, Lily, madame Brown.

— Appelez-moi Heather. L'hôpital est devenu notre seconde maison.

— Heather, alors, reprit-il avec un sourire. Lily, j'ai parcouru ton IRM. Il montre la souplesse de ta colonne, et l'endroit où il faut que j'opère. Tu as passé le bilan préopératoire avec brio.

Lily se mordit la lèvre.

— J'aimerais que le Père Noël existe vraiment, et qu'il m'apporte un nouveau dos, comme ça je n'aurais pas besoin d'être opérée et maman s'inquiéterait moins pour moi.

— C'est presque aussi bien. J'ai l'habitude de cette opération, alors ta maman n'a pas à s'inquiéter, c'est promis. Toute l'équipe est fantastique, tu seras entre de bonnes mains.

« Il y aura l'infirmière anesthésiste qui va t'endormir, comme ça tu n'auras pas mal, le manipulateur radio qui prendra des clichés de ta moelle épinière, plusieurs infirmières et un autre chirurgien pour m'aider.

— Est-ce que tu seras là, Anna ? demanda Lily.

— Non, mais je viendrai te voir après.

— Si Anna a le temps entre ses autres patients, elle pourra bien sûr venir en salle d'opération. On appelle cette intervention une arthrodèse, expliqua Jamie en montrant un modèle anatomique de la colonne vertébrale. Ces os ici sont tes vertèbres. Je vais mettre des fils et des vis pour les connecter à une tige, de façon à ce qu'ils se redressent, puis un greffon osseux par-dessus. Au cours de l'année prochaine, il se développera et ta colonne vertébrale va se redresser.

— Est-ce que ça va faire mal ?

— Après la chirurgie, un petit peu. Mais dans quelques mois, tu auras beaucoup moins mal au dos que maintenant. Tu auras toujours quelques douleurs de temps en temps, toutefois elles seront beaucoup moins violentes.

— Et je vais grandir ?

— Absolument. Tu seras même déjà plus grande après

l'opération. Si ta maman te mesure avant et à ton retour à la maison, tu verras la différence.

— Mon dos sera droit ?

— Plus droit. Il y aura toujours une petite courbe, bien moins visible.

— Et après la chirurgie ? demanda Heather.

— L'infirmière anesthésiste réveillera Lily. Vous pourrez alors la voir. Elle ira en soins intensifs un jour ou deux, puis elle reviendra en pédiatrie. Tu auras peut-être un peu la nausée, ajouta-t-il en souriant à Lily, mais ça ne va pas durer. Nous te donnerons des antalgiques pour que tu n'aies pas trop mal.

— Combien de temps je vais rester à l'hôpital ?

— Environ une semaine après ton opération. Petit à petit, tu deviendras plus mobile. Marche un peu chaque jour, écoute ton kinésithérapeute, car bouger aidera ta convalescence. Tu retourneras à l'école environ six semaines après l'opération. Tes amis pourront venir te voir, si tu veux.

— L'idéal, c'est de s'organiser pour qu'ils ne soient pas là tous en même temps, intervint Anna. Comme ça, tu ne seras jamais seule. Mets de la musique dans ton téléphone, pour t'occuper.

— Entendu, répondit Heather. Vous avez d'autres conseils ?

— Préférez un pyjama qui se boutonne devant, c'est plus facile à enfiler après l'opération, des hauts larges qui ne gêneront pas le pansement. Tes lèvres et ton visage risquent d'être un peu secs, alors prévois de la crème et du baume, ajouta-t-elle à l'intention de Lily. Tu as de très beaux cheveux, mais ils risquent de s'emmêler. Alors il vaut mieux les natter.

— Et il faut que tu boives beaucoup, reprit Jamie. Les premiers jours, la nourriture simple à mâcher sera plus facile à digérer : des crèmes et des yaourts...

— De l'ananas ? J'adore ça.

— Moi aussi. As-tu d'autres questions ? Il n'y a pas de question idiote. Je veux que tu sois le plus détendue possible

Elle réfléchit.

— Non. Mais j'ai un peu peur de ne pas me réveiller, répondit-elle en regardant sa mère.

— Ne t'inquiète pas, il n'y a aucun risque, la rassura Jamie. Si tu veux, il existe des groupes de soutien, peut-être que tu peux te rendre sur un forum spécialisé. Tu es loin d'être la seule à avoir subi cette opération à ton âge. Tu devrais trouver toutes sortes de conseils pour te rassurer.

Il chercha rapidement sur Internet et écrivit l'adresse d'un site sur un carnet. Il déchira la page pour la lui donner.

— Tu peux commencer par là. On se voit lundi matin, alors. Si quelque chose d'autre t'inquiète, n'hésite pas à nous contacter.

Le reste des consultations passa très vite, puis ce fut l'heure de la pause.

— On déjeune ensemble ? demanda Jamie.

En tant que collègues ? Oui.

— Avec plaisir.

Ils se dirigèrent vers la cantine, achetèrent leur déjeuner et se trouvèrent une table à l'écart.

— Tu as été parfaite avec Lily ce matin, surtout sur l'aspect pratique. Je n'aurais pas pensé à tous ces détails qui font la différence.

— C'est normal. Tu es chirurgien, je suis pédiatre. Je suis habituée aux soins postopératoires.

— Je t'ai vue pendant la consultation. Tu es très attachée à cette patiente, n'est-ce pas ?

— C'est vrai. L'entendre dire qu'elle souhaiterait un nouveau dos pour les fêtes... Parfois, j'aimerais vraiment être le Père Noël.

— Nous faisons de notre mieux pour changer les choses, dit Jamie avec douceur.

Elle hocha la tête, puis se lança :

— Jamie, je voulais m'excuser pour hier soir.

— C'est inutile, voyons.

Il disait ça pour être gentil, mais elle devait mettre les choses au clair.

— Je crois que c'est l'ambiance de la patinoire, le sapin, les lumières, la musique, qui m'ont fait tourner la tête.

Il n'avait pas l'air convaincu, aussi décida-t-elle de tout lui révéler.

— Je vais te raconter quelque chose. Mais d'abord, promets-moi de ne pas avoir pitié de moi.

Cette fois, il la regarda droit dans les yeux.

— C'est promis. Mais ne te sens pas obligée de te confier à moi, surtout...

— Je veux que tu saches pourquoi je préfère qu'on reste amis, dit-elle, nerveuse.

Elle marqua une pause avant de poursuivre :

— Comme ma sœur et mes frères, je voulais un bébé à trente ans. Mon mari était d'accord et nous nous sommes lancés dans l'aventure. Mais nous avons accumulé les échecs et, après des analyses plus poussées, mon gynécologue a diagnostiqué une insuffisance ovarienne prématurée. Ça m'a fait l'effet d'un coup de massue, d'autant que je n'avais aucun symptôme de la ménopause. Le verdict est tombé : le seul moyen pour moi d'avoir un bébé, c'est de passer par une FIV avec don d'ovocytes. Mon mari a refusé.

Jamie fronça les sourcils.

— Il n'a pas envisagé l'adoption ?

— Il voulait une grossesse sans complication, dans la norme, avec un bébé à l'arrivée. Alors il a trouvé une femme qui était capable de lui offrir cela, expliqua Anna. J'aurais quand même préféré qu'il mette d'abord fin à notre mariage...

— Il t'a trompée ? demanda Jamie, l'air horrifié.

— Oui. Or sa culpabilité n'a fait qu'empirer les choses : il s'est justifié en déclarant qu'aucun homme digne de ce nom ne voudrait de moi, puisque je suis stérile, dit-elle avec une grimace.

— C'est monstrueux ! Et faux !

— Je sais. Ça m'a quand même fait beaucoup de peine. Maintenant, j'ai accepté ma stérilité et mesure ma chance : j'ai six neveux et nièces, mes frères et ma sœur me font participer à toutes leurs sorties familiales, mes amis aussi. J'échappe aux mauvaises nuits, aux caprices et aux couches démoniaques. Je ne subirai pas la crise d'adolescence, les portes qui claquent, et les accusations d'avoir gâché leur vie. C'est plutôt un avantage !

Anna donnait le change, mais Jamie trouvait son sourire forcé. Elle souffrait toujours de la désertion de son mari, ça se voyait dans ses beaux yeux.

— Merci de t'être confiée à moi. Ton ex est vraiment un sale…

Il ravala son insulte.

— Oui. Sa photo a été accrochée à une ou deux cibles de jeu de fléchettes. Mes frères et ma sœur voulaient lui casser la figure.

— J'en ai très envie aussi.

Elle secoua la tête.

— La violence ne résout rien. Il était aussi blessé que moi par cette situation. Il n'a pas su la surmonter, c'est tout.

— C'est très noble de ta part, de ne pas le haïr.

— Pas tant que ça : c'est moi qui ai collé sa photo sur la cible. En fait, j'ai un peu pitié de lui : il avait vraiment envie d'un bébé, alors il s'est précipité dans cette nouvelle relation, qui s'est révélée désastreuse. Aujourd'hui, son ex ne le laisse pas voir sa fille facilement.

— Quoi ? fit Jamie, surpris. Il t'a raconté tout ça, et il s'attendait à ce que tu compatisses ?

— Non, c'est sa mère qui me l'a dit, répondit-elle avec un sourire. Maggie est adorable, rien à voir avec le stéréotype de l'horrible belle-mère. Elle était furieuse contre Johnny. Nous sommes restées amies après le divorce et nous déjeunons ensemble de temps en temps. En fait, depuis que son ex a rompu, il vit à nouveau chez ses parents. Je l'ai appris parce que Maggie a changé la date d'un de nos rendez-vous pour que je ne tombe pas sur lui.

C'était une belle leçon pour Jamie. Malgré ce que son ex lui avait fait subir, Anna était restée en contact avec son ex-belle-famille.

Lui voyait à peine les parents et la sœur de son épouse disparue. Il était en effet persuadé que ce serait trop douloureux pour tout le monde, un rappel de ce qu'ils avaient perdu. Avait-il tort ? Les proches de Hestia auraient sans doute eu besoin de parler avec lui de leur fille, de leur sœur, afin de la maintenir en vie dans leur tête.

Un sentiment de culpabilité l'envahit.

— Anna Maskell, tu es une femme incroyable. Je suis impressionné par ton attitude si positive.

Elle haussa les épaules.

— Je n'en suis pas arrivée là toute seule. J'ai vu une psychologue. Elle m'a montré que s'apitoyer sur soi-même n'apporte rien. Elle m'a appris à changer ma façon de réfléchir. Ce sont des choses qui arrivent, alors pourquoi pas à moi ?

Jamie s'était souvent demandé : *Pourquoi moi ?* Et il avait refusé de consulter un spécialiste, bien qu'on le lui ait proposé. Et si ça avait été une erreur ? Peut-être avait-il besoin de se confier pour tourner la page.

Anna en tout cas l'aidait déjà à voir les choses sous un nouveau jour.

— Est-ce que tu suis un traitement ? demanda-t-il avant de grimacer. Pardon, c'est indiscret.

— Non, ça ne me dérange pas d'en parler. Après tout, je ne suis pas la seule femme stérile au monde. Et puis, en me montrant sincère, je peux sans doute aider d'autres couples qui rencontrent les mêmes difficultés. J'ai un traitement hormonal de substitution, pour maintenir ma densité osseuse et éviter les risques cardio-vasculaires.

— Mais, est-ce que le THS... ? commença Jamie malgré lui.

— Augmente le risque que je développe un cancer du sein ? En fait, non, grâce à mon âge. Ça ira. Je bois du chocolat chaud plutôt que du thé et je mets beaucoup de lait dans mon café, pour le calcium. Je cours cinq kilomètres deux fois par semaine. C'est un bon exercice qui renforce les os. Je fais une ostéodensitométrie tous les ans. Tout le monde s'occupe bien de moi. Et je ne vais pas laisser ma stérilité définir ce que je suis.

— Tu es le genre de personne qui, malgré les obstacles, arrive toujours à voir la vie en rose.

— J'y ajoute des paillettes de sucre multicolores, c'est encore plus joli ! Et puis c'est délicieux, répondit-elle avec un tel sourire qu'il se mit à rire.

Grâce à elle, il avait le cœur plus léger, et pourtant il se sentait coupable. Malgré toutes ses souffrances, Anna s'était efforcée de tourner la page, alors que lui continuait de se morfondre.

Peut-être devrait-il lui parler de Hestia et Gisèle, lui expliquer pourquoi il trouvait Noël si difficile à vivre.

Il ouvrit la bouche, mais les mots restèrent bloqués dans sa gorge.

— Bref, maintenant que tu sais que je n'ai pas de vues sur toi, on peut être amis, conclut-elle. Et j'espère que notre accord tient toujours, car j'ai vraiment besoin d'un Père Noël.

— Qu'est-ce que tu suggères, pour la suite des festivités ?

— Un film de Noël ?

— Si tu veux.

Allait-elle lui proposer de regarder un DVD chez elle ou chez lui ?

— Il y a une séance exceptionnelle au cinéma Alexandra

Palace, lundi soir. Pas de réservation possible, donc il nous faut arriver tôt si on veut une bonne place. On pourrait manger une pizza quelque part d'abord ?

— Bonne idée. Ce sera un bon moyen de décompresser, après l'opération de Lily. Et j'étais sincère, tout à l'heure : si tu veux suivre l'opération au bloc, tu es la bienvenue, tout comme n'importe quel autre membre de ton équipe.

— Je te prendrai peut-être au mot.

C'était étrange comme son cœur s'emballait quand il croisait ses yeux vert d'eau. Toutefois, après ce qu'elle venait de lui raconter, Jamie avait honte de cette réaction. Anna avait été très claire : elle ne cherchait pas de relation amoureuse. Alors, plutôt que de les laisser fleurir, il enterra ses émotions.

6

Le lundi matin, Jamie retrouva Lily Brown devant la salle d'opération.

— Prête ? demanda-t-il.

— Je crois, répondit-elle avec nervosité.

— Bien.

Il lui sourit et tapota le bras de sa mère qui semblait tout aussi nerveuse.

— Ne vous inquiétez pas. Je vais prendre mon temps pour que tout se passe bien.

— Je sais. C'est juste que…

Il comprit ce qu'elle voulait dire.

— C'est normal que vous vous inquiétiez. Vous êtes sa mère. Y aura-t-il quelqu'un pour vous tenir compagnie pendant l'opération ?

— Une amie me rejoindra dès qu'elle aura déposé sa fille à l'école.

— Parfait, lui dit-il avec un autre sourire rassurant. Vous pouvez rester avec Lily pendant l'anesthésie, jusqu'à ce qu'elle s'endorme. Ensuite, vous n'aurez plus qu'à patienter avec une tasse de thé. Je vais me préparer. On se retrouve à la fin de l'opération. Et nous, Lily, dans la salle.

Le bloc était calme, on y diffusait à sa demande une mélodie de Bach au piano. Il avait déjà établi un bon rapport avec son équipe et, heureusement, son choix de musique leur convenait.

— Bonjour, tout le monde. Je vais récapituler les étapes de l'opération, afin de m'assurer que chacun connaît bien son rôle.

Il s'exécuta puis se prépara à inciser. En corrigeant la colonne vertébrale de Lily Brown, c'est la vie de cette enfant qu'il allait changer.

L'opération de Lily était complexe et durerait au moins quatre heures. Anna l'avait observée pendant sa pause déjeuner. Jamie Thurston était vraiment doué de ses mains, aurait dit sa sœur de façon très déplacée.

Tout comme Nalini, il était très gentil avec son équipe. Il traitait chacun avec respect et considération, sans faire montre de ce complexe de supériorité si fréquent chez les chirurgiens. Loin de considérer les questions comme importunes, il expliquait volontiers les différentes étapes de la procédure, transformant cette opération en cours de médecine. Passionnée, Anna resta aussi longtemps que possible avant de retourner à ses consultations.

Elle espérait vraiment que Jamie resterait plus longtemps que les trois mois prévus, et qu'il remplacerait Nalini tout le long de son congé maternité. Non seulement c'était un excellent docteur, mais elle aimait sa compagnie, tout en sachant qu'une relation entre eux était impossible.

À la fin de la journée, elle passa voir Lily en soins intensifs.

— Comment vas-tu ? demanda-t-elle.

— Bien, répondit la petite, les larmes aux yeux.

— Je t'ai apporté quelque chose, dit Anna en lui tendant un baume à lèvres. Au cas où tu aurais oublié le tien ou qu'un autre parfum te ferait plaisir. Il est au beurre de cacao et très agréable à porter.

— C'est trop gentil.

Lily se mit alors à pleurer et s'essuya les joues du revers de la main.

— Pardon ! Je ne sais pas pourquoi je pleure. Je devrais être contente, on va enfin arrêter de m'appeler Quasimodo à l'école.

— Ma chérie, tu es Esméralda, pas Quasimodo !

Heather semblait tout aussi horrifiée qu'Anna d'apprendre ce que sa fille avait subi.

— Tu étais inquiète à cause de l'opération et, maintenant que c'est terminé, tu es soulagée, c'est pour ça que tu pleures. Et il arrive qu'on réagisse ainsi à l'anesthésiant. Ce n'est pas grave du tout, c'est même tout à fait normal. La bonne nouvelle, c'est qu'après une bonne nuit de sommeil tu te sentiras beaucoup mieux.

Lily n'avait pas l'air convaincue. Comment la réconforter, alors que les insultes qu'elle avait essuyées affleuraient à sa mémoire ?

— Des gens extraordinaires ont une scoliose, tu sais. Tu connais Usain Bolt ?

— Bien sûr ! s'exclama Lily, les yeux écarquillés de surprise. Mais, c'est un coureur célèbre !

— Oui. L'homme le plus rapide au monde a une scoliose, et ça ne l'a pas arrêté.

— Incroyable ! dit Heather. Je ne le savais pas non plus.

Anna fit la liste d'une demi-douzaine d'actrices et de chanteuses souffrant de scoliose, parmi les plus célèbres et les plus belles, en espérant que Lily les admirait.

— Et tous ces gens ont une scoliose ? Vraiment ?

— Mais oui ! Alors si un imbécile ose encore t'insulter, tu n'auras qu'à lui répéter ces noms. Lui montrer que ton dos n'est qu'une partie de toi, et qu'il ne définit pas ta personnalité. Tu es fantastique, Lily Brown, ne laisse personne te dire le contraire !

— Anna a tout à fait raison, déclara Jamie depuis le seuil. Et je ne savais pas pour Usain Bolt.

— C'est un parfait exemple, dit Anna en souriant. La

princesse Eugénie aussi. Elle avait un an de plus que toi quand elle a été diagnostiquée, Lily.

— Oui, je me souviens avoir vu des photos dans le journal. Sa robe de mariage avait un décolleté dans le dos qui montrait sa cicatrice. Je l'ai trouvée très courageuse.

— Tu l'es aussi. C'est ce que tu es à l'intérieur qui compte, et la façon dont tu affrontes la vie.

« Ce que tu es à l'intérieur… La façon dont tu affrontes la vie. »

Anna était courageuse, elle aussi, songea Jamie. Ses cicatrices étaient invisibles, elles ne trahissaient pas les épreuves qu'elle avait traversées. Cela ne l'empêchait pas d'avancer et de prendre l'existence du bon côté. Il avait beaucoup à apprendre d'elle.

D'autres visiteurs arrivèrent. Anna sourit.

— Nous allons vous laisser tout leur raconter. Nous nous retrouverons en pédiatrie demain.

— Oui, et je veux te voir debout, même si tu ne fais que deux pas, déclara Jamie. Tu t'en sors très bien. Ça fait plaisir de te voir sourire.

— Merci. Merci beaucoup pour tout ce que vous avez fait pour moi.

— Je t'en prie. C'est pour ça que j'ai choisi ce travail, pour guérir mes patients.

Anna et Jamie partirent alors dîner avant la séance de cinéma.

— Comment savais-tu que toutes ces célébrités souffraient de scoliose ? demanda-t-il.

— Je fais toujours des recherches, quand il s'agit de maladies qui attaquent sérieusement le moral de nos patients. C'est réconfortant, d'apprendre que d'autres ont réussi malgré tout. On se sent un peu moins seul.

— C'est une très bonne idée.

— Je t'ai regardé opérer quelques minutes pendant ma

pause déjeuner. C'était fascinant. Je n'ai pas beaucoup l'occasion de voir les chirurgiens au travail.

— Nous devrions organiser des stages interservices, dit Jamie, soudain inspiré. Ton équipe pourrait alors voir ce que nous faisons et nous poser des questions au besoin. Et nous, nous saurions ce que deviennent nos patients après l'opération. Peut-être que nous trouverions un moyen de faciliter leur convalescence.

— Excellente idée ! répondit Anna avec enthousiasme. Nous devrions en parler à Robert.

Après avoir mangé, ils remontèrent la pente jusqu'à l'Alexandra Palace. La silhouette de l'énorme cinéma avec sa célèbre antenne radio était visible de l'autre côté du parc.

— On voit si bien le centre de Londres d'ici, dit Jamie, surpris, lorsqu'ils arrivèrent au sommet de la colline. C'est magnifique.

Ils entrèrent dans le cinéma et choisirent leurs sièges.

— C'est incroyable, dit Jamie en regardant autour de lui. Est-ce que ce cinéma est aussi vieux qu'il en a l'air ?

— À l'origine, c'était un théâtre victorien, expliqua Anna avec un sourire. Il vient d'être restauré. Pendant les travaux, mes parents ont fait une donation au nom de notre famille. Nous figurons sur une plaque à l'entrée, c'est sympa de savoir qu'on fait partie de ce lieu.

— Ta famille vit par ici ?

— Oui. Mes parents habitent toujours la maison de mon enfance. Comme on adore tous ce coin, chacun est revenu s'installer là après ses études. Je travaille à Muswell Hill depuis que j'ai eu mon diplôme.

Plus Jamie entendait parler de la famille Maskell, plus il regrettait de s'être éloigné de la sienne. Ses parents et ses sœurs auraient adoré ce cinéma.

Il leva les yeux vers le plafond pour l'admirer.

— Merci de m'avoir fait découvrir ce lieu magnifique.

— Je t'en prie, répondit-elle, avant de prendre l'air embarrassé. Euh, j'espère que ça ne te dérange pas que ce soit une comédie romantique.

Love Actually. Il avait vu les affiches dans l'entrée.

— Je ne l'ai jamais vu en entier, pourtant mes sœurs adorent ce film ! reconnut-il.

— C'est aussi l'un de mes films préférés. J'étais fan de Hugh Grant, il y a des années.

— Tu n'as pas songé à appeler ton poisson rouge Hugh ou même Grant ?

— Non. George est le prénom de mon premier amour.

— Tu lui as donné le nom d'un ex-petit ami ? fit Jamie, étonné.

— Non, de George Michael ! Maman mettait toujours Wham ! quand on était petits. J'écoute leurs chansons quand je suis de mauvaise humeur. Rien ne me redonne autant le sourire que danser et chanter dans la cuisine avec une brosse à cheveux pour micro. Encore mieux si c'est avec l'un de mes neveux ou nièces !

Il l'imaginait très bien dans son rôle de tante débordant de joie de vivre. Anna Maskell mettait tout son cœur dans ce qu'elle entreprenait.

Quelle mère extraordinaire elle aurait été !

Il était assis tout à côté d'elle. Ça aurait été si facile de lui prendre la main. Il en mourait d'envie.

Mais Anna s'était montrée claire : elle ne cherchait pas de relation, depuis que son ex l'avait abandonnée.

Bien sûr, jamais Jamie n'agirait de la sorte. D'ailleurs, la stérilité d'Anna n'était pas un problème pour lui. Il trouvait même la situation… rassurante : il ne risquait pas de la perdre comme il avait perdu Hestia, à cause de l'éclampsie survenue durant sa grossesse.

Il soupira. De telles pensées étaient bien trop égoïstes

pour qu'il s'y attarde. Il n'était pas le même genre d'homme que ce Johnny !

Il essaya de se concentrer sur le film, sans pouvoir s'empêcher de jeter quelques coups d'œil à Anna. À la lueur de l'écran, son visage apparaissait de façon très nette. Elle passait un très bon moment. Lui trouvait le film plutôt ridicule, mais supportable.

Jusqu'à la scène du concert de Noël.

Jusqu'à ce que la petite fille monte sur scène et chante cette maudite chanson qui lui brisait toujours le cœur. Elle éveillait tant de souvenirs en lui qu'il avait l'impression de se noyer.

Heureusement, Anna ne remarqua rien de son trouble. Et il ferait en sorte de reprendre son sang-froid avant que les lumières reviennent. Pas question qu'elle se sente coupable, même si à cet instant il n'avait qu'une envie : hurler sa douleur.

Lorsqu'ils sortirent de la salle, Anna était radieuse.

— J'adore la scène du concert ! Et à ce propos : ça te dit de m'accompagner au spectacle de Noël de mes nièces et neveux la semaine prochaine ? Ils ont répété chez mes parents. J'ai hâte de les voir en costume !

— Merci, mais je ne serai pas disponible.

Comment le savait-il ? Elle ne lui avait pas donné la date. Anna ne s'était pas attendue à ce qu'il rechigne à aller à une représentation scolaire. Son regard trahissait son tourment.

— Qu'est-ce qui ne va pas ? demanda-t-elle, soucieuse.

Il secoua la tête, alors elle n'insista pas pour en discuter en public, pourtant sa souffrance était manifeste. Ils traversèrent le parc et s'arrêtèrent devant l'immeuble d'Anna.

— Merci, dit Jamie poliment.

— Monte avec moi boire un thé, ou ce que tu veux. Tu as besoin de compagnie.

— Je...

— Jamie, je veux juste t'aider, dit-elle avec douceur. Et

parfois, ça aide, de parler à quelqu'un. Ce que tu me diras restera entre nous.

Sa psychologue lui avait appris l'importance de la communication. Et par chance, Jamie accepta de monter chez elle. Elle l'entraîna dans la cuisine.

— Qu'est-ce que tu veux ? Du thé ? Du café ?

— Peu importe.

Anna hocha la tête. Elle-même avait vécu ces moments où prendre la moindre décision exige un effort. Après avoir préparé deux tasses de chocolat chaud, elle ramena Jamie dans le salon.

— Laisse-moi te présenter George le Génial. George, voici un ami de l'hôpital, Jamie.

— Bonjour, George.

La voix de Jamie restait monotone. Anna avait espéré que l'incongruité d'être présenté à un poisson rouge l'aurait au moins fait sourire.

Comment l'atteindre ?

Avant le film, tout allait bien. Elle avait l'impression qu'il avait passé un bon moment. Il s'était renfermé lorsqu'elle avait parlé du concert. Ce devait être ça, le problème. Elle ne savait pas comment le réconforter. Elle craignait de faire un impair. D'un autre côté, hors de question de le laisser en proie aux réflexions qui le déchiraient de l'intérieur !

Elle lui fit signe de s'asseoir sur le canapé et s'installa à côté de lui.

— Jamie, je suis vraiment désolée si je touche à un point sensible. On dirait que c'est l'idée du concert qui t'a troublé et je ne saisis pas pourquoi. Je ne veux pas empirer les choses, alors aide-moi à comprendre ce qui ne va pas.

Jamie prit une profonde inspiration. Anna avait été sincère avec lui. À son tour.

— Ce n'est pas vraiment le concert. C'est le film. Cette chanson : *All I Want for Christmas Is You*. C'était la chanson préférée de Hestia, mon épouse. Elle est morte, il y a trois ans. Notre bébé aussi. Si elles avaient été en vie, nous serions allés au spectacle de Noël de la maternelle, cette année.

Cela faisait très, très longtemps qu'il ne l'avait pas dit à voix haute. D'habitude, c'était un bleu invisible sur son âme.

Il ne savait pas comment enchaîner.

Son instinct lui disait de partir en courant sans un regard en arrière. Car il ne supporterait pas de voir la pitié sur le visage d'Anna.

Or elle lui prit la main et la pressa doucement.

— Ce n'est pas de la pitié que je ressens, c'est de la compassion, dit-elle, en écho à ses pensées. C'est déjà difficile de perdre ceux qu'on aime. À Noël, c'est encore pire.

Elle ne croyait pas si bien dire. Tout le monde semblait faire la fête, parlait d'amour, de paix, de joie. Lui n'était entouré que de mort et de tristesse. Et ça recommençait tous les ans. Il ne savait pas comment briser le cycle.

— Je comprends que tu n'aimes pas Noël, reprit Anna d'une voix douce. Si tu veux en parler, je suis là. Et ne t'inquiète pas, je n'ai pas l'intention de trahir ta confiance et de faire de toi le nouveau sujet des ragots de l'hôpital.

— Je sais.

Anna n'était pas du genre à faire des commérages.

— Tu sais, quand j'ai appris que j'étais stérile, j'ai été dévastée. Ma vie n'avait plus aucun sens. Tu connais Jenna Conti, dans le service ? Sa jumelle Lucy a eu un accident très sérieux il y a quelques années, elle ne peut plus enfanter. Jenna a été sa mère porteuse. Elle m'a présentée à Lucy, pour que je parle à quelqu'un qui comprenne. Elles m'ont beaucoup aidée, toutes les deux.

Parler à quelqu'un qui comprenne.

Jamie ne connaissait personne qui ait comme lui perdu sa femme et son bébé, à trente ans à peine.

— Et toi, tu as perdu quelqu'un ? dit-il d'une voix amère.

— Mes grands-parents. Mais ils ont eu une longue vie heureuse. Ils me manquent, bien sûr, pourtant c'est dans l'ordre naturel des choses. En revanche, la mère de ma meilleure amie est morte d'un cancer du sein, bien trop tôt. Alors je sais que le problème ce n'est pas tant ce qu'on a dit ou ce qu'on a fait, mais plutôt ce qu'on n'a pas eu le temps de faire.

Ses mots le touchèrent. Il n'avait pas pu dire adieu à Hestia. La dernière fois qu'il l'avait vue, c'était à la morgue d'un hôpital : elle ne l'avait pas entendu lui dire combien il l'aimait, elle ne lui avait pas pressé la main une dernière fois. Il n'avait pas été là pour l'étreindre, quand elle avait sombré dans la mort.

Il avait trahi Hestia, car il l'avait laissée mourir seule.

Il leva alors les yeux vers Anna. Il n'y avait aucune trace de pitié chez elle. Uniquement de la compassion, de la gentillesse. Il ouvrit la bouche et les mots sortirent enfin :

— Hestia a fait une éclampsie.

Le visage d'Anna s'assombrit. Sans un mot, elle lui prit la main à nouveau. Elle était prête à l'écouter.

Alors il parla.

— Elle était enceinte de sept mois, elle venait de prendre son congé maternité. Notre bébé devait naître une semaine avant Noël. Hestia allait à l'épicerie du coin acheter du lait. Elle s'est effondrée au milieu de la rue et a fait une crise d'épilepsie. Souvent, je me dis que si j'avais regardé dans les placards avant de partir travailler, si j'avais racheté le lait et qu'elle n'avait pas eu à sortir...

Il secoua la tête et reprit :

— Je sais que c'est ridicule, parce que ça serait arrivé de toute façon. Si elle avait été seule à la maison, personne n'aurait appelé d'ambulance – cela aurait été pire encore. Au moins, des soignants étaient auprès d'elle pour la secourir. L'ambulance est arrivée rapidement. Hélas, Hestia a fait une hémorragie cérébrale, et elle est morte sur le chemin de l'hôpital. Notre fille Gisèle aussi. À leur arrivée, il était trop tard pour pratiquer une césarienne.

— Je suis désolée, Jamie, dit Anna avec émotion. Quel horrible cauchemar !

Un cauchemar dont il ne s'était jamais réveillé.

— Le plus dur, c'est de penser que je n'ai pas pu être là pour elle, à la fin. J'ai l'impression de l'avoir abandonnée.

— Tu travaillais, quand c'est arrivé ?

Il acquiesça.

— J'étais en salle d'opération. Dans le même hôpital. Je n'ai eu le message des urgences que trois heures plus tard.

— Ce n'est pas ta faute. Même si tu avais été prévenu pendant l'opération, tu n'aurais pas pu abandonner ton patient.

— Ni laisser mon interne se charger d'une procédure bien trop complexe pour lui. Ma raison le sait. Mais mon cœur continue de penser que j'ai abandonné ma femme. Je suis médecin, bon sang ! J'aurais dû remarquer que Hestia n'allait pas bien, ce matin-là !

— Tu es chirurgien orthopédique, pas obstétricien, lui rappela Anna. Tu ne peux pas être spécialisé en tout. Personne ne le peut.

Techniquement, c'était vrai. D'un point de vue émotionnel, c'était plus compliqué.

— Est-ce qu'elle avait montré des symptômes annonçant une prééclampsie, est-ce qu'elle était une personne à risque ? demanda Anna.

Jamie secoua la tête.

— Elle n'était pas diabétique, elle n'avait ni problème rénal ni pression artérielle élevée. Elle n'avait même pas d'antécédents familiaux. La sage-femme avait relevé une légère protéinurie lors de son dernier examen, mais rien d'alarmant... Hestia ne s'est jamais plainte de migraines.

— Alors tu es très injuste envers toi-même. Il est impossible de diagnostiquer une condition sans symptômes. Et puis, les éclampsies sont aussi foudroyantes que rares.

— Une grossesse sur quatre mille.

Il connaissait ces horribles statistiques. La mort en cours de grossesse ou en couches survenait si peu, désormais. Malheureusement, Hestia et Gisèle n'avaient pas été du bon côté des statistiques.

— Ce doit être si difficile pour toi, de travailler en pédiatrie et de voir des enfants qui auraient eu le même âge que ta fille, fit Anna, émue.

— Bizarrement, au travail, ça va. Après tout, nous sommes là pour guérir les enfants malades. Le plus difficile... c'est de les voir en dehors et de songer à tout ce qui aurait pu être.

— Alors je n'insiste pas pour que tu viennes au concert. Ce serait beaucoup trop pénible pour toi.

— Ça ne l'est pas pour toi ? demanda-t-il. Voir des couples avec des bébés et des petits enfants ?

— Autrefois, oui. Mais je te l'ai dit, j'ai une famille et des amis très généreux. Je suis plusieurs fois marraine. On me fait participer à toutes les activités avec les enfants. Pas que les trucs agréables, dit-elle avec un sourire en coin. J'ai changé des couches caca-strophiques aussi.

Jamie sourit. Anna était toujours si enjouée... Il avait eu plus de temps pour se remettre de la mort de sa femme et de son bébé qu'Anna pour surmonter sa stérilité et un mari qui l'avait trompée. Pourtant, contrairement à lui, elle faisait face.

Soudain, il se rendit compte qu'il avait parlé à voix haute.

— Je suis dé...

Elle pressa doucement le doigt sur ses lèvres.

— Chut. Ne t'excuse pas. Il n'y a pas de limite de temps, quand il s'agit de faire son deuil. Et puis, j'ai peut-être eu davantage de soutien que toi. Ma famille a été très présente.

— J'ai repoussé la mienne. Je me sers de mon travail comme d'une excuse pour fuir mes proches. Ils sont tous gentils, mais je ne supporte pas de les voir prendre des pincettes avec moi. Si je suis absent, ils peuvent s'amuser sans crainte de me blesser.

— Alors nous devrions maintenir notre accord. Pour que Noël soit moins douloureux pour toi, que tu puisses te réconcilier avec ta famille et passer à nouveau du bon temps avec elle.

— C'est ce que j'aimerais. Mais…

C'était si difficile. Il avait l'impression d'avoir bâti un mur infranchissable autour de son cœur.

— Nous ferons de notre mieux pour éviter cette chanson. Mais ça ne va pas être facile : elle est diffusée sans arrêt à cette époque de l'année.

— Je sais bien.

— Je suis sûre que Hestia aurait détesté l'idée que tu te coupes de tout le monde.

— Oui, reconnut Jamie. C'est pour ça que j'ai accepté ton plan. J'ai vraiment envie de tourner la page, et de me réconcilier avec ma famille et la sienne. Sauf que je ne sais pas par où commencer.

— Dans ma famille, un SMS ferait l'affaire. Je n'aurais qu'à écrire : « Soyez patients, car je vous aime et j'essaie de vous revenir. » Ils comprendraient. Ils me donneraient l'espace dont j'ai besoin pendant quelque temps, puis essaieraient de me rejoindre à mi-chemin.

— Tu ne crois pas que c'est trop tard ?

— Il n'est jamais trop tard. Appelle-les. Ou envoie-leur un message, si parler est trop difficile. Si ça se trouve, tes proches ont aussi peur que toi de ce gouffre entre vous. Peut-être craignent-ils que tu t'éloignes davantage s'ils te contactent. Si tu faisais le premier pas, vous vous retrouveriez très vite, j'en suis sûre. Tu pourrais le faire tout de suite.

Comment Anna était-elle devenue si sage ? Il consulta sa montre.

— Ils risquent de s'inquiéter si j'appelle si tard.

— Alors demain. Avant d'aller travailler. En plus, tu auras une bonne raison de ne pas regarder ton téléphone de toute la journée, parce que tu opères. Ça te permettra de souffler.

Reconnaissant, Jamie la regarda dans les yeux.

— Merci. De m'avoir écouté. De m'avoir remis les idées en place. D'être aussi patiente.

— C'est à ça que servent les amis. Et tu ferais la même chose pour moi !

— Je ne suis pas aussi doué que toi avec les gens... Mais je ferais de mon mieux.

Elle lui sourit.

— Eh bien voilà ! Maintenant, tu devrais rentrer.

— Et réfléchir à ce que je vais leur dire, c'est ça ?

— Exactement. Reste simple et sincère.

Elle lâcha sa main.

Heureusement, car il était sur le point de la prendre dans ses bras. Pas seulement par gratitude : d'autres sentiments le motivaient, inhabituels, à la fois effrayants et exaltants.

Puis il y eut la culpabilité. Comment pouvait-il regarder une autre femme, alors qu'il venait de se confier au sujet de Hestia ?

Il fallait qu'il recouvre son sang-froid. Qu'il soit logique, impassible, comme l'exigeait son travail de chirurgien.

— D'accord. À demain.

— À demain.

Il rentra chez lui à pied. Anna avait raison, Hestia aurait été furieuse qu'il se morfonde pendant trois ans.

Retrouver le bonheur.

L'air lui manqua quand il se rendit compte qu'il avait déjà rencontré quelqu'un qui changeait sa vision du monde et le rendait heureux. Quelqu'un qui avait souffert aussi. Anna Maskell éclairait sa vie. Et peut-être que lui aussi pouvait éclairer la sienne.

Il y réfléchit sur tout le chemin du retour.

Ce fut alors facile d'écrire un message à sa famille. Avec des mots simples et sincères.

Coucou. Je suis désolé de vous avoir rejetés ces trois dernières années. J'ai eu beaucoup de mal à me remettre de la mort de Hestia et de Gisèle. Mais je vous aime et j'essaie de retrouver une forme de normalité. Ne renoncez pas à moi, s'il vous plaît.

Le lendemain matin, il envoya son message et fut surpris de recevoir des réponses dans la foulée. Son téléphone bipa presque tout de suite. Sa mère, ses sœurs, sa belle-mère, sa belle-sœur. Toutes lui répondaient qu'elles l'aimaient aussi et qu'elles seraient là pour lui, quand il serait prêt à parler.

Les larmes lui montèrent aux yeux. Sa famille ne demandait qu'à lui tendre la main. Anna avait eu raison, or il n'aurait jamais eu le courage de faire ce premier pas si elle ne l'y avait pas poussé. Pour la remercier, il lui offrirait le plus gros des bouquets de fleurs.

Il ne la vit pas dans la journée, car elle était occupée par ses rendez-vous et ses patients de l'hôpital, et lui en salle d'opération. Alors il lui envoya un message pendant une pause :

Tu es libre, ce soir ?

Elle répondit aussitôt.

Non, désolée. Je fais de la zumba avec ma belle-sœur, puis j'ai un dîner de famille.

Bon, les fleurs, ce serait pour un autre soir.

Son téléphone vibra à nouveau.

Je suis libre demain, si tu veux.

C'était l'occasion d'agir. Au lieu de laisser Anna organiser toutes les sorties de Noël, il pouvait suggérer une activité. Lui tendre la main.

On pourrait peut-être aller voir les illuminations de Noël ?

La réponse ne se fit pas attendre.

Les anges sur Regent Street ?

Ça me va. Je te retrouve chez toi à 19 heures. Ça te dit de manger un bout, avant ou après ?

Jamie sourit, ravi.

Absolument !

Ce n'était pas un rendez-vous amoureux, se rappela-t-il. Ça faisait partie de leur accord. Pourtant, il était résolu à aider Anna à surmonter les dégâts infligés par Johnny, et à lui montrer qu'elle était une femme extraordinaire.

N'importe quel homme serait émerveillé d'avoir Anna Maskell à son côté.

Lui le serait.

Au fond, il était toujours terrifié à l'idée d'une nouvelle relation. Aimer, c'est également prendre le risque de perdre l'être aimé. Toutefois, il avait aussi très envie d'être l'homme de la situation. Jamie voulait qu'Anna retrouve le bonheur, or l'idée que ce soit avec un autre que lui le rendait malheureux.

Il devait lui montrer combien elle était merveilleuse, lui donner le courage d'offrir son cœur à un homme qui le mériterait. Un homme qui lui donnerait la famille qu'elle désirait.

Il voulait être cet homme. Aurait-il le courage de prendre ce risque ? Pouvait-il tourner la page et aimer à nouveau ? Rendre Anna heureuse ?

Ou devait-il penser à elle avant tout, et quitter la scène ?

7

Le mercredi matin, lorsque Anna rendit visite à Lily, elle lui apporta un magazine de sudoku.

— Ça, c'est un truc de matheux et c'est vraiment très gentil ! s'exclama sa patiente, ravie. Merci. J'adore ce genre de jeux.

— Je t'en prie, dit Anna en souriant. Je sais que tu as la bosse des maths, j'ai pensé que ça te distrairait entre deux visites. Tu ne t'ennuies pas trop ?

— Non, ça va. Jamie est venu me voir tout à l'heure. Maman m'a aidée à sortir du lit, j'ai fait deux pas devant lui. Il était très content.

— Félicitations ! Continue tes efforts. Le kiné revient te voir cet après-midi.

Jamie.

Elle était émerveillée qu'il lui ait proposé une activité de Noël. Était-ce le signe qu'il commençait à guérir ? Est-ce que Noël lui semblait moins douloureux, à présent ?

Elle espérait vraiment qu'il contacterait sa famille, et surtout que ses proches réagiraient comme les siens le feraient avec elle.

Il lui faudrait toutefois faire preuve de prudence. Après le drame qu'il avait vécu, quand Jamie serait prêt à reprendre le cours de sa vie, il chercherait une relation sans complications. Ce qui la rayait de la liste. Il devrait rester pour elle un ami et un collègue, aussi séduisant soit-il, avec ses beaux yeux bleus et son sourire réservé.

Anna soupira. Sa vie était déjà bien remplie, et belle. Elle devait s'estimer heureuse de ce qu'elle avait.

À 18 h 55 ce soir-là, Jamie était devant la porte d'Anna avec un énorme bouquet de fleurs, commandé la veille au fleuriste du quartier. Il avait souhaité une composition rappelant Noël, et le résultat était parfait : des roses d'un rouge profond, des freesias couleur crème et des panicauts colorés d'argent, le tout mélangé au feuillage vert argenté des eucalyptus et au vert plus profond du laurier.

Il sonna. Quelques instants plus tard, Anna ouvrait la porte avec un sourire accueillant.

— Bonsoir, tu arrives pile au bon moment ! J'étais sur le point d'enfiler mes bottes et de partir à la recherche de mes gants.

— C'est pour toi, dit-il en lui tendant le bouquet. J'espère qu'elles te plaisent.

— Merci beaucoup ! Elles sont magnifiques ! s'exclama-t-elle, les yeux écarquillés. C'est en quel honneur ?

— Je voulais te remercier de ton aide.

Ses joues s'empourprèrent. Elle était tellement jolie qu'il eut soudain très envie de l'embrasser. Il se retint toutefois.

— Oh. Alors nous avons réussi ? Cette période de l'année est moins pénible pour toi, et tu vas jouer le Père Noël ?

— J'y réfléchis encore. Je ne suis pas tout à fait prêt à accepter.

En réalité, sans l'avouer, il ne voulait pas mettre fin à ces sorties avec Anna. Il les attendait avec impatience, et pas pour leur qualité thérapeutique. Avec Anna, le monde semblait bien plus chaud, bien plus doux. À son côté, il devenait un homme meilleur.

— Je vais mettre les fleurs dans l'eau avant que nous partions. Entre, le temps que je trouve un vase.

Dans sa cuisine, sur la porte du frigo, il y avait des dessins d'enfants retenus par des magnets, témoignages de l'amour que ses neveux lui portaient. Le lundi précédent, anesthésié par son chagrin, il ne les avait pas remarqués.

Elle mit de l'eau dans un vase et arrangea le bouquet.

— Ces fleurs sont vraiment superbes. Je n'ai rien fait pour les mériter, mais je suis ravie.

— Tu as fait bien plus que tu le crois. Hier matin, j'ai envoyé un message à ma famille. Comme tu l'as suggéré, je suis resté simple et sincère.

— Bravo, dit-elle en le regardant droit dans les yeux. Tu as eu des réponses ?

— Oui, avant même que j'arrive à l'hôpital ! dit-il, toujours incrédule. Tous m'ont écrit qu'ils m'aimaient aussi, et qu'ils seraient là quand je serai prêt à leur parler.

— C'est merveilleux !

Ils partirent peu après.

Sur Regent Street, les décorations de Noël prenaient la forme d'anges aux ailes immenses, aux jupes drapant la rue, toutes de guirlandes lumineuses. Anna lui expliqua qu'ils rappelaient les toutes premières illuminations, dans les années 1950.

Jamie ne put s'empêcher de penser à Hestia, quand il l'admirait sur scène, dans de longues jupes diaphanes. Il l'avait toujours trouvée d'une grâce angélique. Ces illuminations étaient comme le signe qu'elle l'encourageait à retourner dans le monde des vivants et à retrouver le bonheur.

Pendant qu'ils se promenaient, sa main frôla celle d'Anna. Une fois, deux fois. La troisième, Jamie ne put s'empêcher de refermer doucement les doigts sur les siens. Elle ne s'écarta pas. Petit à petit, il resserra sa prise jusqu'à lui tenir vraiment la main.

Le cœur d'Anna battait à toute allure, comme la première fois qu'elle avait tenu la main de son petit ami lorsqu'elle était adolescente. Sauf qu'elle avait trente-quatre ans et que Jamie Thurston n'avait rien d'un maigrichon aux cheveux gras criblé d'acné.

Si elle avait eu plus de bon sens, elle aurait trouvé une bonne excuse pour lui lâcher la main. Car même s'ils avaient eu tous les deux le cœur brisé, ils n'en étaient pas au même stade de guérison. Pourtant, elle ne put s'empêcher de serrer la sienne tout aussi fort.

Ils traversèrent Bond Street avec ses illuminations sur le thème du paon. D'un côté, une queue déployée au-dessus de toute la rue, puis des plumes individuelles or et argent, dont l'œil à chaque extrémité changeait peu à peu de couleur.

Parler aurait mis fin à la magie, alors elle garda le silence jusqu'à ce qu'ils tombent sur un marché de Noël dans une rue perpendiculaire.

— Ça te dit ? demanda Jamie sans lui lâcher la main.

Manger, il parlait de manger. Pas de l'embrasser sous un gui imaginaire, comme Anna en mourait d'envie.

— Oui, allons dîner, répondit-elle d'une voix bien trop rauque.

Lorsqu'ils eurent mangé, Jamie lui reprit la main et la raccompagna jusqu'à sa porte.

— Merci pour cette très bonne soirée, dit-il.

— J'ai passé un bon moment aussi... Est-ce que tu veux monter boire un café ? fit-elle après une hésitation.

Avec tendresse, il ramena une mèche de ses cheveux derrière son oreille.

— Oui. Et non. Je veux passer plus de temps avec toi. Mais ce n'est pas une bonne idée, ni pour toi ni pour moi.

— Je vois, rétorqua-t-elle en regardant leurs mains jointes.

En fait, elle était totalement perdue. Que se passait-il ? Étaient-ils amis, ou sur le point de franchir une nouvelle étape ?

Il déposa un baiser sur sa joue.

— Je suis terrifié. C'est la première fois que j'éprouve de tels sentiments depuis la mort de Hestia. C'est une bonne nouvelle, mais je dois prendre le temps d'y réfléchir.

— De mon côté, je n'ai fréquenté personne depuis Johnny, reconnut-elle.

Sortir avec Jamie serait une bien mauvaise idée – un risque énorme. Il avait déjà tant perdu ! Et s'il décidait plus tard qu'il voulait un enfant ? Elle se retrouverait alors avec le même problème : elle serait incapable de donner à son homme ce qu'il désirait ardemment. Or elle avait beau croire que Jamie ne lui ferait jamais de mal délibérément, elle n'avait aucune garantie.

Peut-être qu'elle réfléchissait trop.

— Ce soir, ce n'était pas un vrai rendez-vous, dit-elle, comme pour se rassurer.

— Non, cette sortie fait partie de notre accord, répondit Jamie. Mais elle a tout de même été très agréable.

Cette fois, il l'embrassa au coin de la bouche. En retour, elle lui caressa la joue.

— Alors nous allons prendre notre temps, dit-elle. Voir ce qui se passe entre nous. Sans nous précipiter, sans pression.

Sans prendre de risque.

Jamie prit une profonde inspiration.

— Ça me va. À demain, alors ?

Sans se lâcher la main, ils s'étreignirent. Anna frissonna, savourant sa proximité. Soudain, le monde semblait bien différent, les couleurs bien plus vives.

— À demain, répéta-t-elle à regret.

Le vendredi matin, Anna et Jamie se retrouvèrent pour une consultation auprès de Michael Jeffries, un adolescent qui s'était blessé lors d'un tacle violent pendant un match de football.

— J'ai vu l'autre docteur. Elle m'a dit que j'avais une déchirure du ligament croisé, qu'il fallait que mon genou dégonfle et que j'arrive à le bouger complètement avant même qu'elle songe à opérer, dit-il avec une grimace. J'ai eu le droit de nager et de faire de la kiné pendant un mois pour que les muscles de mes cuisses restent forts, mais pas de jouer au foot !

— Ça devait être pénible, dit Anna d'un ton compatissant.

— Oui ! Je déteste ça ! J'attendais le rendez-vous d'aujourd'hui avec impatience. Le football, c'est toute ma vie. Dites-moi que vous allez guérir mon genou. J'ai une place à l'école de foot. Si je ne peux pas jouer, elle ira à quelqu'un d'autre. J'aurai perdu…

Les larmes aux yeux, il secoua la tête. Anna jeta un coup d'œil à Jamie, espérant qu'il rassurerait l'adolescent.

— La bonne nouvelle, c'est que je peux guérir ton genou. La mauvaise, c'est que tu ne vas pas te remettre en une nuit. Ça va prendre au moins six mois, et franchement, il pourrait s'écouler une année entière avant que tu puisses reprendre l'entraînement.

— Une année entière ? répéta Michael, horrifié.

— Oui. Et soyons clairs : si tu retournes à l'entraînement avant d'être prêt, tu pourrais aggraver l'état de ton genou, au point qu'il ne guérisse pas la fois suivante.

Il les dévisagea, les yeux écarquillés.

— Si je ne peux pas jouer au foot, alors ma vie est finie. C'est la seule chose que j'aie jamais voulu faire. Je… Il faut que je joue. Il le faut !

— Tu pourras rejouer, si tu prends le temps de guérir.

— Veux-tu qu'on fasse entrer ton père ? demanda Anna avec gentillesse.

Michael secoua la tête.

— À cause de moi, il va être tellement déçu…

— Ce n'est pas ta faute si tu t'es fait mal, lui rappela Jamie.

— Qu'est-ce que vous allez faire, alors, pour guérir mon genou ? Le recoudre ?

Jamie secoua la tête.

— Je vais faire une greffe. C'est-à-dire retirer le ligament abîmé et le remplacer par un bout de ton tendon patellaire, celui qui attache le bas de ta rotule et le haut de ton tibia.

— Et ça va le guérir ?

— Tant qu'il n'y a pas de dommages au cartilage, invisibles sur la radio. Pour en être sûr, je dois regarder moi-même dans ton genou.

Michael prit une profonde inspiration.

— D'accord. Est-ce qu'il faudra que je reste à l'hôpital ?

— Tu y passeras la nuit, oui. Je vais faire une cœlioscopie. Cela prendra à peu près une heure et demie, peut-être un peu plus, selon les dommages. C'est toi qui décides si tu préfères une anesthésie générale et dormir tout le long de l'opération, ou juste spinale, ce qui signifie que tu seras réveillé. Tu sauras ce qui se passe, mais tu ne ressentiras aucune douleur.

Michael semblait anxieux.

— Je... Je peux choisir le jour même ?

— La veille, ce serait mieux. Nous devrions faire entrer ton père, pour que je vous explique à tous les deux ce qui va se passer.

— Il va être tellement déçu, répéta Michael.

— Il doit surtout être mort d'inquiétude, et se demander comment tu vas, dit Anna gentiment.

— Non, si je n'étais pas bon au foot, il ne s'occuperait pas de moi. Il s'en fiche, de ma sœur. Tout ce qui l'intéresse, c'est...

Il s'interrompit brutalement.

Le foot ? se demanda Anna. Mais ce n'était pas à elle de juger.

Elle ouvrit la porte pour appeler le père de Michael.

— Quand est-ce qu'il pourra jouer ? demanda-t-il tout de suite.

Rien au sujet de la douleur de son fils ou de ce qu'il pouvait faire pour l'aider. C'était un homme dont les priorités étaient très différentes de celles d'Anna.

— Quand il sera complètement guéri, dit Jamie d'un ton sec. L'important, c'est qu'il n'aura plus mal.

M. Jeffries plissa les yeux.

— Bien sûr.

On aurait pu croire qu'il s'inquiétait du moral de son fils. Toutefois, après ce que Michael avait révélé sur son comportement avec sa fille... L'adolescent aimait-il le foot à ce point ou était-ce le seul moyen d'avoir l'attention de son père ?

— Nous vous avons demandé d'entrer afin que le Dr Thurston vous explique le déroulement de l'opération. Si vous avez des questions sur le meilleur moyen de soutenir votre fils pendant sa convalescence, nous sommes là pour vous aider.

M. Jeffries lui adressa un regard de pur mépris.

Anna prit sur elle, mais s'il avait traité un membre de son équipe de cette façon, elle lui aurait sévèrement rappelé la politique de l'hôpital.

— Je vais me servir d'un tube fin et flexible qu'on appelle un arthroscope, expliqua Jamie à Michael. Il y a des câbles de fibre optique à l'intérieur qui serviront à la fois de caméra et de lumière, pour me montrer ta rotule. J'examinerai alors l'intérieur de ton genou, et en fonction des dommages, je découperai le greffon à la taille adéquate.

Il détailla l'ensemble de la procédure, répondant aux questions de l'adolescent.

— Pourquoi il ne peut pas se contenter de séances de kiné ? intervint M. Jeffries, énervé. La chirurgie, ça veut dire qu'il sera sur le banc de touche pendant des mois ! Il pourrait perdre sa place à l'école de foot !

— Toute seule, la kinésithérapie ne suffit pas, répliqua Jamie avec patience. Le ligament de Michael est très abîmé, une chirurgie est nécessaire pour stabiliser son genou. Sinon, votre fils souffrira terriblement et ne pourra plus jouer au foot.

M. Jeffries avait l'air contrarié, mais il garda le silence.

— Comme nous l'expliquions à Michael, il peut choisir une anesthésie partielle ou générale.

— Je crois que je préfère dormir pendant l'opération.

— Entendu. Et tu as le droit de changer d'avis si finalement tu préfères rester éveillé. Je vais utiliser des fils résorbables pour la suture, ils disparaîtront après environ trois semaines, alors tu n'auras pas à revenir pour qu'on les retire. Ton genou sera un peu gonflé, tuméfié et douloureux pendant la première semaine. Nous te donnerons des antidouleurs et un bandage spécial dans lequel il y a de l'eau glacée pour réduire le gonflement.

Jamie jeta un coup d'œil à M. Jeffries, qui restait silencieux.

— Tu auras aussi des exercices à faire pour démarrer ta convalescence. Il vaut mieux que tu te serves de cannes pendant les deux premières semaines. Puis tu devras faire de la kiné régulièrement pendant les six mois suivants.

— Et après ça, il pourra recommencer à jouer ? demanda le père de Michael.

— Ça dépendra de sa guérison. Tout le monde est différent.

L'homme leva les yeux au ciel.

— Quelques massages, et ce sera réglé !

— Un coach ou un kiné vous diront la même chose, intervint Anna. La santé de Michael est prioritaire. S'il recommençait à jouer trop tôt, il remettrait en cause sa guérison et pourrait ne plus jamais jouer au foot.

— Parce que vous vous y connaissez, en sport ? dit-il avec un ricanement.

— Je m'y connais en médecine, répondit-elle avec calme.

Elle refusait d'accorder à cet homme grossier la satisfaction de lui avoir fait perdre son sang-froid.

— Monsieur, sachez que le Dr Maskell est une spécialiste avec une très grande expérience, déclara Jamie, beaucoup plus sec.

— Mais si vous préférez une autre opinion, je serais ravie d'aller chercher le médecin chef, ajouta-t-elle.

Robert le remettrait à sa place avec le sourire et lui ferait comprendre sans équivoque que les besoins de leurs patients passaient avant tout. Anna regrettait amèrement que M. Jeffries soit entré. Elle comprenait désormais pourquoi Michael y avait rechigné. Cet homme n'avait rien d'un père aimant.

— Ce ne sera pas nécessaire, rétorqua-t-il.

— Très bien, dit Jamie avec froideur. Michael, je peux te prendre mercredi.

— Merci.

Après leur départ, Anna se tourna vers Jamie.

— Merci de m'avoir défendue.

— C'était la moindre des choses. Quel imbécile ! répondit-il, furieux. S'il pose des problèmes dans le service, préviens-moi.

— Merci. Mais on va tous faire mine qu'il n'existe pas et se concentrer sur Michael.

— C'est la meilleure solution. Je vais compléter mon dossier, puis on passe au patient suivant.

Le reste de la journée fila à toute vitesse. De retour chez elle, Anna eut tout juste le temps d'enfiler sa robe de velours rouge, ses talons hauts et de se maquiller. Ce soir-là, c'était le dîner de réveillon du service.

À son arrivée au pub, elle prit le soin de parler discrètement de la playlist aux responsables et s'assura que tout serait parfait. Une fois tout le monde assis, Jamie à côté d'elle, ils tirèrent sur leurs crackers, mirent leur couronne de papier et lurent toutes les mauvaises blagues. Après le dîner, quand ils en furent au café et aux petits-fours, Robert s'éclipsa un instant et revint dans le costume de Père Noël, avec un grand sac où était écrit « Super Classe ».

— Ho, ho, ho ! C'est le moment que vous attendiez tous. Avez-vous été bien sages ?

Jamie fut surpris de passer un si bon moment. La nourriture était aussi délicieuse qu'Anna l'avait promis. Et heureusement, ce n'était pas un dîner dansant. Les chansons de Noël étaient diffusées en fond, noyées sous le brouhaha des conversations. Il soupçonnait Anna d'avoir glissé un mot au sujet de la chanson fatidique, car elle ne fut pas diffusée.

Robert sortit les cadeaux du sac et les distribua tour à tour. Ils attendaient que le présent soit ouvert avant de passer à la personne suivante. Jamie avait tiré le nom de Keely. Puisqu'il ne la connaissait pas très bien, il n'avait pas pris de risque. Il avait acheté du gel douche et une crème pour le corps, le tout très joliment emballé dans la boutique. Il reçut ce qui était aussi un cadeau plutôt neutre : une boîte de chocolats au lait, noir et blanc qu'il avait l'intention de partager avec ses collègues.

Les autres cadeaux furent plus personnels. La personne qui avait tiré le nom d'Anna lui offrit un porte-bloc personnalisé. D'un côté, en lettres scintillantes, était écrit : « organisatrice suprême de la vie sociale du service » ; de l'autre, il y avait une photo de George Michael et d'un poisson rouge, ce qui la fit mourir de rire. Elle reçut aussi un pot de pétales de chocolat à mélanger à du lait chaud. Son enthousiasme était communicatif.

Jamie prit beaucoup de plaisir à observer les réactions des uns et des autres et à discuter avec eux. Bizarrement, en trois petites semaines, il s'était aussi bien intégré à l'équipe qu'il l'avait été à l'hôpital où il avait travaillé jusqu'au décès de Hestia. Tout cela, il le devait sans aucun doute à Anna.

À la fin de la soirée, il la ramena chez elle.

— Merci d'avoir insisté pour que je vienne. Tu avais raison : j'ai passé un très bon moment.

— J'en suis ravie, répondit-elle avec un sourire.

— Et... je voulais te dire que, demain soir, je suis invité à dîner chez Shelley, l'aînée de mes sœurs. Ma nièce Layla a dit qu'elle me ferait des cookies. Et dimanche, je déjeune avec la famille de Hestia.

— Oh ! C'est merveilleux ! Je suis si contente pour toi !

Il avait failli demander à Anna de l'accompagner.

Mais ce serait bien trop tôt. D'abord, il devait renouer avec sa famille et celle de Hestia. Et puis, Anna et lui avaient décidé de ne pas précipiter les choses, entre eux.

Chaque chose en son temps.

Il avait quand même le droit de l'embrasser devant sa porte pour lui dire au revoir. Il se sentait si bien quand elle était dans ses bras, sa bouche était si douce contre la sienne... En fin de compte, il regrettait qu'ils n'aient pas dansé au repas de Noël, il aurait aimé la serrer contre lui au rythme lent d'une musique.

— Et toi, qu'est-ce que tu fais ce week-end ? demanda-t-il.

— Déjeuner dominical chez mes parents et sans doute une répétition générale pour le spectacle de la semaine prochaine, répondit-elle d'un air ravi. J'ai hâte !

— Bon week-end, alors, et bonne nuit, lui dit-il avec tendresse. À très bientôt.

Les retrouvailles avec sa sœur ne furent pas aussi pénibles que Jamie l'avait craint. On ne lui fit pas de reproches, il n'y eut pas de débordement d'émotion pour lui donner l'impression d'être le frère prodigue : un câlin et un dîner, ce fut tout. Il prit des nouvelles de son beau-frère, Alex, et discuta longuement avec Dylan et Layla qui, avec timidité, lui parlèrent de leur amour respectif de l'espace et de la pâtisserie.

— Je suis désolé, dit-il à Shelley dans la cuisine, pendant qu'il l'aidait à débarrasser. J'ai raté tellement de choses. Dylan et Layla ont beaucoup changé ces trois dernières années. J'ai été injuste envers vous.

— Ne te morfonds pas sur le passé, va de l'avant, dit gentiment Shelley. L'important, c'est que tu ailles mieux.

Lorsqu'il lui parla de son travail à l'hôpital de Muswell Hill, elle lui fit remarquer qu'il semblait s'y plaire.

— Oui. Je serais presque tenté de rester durant tout le congé maternité de Nalini.

— Si tu es heureux, n'hésite pas.

À la fin de la soirée, ils se donnèrent rendez-vous le week-end suivant, cette fois avec leurs parents et leur sœur.

De retour à son appartement, il contempla la photo de Hestia sur son écran de veille. C'était sa préférée, découpée dans un magazine, alors qu'elle jouait la fée Dragée à Covent Garden. Elle était en pleine pirouette, les bras levés au-dessus de sa tête avec grâce.

— Je commence à tourner la page, Hes', dit-il tout bas. Ça ne veut pas dire que je t'oublie. Anna te plairait, tu sais. Elle est lumineuse, scintillante comme l'étoile du sapin de Noël. Elle est d'un soutien précieux, et je crois que je peux la soutenir, moi aussi.

Le dimanche auprès de la famille de Hestia se déroula lui aussi mieux qu'il l'avait craint. On aurait dit que la lame de son chagrin s'émoussait et qu'il voyait une lumière au bout du tunnel.

Anna Maskell avait fait une grande différence dans sa vie. Il espérait que lui aussi pourrait changer la sienne.

8

Jamie ne vit pas Anna le lundi suivant, car ils ne travaillaient pas aux mêmes horaires. Mais le mardi matin, ils reçurent des patients ensemble. Le premier, un nouveau-né d'une semaine, souffrait d'un pied bot varus équin, une maladie congénitale où les deux pieds sont tournés vers l'intérieur, les plantes se faisant face.

Sa mère, Kirsty Peters, se faisait beaucoup de souci.

— Il n'y a aucun antécédent familial... L'obstétricienne affirme que ce n'est pas ma faute, mais... Je n'arrête pas de penser que j'ai fait quelque chose de mal pendant ma grossesse. Je déteste l'idée que Willow souffre.

— Elle ne souffre pas, la rassura Anna. Et vous n'en êtes pas responsable. Dans la plupart des cas, la cause est inconnue.

— On m'a dit qu'il faudrait l'opérer.

— C'était le cas, il y a longtemps, mais plus maintenant, expliqua Jamie, apaisant. L'opération n'était pas très efficace, et posait des problèmes quand l'enfant grandissait. De nos jours, on utilise ce qu'on appelle la méthode de Ponseti : nous allons déplacer et étirer les pieds de Willow jusqu'à ce qu'ils prennent une meilleure position, puis nous allons les plâtrer. Ainsi, ses muscles et ses ligaments pourront se détendre et ses os pousser dans la bonne position.

— Des plâtres ! s'exclama Kirsty, l'air angoissé. Elle n'a qu'une semaine !

— Et c'est un bébé magnifique. Je sais que c'est angoissant, mais c'est le meilleur moyen de l'aider. Il faudra changer ses plâtres plusieurs fois, jusqu'à une opération très bénigne pour libérer ses talons d'Achille, en anesthésie locale.

— Attention à ne pas mouiller les plâtres, intervint Anna. Lavez-la avec des lingettes plutôt que de lui donner le bain. À cette exception près, ils n'affecteront pas du tout la vie de Willow.

— Lorsque nous aurons retiré les plâtres pour la dernière fois, continua Jamie, elle portera des attelles longues en permanence pendant les trois mois suivants, sauf quand elle prendra un bain. C'est pour que ses pieds gardent la bonne position.

— Et ensuite, elle pourra les enlever ?

— Dans la journée, expliqua Anna, mais il faudra qu'elle les garde la nuit jusqu'à ses quatre ans.

— Ses quatre ans ? répéta Kirsty, horrifiée.

Jamie s'empressa de la rassurer :

— Pour elle, ça ne fera aucune différence, car elle en aura toujours eu l'habitude. Vous verrez, c'est très efficace et, ainsi, ses pieds se développeront normalement, sans aucune opération.

— Je ne me suis même jamais cassé le bras, enfant... Oh ! j'aurais dû demander à ma mère de m'accompagner aujourd'hui.

— Je comprends votre désarroi, dit Anna d'une voix pleine de douceur. Il faut le temps de s'habituer à l'idée. La prochaine consultation sera moins pénible, car vous saurez alors à quoi vous attendre. Pendant que nous mettons les plâtres, vous pouvez câliner Willow. Parfois, nourrir le bébé pendant la manipulation permet de le distraire. Parlez-lui, chantez-lui une chanson. Je chanterai avec vous, si vous voulez.

Jamie découvrit avec admiration qu'Anna avait une voix

magnifique et qu'elle connaissait de nombreuses berceuses. Elle avait dû s'entraîner avec ses neveux, ses nièces et ses filleuls.

Ils passèrent ensuite voir Lily Brown, avant son retour chez elle. Jamie fut aussi ravi de ses progrès que Lily elle-même. Enfin, ils s'installèrent à la cantine de l'hôpital avec un sandwich.

— Comment ça s'est passé, ce week-end ? demanda Anna.

— Très bien. Je vois mon autre sœur et mes parents le week-end prochain. Je suis heureux d'être à nouveau en contact avec eux – et c'est grâce à toi.

— Hé, je n'y suis pour rien ! protesta-t-elle. C'est toi qui as fait le premier pas.

Mais elle lui en avait donné le courage.

Il prit une profonde inspiration.

— Tu m'avais invité au spectacle de tes neveux et nièces demain. Est-ce que ta proposition tient toujours ?

Le visage d'Anna s'éclaira.

— Bien sûr !

— Alors je t'accompagnerai avec plaisir.

— Tu en es sûr, ce ne sera pas trop dur ? demanda-t-elle, les sourcils froncés.

— Absolument, répondit-il sans conviction.

Mais il ferait tous les efforts du monde, pour gagner en échange un sourire d'Anna.

— Après le spectacle, nous allons tous chez mes parents. J'espère que tu te joindras à nous. Ma mère va faire des pommes de terre en robe des champs, du chili et de la salade.

— Je ne peux pas dire non à un tel menu. Veux-tu que j'apporte quelque chose ?

— Non, rien du tout. Nous irons directement après le travail.

Jamie passa le mercredi au bloc. Il finit par l'opération du genou de Michael Jeffries. Heureusement, cette fois, c'était sa mère qui l'avait accompagné.

— L'opération est un succès, lui dit-il en sortant du bloc. Votre fils ne va plus tarder à se réveiller.

— C'est fantastique ! Merci beaucoup. Qu'est-ce que je peux faire pour lui faciliter la vie ?

— Donnez-lui ses antidouleurs et convainquez-le d'être raisonnable. Il lui faut juste assez de kiné pour rester mobile, et surtout éviter qu'il se blesse à nouveau.

Elle hocha la tête.

— Le foot est toute sa vie. Parfois, je me demande si c'est à cause de mon ex-mari… Pardon. Ça ne vous concerne pas.

— Ne vous inquiétez pas. Les relations familiales sont souvent compliquées.

— Michael adore le foot, mais surtout parce qu'il croit gagner l'amour de son père. Or mon ex-mari aime surtout tout contrôler, et il change les règles tout le temps, fit-elle avec un soupir. D'ailleurs, je suis désolée s'il a été désagréable avec votre collègue.

— Votre fils vous en a parlé ?

Elle secoua la tête.

— Son père a fait des commentaires désobligeants sur les femmes trop « arrogantes » quand il a déposé Michael.

— Anna est très professionnelle, et sait faire la part des choses, rassurez-vous.

La mère de Michael grimaça.

— Présentez-lui mes excuses, s'il vous plaît.

— Ne vous inquiétez pas. Elle sera heureuse d'apprendre que Michael fera sa convalescence chez vous et que son bien-être est votre priorité.

— J'entends très bien ce que vous ne dites pas. Et vous avez raison. Dieu merci, c'est moi qui ai sa garde.

— Tout ira très bien pour Michael. Vous pourrez le voir d'ici dix petites minutes.

À la fin de son service, Jamie partit à la recherche d'Anna.

— Je suis prêt.

— Super. Comment s'est passée l'opération de Michael ?

— Très bien. Sa mère est très gentille et soucieuse d'aider son fils.

— En bâillonnant son père ?

Jamie se mit à rire.

— Et moi qui ai vanté ton professionnalisme !

— Tout ce que j'espère, c'est que cet homme ne poussera pas Michael à gâcher tout ton travail.

— Je ne pense pas. Quelque chose me dit que sa mère va limiter certaines visites. Elle m'a aussi demandé de te présenter ses excuses.

— C'est gentil de sa part, dit Anna, visiblement touchée. Bon, allons nous mettre dans l'ambiance de Noël !

— J'ai hâte d'y être.

Ils allèrent récupérer leurs affaires dans la salle de pause. Anna s'étonna de le voir emporter un grand sac.

— Qu'est-ce que c'est ?

— Tu le découvriras bien assez tôt, répondit-il, amusé par sa curiosité.

Sur le chemin du concert, elle lui déclara d'un ton rassurant :

— Pour information, je n'ai pas dit grand-chose à ma famille à ton sujet. Juste que tu es un collègue et un ami.

Et non un veuf qu'il fallait ménager, parfait. Mais alors, pourraient-ils se tenir la main ?

Il avait dû parler à voix haute, car elle glissa ses doigts entre les siens.

— Ils sont tous adorables, ils ne poseront pas de questions.

— Merci.

Son téléphone bipa, alors elle regarda le message.

— Ils sont déjà arrivés, ils nous ont gardé deux sièges.

— C'est très gentil de leur part. Combien de temps dure le concert ?

— Je dirais une heure. C'est trop mignon, certains enfants chantent faux, d'autres oublient leur réplique ou récitent quelque chose de complètement différent... Ça fait partie du charme. Au premier spectacle de Will, en maternelle, il a perdu son halo. Depuis, nous avons perfectionné l'art des guirlandes et du scotch !

Une fois dans la salle, Anna chercha sa famille parmi les sièges occupés.

— Les voilà ! Deuxième rangée à gauche. Nous sommes au bout.

Elle le présenta rapidement à tout le monde : ses parents, Tony et Alison, ses frères, Marc, Luke et Philip, ainsi que leurs épouses Susan, Barb et Gemma, sa sœur JoJo et son épouse Becky, ainsi que les enfants qui ne participaient pas au spectacle ce soir-là : Will, huit ans, Noah, deux ans, Ivy, six mois.

— Je suis ravi de tous vous rencontrer, dit-il poliment.

— Nous aussi, Jamie.

Alison lui tendit le programme.

La directrice de l'école commença par les accueillir et féliciter les enfants d'avoir travaillé si dur en équipe.

— Et maintenant, une pièce sur la nativité, par notre groupe de grande section de maternelle.

— Aria est la troisième bergère à gauche, chuchota Anna lorsque les enfants arrivèrent en scène.

Elle prit la main de Jamie.

C'était vraiment charmant, cette histoire de la nativité racontée du point de vue de l'âne. Jamie ne put retenir un sourire lorsqu'ils se mirent tous à chanter. Il jeta un coup d'œil à Anna, qui avait les larmes aux yeux. Est-ce qu'elle pensait à ce qui aurait pu être, elle aussi ?

— Ça va ? murmura-t-il.

— Oui. C'est tellement mignon. Je suis si fière d'elle !

Des larmes de joie, donc, et pas de chagrin. Rassuré, il reporta son attention sur le spectacle.

Deux enfants de moyenne section vinrent au bord de la scène pendant que les autres la quittaient.

— Dites, dites, lança la petite fille. Que fait le Père Noël quand il est étonné ?

— Je ne sais pas, répondit le petit garçon. Que fait le Père Noël quand il est étonné ?

— Il reste bûche bée !

Ils se mirent à glousser. Jamie rit aussi, c'était contagieux.

Ils revinrent entre chaque spectacle. Il apprit ainsi qu'à Noël les lions chantaient « Jungle Bells ». La classe suivante chanta donc *Jingle Bells*, tout en faisant sonner les clochettes de la chanson. Jamie tapa du pied en rythme. Anna lui pressa la main et lui adressa un grand sourire.

Jamie retint la blague de l'entracte pour la ressortir à l'hôpital : « Qui dit Ho-ho-ho ? Le Père Noël qui marche à l'envers ! »

— Ce sera toi ! chuchota Anna.

Oui. Ça semblait désormais inévitable.

Lorsque ce fut le tour de la classe de Charlie, six des élèves déguisés en rouges-gorges se mirent à danser pendant que les autres chantaient. Ils avaient tous des ailes en carton marron, et des « pattes » de carton rouge collées à leur tennis, ainsi qu'un bec orange retenu par un élastique.

— Charlie est le garçon tout à droite, murmura Anna.

À la moitié de la chanson, ce fut la catastrophe : l'élastique du bec d'une petite fille à côté de Charlie cassa. Elle éclata en sanglots. Charlie retira alors très vite son bec à lui et le lui donna.

La petite fille cessa de pleurer, tout le monde applaudit et le spectacle reprit.

À cet instant, Jamie comprit que, dans la famille d'Anna, chacun se souciait des autres.

— Ton neveu est merveilleux, murmura-t-il.

— Je sais, répondit-elle sur le même ton.

Les parents de Charlie semblaient si fiers de lui. Et Jamie l'était aussi, alors qu'il ne le connaissait même pas.

Une première classe de CE1 récita des poèmes sur la neige, avec des triangles et des cloches comme effet sonore.

Hestia aurait suggéré de faire danser des flocons sur scène et se serait portée volontaire pour leur enseigner les pas de danse.

La troisième classe de CE1 chanta *Le Petit Renne au nez rouge*. Jamie fut surpris et impressionné de voir que la classe utilisait le langage des signes.

La directrice annonça la fin du spectacle, et toute l'école entonna *Entre le bœuf et l'âne gris*. Autour de lui, la plupart des parents avaient les larmes aux yeux. Lui aussi avait la gorge nouée.

Le premier spectacle de Noël de Gisèle aurait-il été semblable à celui-ci ? Hestia aurait été si fière d'elle. Même privé de cette joie, Jamie était heureux d'avoir accompagné Anna. Grâce à elle, il avait passé un moment magique.

Anna était merveilleuse. Mais il ne savait pas comment le lui dire.

Les enfants rejoignirent leurs parents et, comme il n'y avait pas assez de place pour Anna et Jamie dans la voiture, cette dernière proposa qu'ils se rendent à pied chez ses parents.

— Il ne pleut pas, la promenade sera agréable. Et puis, étant donné la circulation, on arrivera probablement les premiers !

Ils se mirent en route.

— Qu'est-ce que tu as pensé du concert ? demanda Anna en chemin.

— C'était formidable. Ton neveu est d'une incroyable gentillesse !

— Oui. Charlie est fantastique. Mais je te garantis que chacun de mes neveux et nièces aurait fait la même chose à sa place.

— La gentillesse, c'est de famille ! dit-il doucement.

Elle était si jolie, avec ses joues roses de plaisir, qu'il ne résista pas à l'envie de l'embrasser.

— J'ai été très impressionné par la dernière chanson en langue des signes.

— L'une des élèves de cette classe est sourde. Tous ses camarades font leur possible pour l'aider et l'impliquer, expliqua Anna en souriant. L'inclusion et la diversité sont des enjeux tellement importants ! L'école a une très belle attitude vis-à-vis de ces questions. Bien sûr, il y a le traditionnel concert de Noël, mais on célèbre aussi Hanoukka, l'Aïd al-Adha, Diwali et le nouvel an chinois, par toutes sortes d'activités auxquelles tout le monde peut participer.

— La tolérance, la gentillesse et la compassion. C'est ce qui empêche la peur et la haine.

— Tout à fait, acquiesça Anna avec ferveur.

Ils arrivèrent à la maison de ses parents presque au moment où son frère garait sa voiture. Son père en descendit aussitôt.

— J'avais bien dit qu'on serait plus rapides que vous, le taquina Anna.

— Effectivement, ma chérie.

Il la serra très fort dans ses bras.

Très vite, la maison résonna de bavardages et de rires d'enfants. Jamie se laissa emporter par cette ambiance chaleureuse.

— C'est pour nous ? demanda Alison quand il lui tendit son grand sac.

— C'est ma contribution à la soirée.

Elle l'ouvrit et l'étreignit après avoir sorti les énormes boîtes de chocolats.

— Merci beaucoup, Jamie. Ce sera parfait après le repas.

Sur ces mots, il comprit qu'on l'avait accepté très naturellement, comme l'ami d'Anna. À sa grande surprise, il n'avait aucune envie de se retrancher de nouveau derrière le mur invisible bâti autour de son cœur. Au contraire, il avait soudain le désir de le voir se briser.

Le repas fut tel qu'Anna l'avait décrit, suivi de fruits, de diplomates, de tartelettes aux fruits secs et de gâteau au chocolat.

Ensuite, les enfants s'emparèrent de lui.

— Il faut qu'on t'apprenne la danse des rouges-gorges, déclara Charlie.

Jamie se retrouva à sautiller et danser en battant des bras avec eux.

— On peut jouer à « Jacques a dit », après ? demanda Megan.

— Sauf qu'en décembre on appelle ça « Le Père Noël a dit », expliqua Will. Tu veux bien être le Père Noël, cette année, Jamie ? S'il te plaît ?

— Je ferai semblant, parce que le vrai doit être très occupé à préparer tous les cadeaux à mettre sur son traîneau. Et il a toujours besoin d'aide, dit-il en se tournant vers Anna dont les yeux brillaient d'approbation.

— Tante Anna ! s'exclamèrent les enfants en chœur.

— Viens nous aider, tante Anna, dit Will. S'il te plaît !

— D'accord, d'accord, l'elfe du Père Noël, c'est moi !

— Le Père Noël a dit, déclara Jamie, de sauter comme un rouge-gorge !

Les enfants s'exécutèrent avec joie, sous le regard des adultes installés sur des fauteuils et des canapés.

Anna toussota.

— Hé, vous, là ! Les seuls qui ont le droit de ne pas participer, ce sont papa et maman. Les autres, debout !

En faisant mine de grommeler, les frères et sœurs d'Anna se joignirent aux enfants. Le jeu se fit plus bruyant et plus drôle au fur et à mesure. Anna se joignit à Jamie pour suggérer les actions du Père Noël : offrir un cadeau, descendre dans la cheminée, donner une carotte aux rennes, manger une tartelette aux fruits secs. Les adultes se firent avoir, l'un après l'autre. Megan fut la grande gagnante, alors Anna lui offrit un serre-tête de renne à paillettes.

— D'où tu sors ça ? chuchota Jamie, surpris.

— Du marché de Noël où nous sommes allés ensemble.

Anna se sentait un peu coupable. Elle aurait dû prévenir Jamie de ce qui l'attendait, lui offrir la possibilité de refuser l'invitation à dîner, si la compagnie des enfants se révélait trop pénible.

Malgré tout, il semblait s'amuser, il participait à tous les jeux. Il proposa même de construire une pyramide de verres en carton à renverser avec une balle faite de chaussettes. Bien sûr, Anna rata la cible presque chaque fois, ce qui lui valut les moqueries de sa famille.

Enfin, les enfants se rassemblèrent autour de Jamie, qui lut l'une des histoires préférées d'Aria tout en câlinant Ivy et Noah.

— Nous sommes unanimes : tu peux le garder, chuchota JoJo à l'oreille d'Anna.

— On ne sort pas ensemble, protesta-t-elle sur le même ton.

— Menteuse. En tout cas, il nous plaît vraiment. Et aux enfants aussi. Et il te fait sourire, je ne demande rien de plus.

— Ça ne fait que quelques jours…

— Quand même. Sois heureuse, mon adorable grande sœur. Tu le mérites.

À la fin de l'histoire, Jamie ferma le livre.

— Et c'est tout pour ce soir, malheureusement. Je ne dois pas tarder, car j'opère demain matin tôt à l'hôpital.

— À l'hôpital de tante Anna ? demanda Charlie.

— Oui, répondit-il avec un sourire. Nous travaillons dans le même service.

— Tu reviendras jouer avec nous ? intervint Aria.

— Bien sûr, si vous en avez envie.

— Ou on pourrait aller chez toi et jouer à tes jeux à toi, déclara Megan avec un grand sourire.

— Meggie, ce n'est pas poli de s'inviter, la sermonna Will.

— Mais c'est notre ami, maintenant ! Et on a le droit de demander si on veut aller chez les amis !

— On organisera quelque chose très bientôt, promit Jamie.

Il avait été si merveilleux avec sa famille ce soir-là, il leur avait parlé avec tant de naturel, il s'était montré si patient avec les enfants… Si elle n'y prenait pas garde, Anna risquait de tomber très amoureuse de Jamie Thurston.

Il proposa de la ramener, alors tous deux prirent congé. Au bout de quelques mètres, il lui attrapa la main.

— Je suis désolée, dit Anna. J'aurais dû te prévenir que les enfants sont du genre envahissant.

— Disons que tu ne peux pas les renier.

— Désolée, répéta-t-elle, chagrinée.

— Non, ce n'était pas un reproche ! Ils sont très gentils. Et, oui, très envahissants. Mais du coup, je n'ai pas eu l'occasion de… Eh bien, de succomber aux regrets. Ça m'a fait du bien de me laisser aller.

— Et à quel point ! Tu n'as pas arrêté de tricher à « Qui suis-je ? » pour faire gagner Charlie !

— Ton père donnait aussi les réponses à Megan, et Aria avait l'aide de ses parents !

— C'est vrai, reconnut-elle en riant.

— J'ai passé un très bon moment. Ta famille est adorable.

— Tu leur as plu.

— J'en suis ravi, dit-il d'une voix douce.

Comme il traversait la rue, Anna s'étonna.

— Ce n'est pas le chemin de mon appartement.

— Je sais. C'est celui du mien. Monte boire un café.

C'était inattendu, qu'il la laisse pénétrer dans son sanctuaire. Touchée, elle accepta.

Son appartement était parfaitement rangé, et froid. Il n'y avait ni dessins d'enfants ni photos sur son frigo et seulement une bouilloire sur le plan de travail de la cuisine. C'était pire qu'un appartement témoin, parce qu'il ne faisait même pas semblant d'être un foyer. Il ne s'agissait que d'un lieu où exister.

— Tu ne croules pas sous les bibelots, dit-elle d'un ton léger.

Il haussa les épaules.

— C'est une location à court terme, le temps de mon contrat à l'hôpital. Ça ne vaut pas le coup de s'installer.

Un bel avertissement : Jamie n'avait donc aucune intention de rester. Il avait été adorable avec sa famille, il lui plaisait énormément, mais Anna devait rester sur ses gardes. Tous deux n'avaient aucun avenir ensemble, et il était inutile d'espérer le contraire.

Après lui avoir préparé une tasse de café, il l'entraîna dans le séjour. Là non plus, aucune décoration, pas de livres ni de CD de musique. Seul objet personnel : une photo de mariage dans un cadre argenté posé sur le manteau de la cheminée. Prise d'une irrésistible curiosité, elle s'en rapprocha.

Jamie portait la redingote traditionnelle et un chapeau haut de forme, Hestia une robe blanche simple et indémodable, très élégante. Prise devant les portes d'une vieille église de campagne, la photo était digne d'un magazine. Le couple parfait, à leur mariage parfait.

— Hestia était très jolie, dit-elle.

Et très différente d'elle : menue, délicate et blonde.

Tous les deux rayonnaient de bonheur et d'amour. Le cœur d'Anna se serra de tristesse. Pauvre Jamie, il avait tant perdu !

Elle remit la photo à sa place.

— Pardon. Je me suis montrée indiscrète. C'est une très belle photo.

Il lui sourit.

— Ne t'excuse pas. Les murs sont nus, alors c'est forcément la première chose qu'on remarque. Tu préfères que je la retourne ?

— Bien sûr que non. Hestia était ta femme et tu l'aimais.

Il se rembrunit.

— Oui. Nous étions ensemble depuis dix ans.

— C'est une longue période. Quoi qu'il arrive, elle fera toujours partie de ta vie.

— Ce doit être difficile pour toi aussi. Comment fais-tu pour surmonter ton divorce ?

— J'essaie de me rappeler les bons moments de mon mariage. Il y en a eu beaucoup, surtout au début. C'est dommage que... Eh bien, la vie n'est pas parfaite, répondit-elle en haussant les épaules. Il faut faire de son mieux avec ce qu'on nous donne. Chercher le bonheur, jusqu'à le trouver.

— Viens t'asseoir à côté de moi, proposa Jamie d'une voix douce. Si ça ne te gêne pas.

C'était si agréable, qu'il se soucie autant de ses sentiments. Elle le rejoignit sur le canapé et, tout contre lui, elle lui posa la question qui lui brûlait les lèvres.

— Le congé maternité de Nalini se prolonge au-delà des trois mois de ton contrat. Tu n'envisages pas de rester jusqu'à son retour ?

— Peut-être.

Elle grimaça.

— Désolée. Je me montre encore indiscrète.

— Non, tu es directe, corrigea-t-il avec un sourire. Et ça me fait beaucoup de bien. Grâce à toi, je suis forcé de regarder les choses en face.

Mais c'était un sujet qu'il n'avait sûrement pas envie d'aborder. Il ne semblait pas du tout prêt à rester. Après trois ans à pleurer Hestia et leur fille, il avait encore des difficultés à tourner la page.

Et si en l'aidant à se libérer de la douleur du passé elle n'était que le tremplin d'un bonheur à venir, qu'il trouverait dans les bras d'une autre ? Dans ce cas, elle devait faire bien attention de ne pas tomber amoureuse de lui. Elle n'y gagnerait qu'un cœur brisé, encore une fois.

Mais… Et si c'était déjà trop tard ?

Elle n'en savait rien.

Alors elle ne pouvait que profiter de cet instant, blottie contre lui sur le canapé.

9

Le vendredi matin, Anna frappa à la porte du bureau de Jamie, l'air très soucieux.

— Quelque chose ne va pas ? demanda-t-il.

— J'ai besoin de ton avis. Les urgences nous envoient un bébé de six mois avec une fracture fémorale.

Il se tendit.

— Un cas de maltraitance ?

— Je ne sais pas. Avant de rencontrer Zac et ses parents, est-ce qu'on peut jeter un coup d'œil aux radios ?

Comme il acquiesçait, elle les afficha à l'écran.

— Il n'y a pas qu'une seule fracture. J'en vois d'autres qui ont guéri, remarqua-t-il.

Troublée, Anna prit une profonde inspiration.

— Alors c'est bien de la maltraitance ?

— Pas sûr. Ses os sont un peu trop courts. Combien pèse-t-il ?

— Il est sur le cinquantième percentile, huit kilos.

— Dommage, ce n'est pas assez pour pratiquer une ostéodensitométrie.

— Tu penses à une ostéogenèse imparfaite ? Mais il n'y a pas d'antécédents familiaux. On leur a déjà posé la question, aux urgences. C'est pour ça qu'ils nous les ont envoyés.

— Un quart des cas d'OI sont sans antécédents. Tu veux que je vienne avec toi ?

— Oui, s'il te plaît.

Ils se présentèrent aux parents de Zac, tous les deux pâles et soucieux.

— Je n'arrive pas à croire qu'il ait la jambe cassée, dit sa mère. Il n'est pas tombé, je ne le laisse jamais tout seul sur la table à langer. Comment est-ce possible ? Il ne mangeait pas bien, je croyais que c'était un problème digestif. C'est pour ça que je l'ai emmené voir le pédiatre. Il ne pleure pas, pourtant !

— Et nous ne lui ferions jamais de mal ! affirma le père de Zac, paniqué. Ni personne à qui nous l'avons confié !

— Je sais qu'ils vous ont déjà posé la question aux urgences, dit Anna d'une voix douce. Nous avons un protocole à suivre. Notre devoir est de protéger nos patients.

— Je comprends bien, répondit la mère de Zac. Mais croire que nous l'avons maltraité... C'est insensé !

— J'ai regardé ses radios, déclara Jamie. Il y a la trace d'autres fractures qui ont guéri.

— D'autres fractures ? répéta le père de Zac, horrifié. Mais ce n'est pas possible !

— Oh non ! Je croyais qu'il avait des problèmes de digestion, alors que depuis le début il souffrait ! Il ne pleure pas beaucoup. Je...

La mère de Zac était au bord des larmes. Lorsque Jamie lui demanda s'il pouvait examiner son fils, elle acquiesça.

— Bonjour, mon bonhomme, dit-il d'une voix calme et réconfortante. Et si on jetait un petit coup d'œil ?

Il souffla sur le ventre du bébé et déplaça délicatement ses bras et ses jambes. Aucun hématome n'apparaissait, toutefois il ne bougeait pas comme la plupart des bébés. La sclère de l'œil affichait une teinte bleuâtre. Deux symptômes qui confirmaient le diagnostic de Jamie.

— Allez, on se rhabille. Comme ça, ton papa et ta maman pourront te faire un câlin.

— Alors vous ne pensez pas qu'on l'a maltraité ? demanda le père d'une voix brisée.

— Non, rassurez-vous. À mon avis, Zac souffre de ce qu'on appelle une ostéogenèse imparfaite. Vous en avez peut-être entendu parler sous le nom de maladie des os de verre.

« Ça signifie que le collagène, la protéine responsable de la structure osseuse, est d'une moins bonne qualité que la moyenne, alors il ne peut soutenir les minéraux dans les os. Voilà pourquoi ils se fracturent beaucoup plus facilement que d'ordinaire.

— Alors nous n'avons rien fait de mal ?

— Rien du tout, confirma Jamie. Je voulais examiner Zac pour voir comment bougeaient ses articulations. Elles sont très flexibles, ce que nous appelons l'hyperlaxité.

— Est-ce que... ? Est-ce qu'il... ?

Jamie devina ce que le père de Zac avait du mal à demander.

— C'est une maladie sérieuse. Il aura besoin de beaucoup de soutien. Mais il n'en mourra pas pour autant.

Ses parents pâlirent de soulagement.

— Est-ce qu'on peut le soigner ? demanda sa mère.

— Oui. Nous lui donnerons des compléments de vitamine D, pour aider son corps à absorber le calcium et solidifier ses os, ainsi qu'un médicament qui augmentera sa densité osseuse. Nous la mesurerons régulièrement à l'aide d'une ostéodensitométrie. Ne vous inquiétez pas, ça n'a rien de douloureux, il faudra juste que votre fils reste immobile pendant une minute environ.

— D'accord.

— Le plus important est de limiter les risques de fracture. Nous lui mettrons des plâtres et des attelles qui lui permettront de rester mobile. S'il ne bouge pas assez, ça va fragiliser ses os et ses muscles, et provoquer de nouvelles fractures. Lorsqu'il sera plus âgé, nous poserons peut-être des plaques de métal le long de ses os longs, pour le soutenir. Par exemple des plaques résorbables que nous agrandirons avec des aimants, ce qui évitera l'opération pour les remplacer.

— La natation et la thérapie aquatique seront d'excellents exercices, ils minimiseront le risque de fracture, ajouta Anna.

— Alors il ne pourra pas devenir pilier droit pour l'équipe de rugby galloise, comme l'espérait son père, dit la mère de Zac d'un ton mélancolique.

— Il pourra toujours chanter et agiter le drapeau, répliqua celui-ci en caressant la joue de son fils. Mais c'est terrifiant, nous risquons tout le temps de le blesser. Comment faire pour ne rien lui casser ?

Angoissé, il secoua la tête.

— Des gestes lents, doux, pour ne pas le surprendre, et soutenez-le autant que possible, expliqua Anna. S'il est surpris et qu'il bouge brutalement, il pourrait se fracturer quelque chose. Mais vous pouvez le bercer, lui faire des câlins, lui parler et lui chanter des berceuses comme à n'importe quel autre bébé.

— Quand vous le soulevez, continua Jamie, écartez bien les mains : une sous les fesses et le bas du dos, l'autre derrière sa tête et son cou. Attention à ce que ses membres ou ses doigts et ses orteils ne se prennent pas dans une couverture.

— Il faudra peut-être modifier votre technique pour le changer. Ne le soulevez pas par les chevilles.

— C'est comme ça qu'on lui a cassé la jambe ? demanda la mère de Zac.

— Il peut y avoir beaucoup d'explications, répondit Jamie. Vous remarquerez peut-être un gonflement autour d'un membre ou, comme c'est le cas aujourd'hui, que votre fils ne se nourrit pas bien. Il faudra alors consulter. Mais n'oubliez pas : ce n'est pas votre faute. On a beau être aussi prudent que possible, une fracture peut toujours arriver.

— Alors quand vous le changez, reprit Anna, glissez la main sous ses fesses pour le soulever. Vous pouvez d'abord placer une couche propre sous lui, puis retirer celle qui est sale. Comme ça, vous n'aurez à le soulever qu'une fois.

— Est-ce que vous le nourrissez au sein ou au biberon ? demanda Jamie.

— Au biberon, répondit la mère de Zac avec embarras. Je sais que c'est mieux au sein, mais...

— Ne vous inquiétez pas. Quand vous le nourrissez, posez-le sur un oreiller et assurez-vous de changer de côté chaque fois, ainsi il prendra l'habitude de tourner la tête dans les deux sens.

— Et le rot ? demanda le père de Zac. Oh non ! ma mère le tape dans le dos ! Ça risque d'endommager sa colonne vertébrale, c'est ça ?

— Ça pourrait causer des problèmes, en effet. Mieux vaut utiliser des gouttes contre la colique.

— Et quand on le sèche après un bain ! Maman dit qu'il faut le tapoter, reprit la mère de Zac. C'est peut-être comme ça qu'on lui a cassé la jambe !

— Utilisez un tapis de bain pour bébé en éponge, conseilla Anna. Et plutôt que de le tapoter, vous pourriez le sécher au niveau des plis avec un sèche-cheveux réglé sur froid.

— Et pour l'habiller ? Les grenouillères ? Parfois, il faut se battre pour qu'il y rentre, dit le père de Zac, horrifié. Je lui ai peut-être cassé le bras ! Ou la jambe !

— Trouvez-en qui s'ouvrent très bas. Vous n'aurez qu'à déposer Zac dessus, puis la refermer.

— Peut-être que ma mère peut lui coudre quelque chose...

Son épouse se mordit la lèvre.

— Ça fait beaucoup. Je vais être terrifiée à l'idée de lui faire du mal quand je le touche. Pourtant il a aussi besoin d'être câliné ! Je... Je ne sais pas comment gérer tout ça.

— Nous vous mettrons en lien avec une association de soutien, dit Jamie. Si vous discutez avec d'autres parents dans votre situation, ce sera bien plus rassurant que tout ce que nous pourrons dire.

— Nous vous donnerons aussi des brochures, reprit

Anna. Le principal, c'est que nous ayons un diagnostic : votre médecin de famille pourra vous aider et vous aurez toutes les informations nécessaires à transmettre aux assistantes maternelles de la crèche, et plus tard, à l'école.

— Pour le moment, nous allons lui poser un plâtre. N'hésitez pas à nous contacter si vous avez des inquiétudes.

À la fin de la consultation, Anna remercia Jamie de son intervention.

— Tu as été parfait avec les parents, dit-elle.

— J'ai fait de mon mieux. Ça fait partie de notre travail, n'est-ce pas ? Tu es libre pour le déjeuner ?

Elle fronça le nez.

— Non, malheureusement, j'ai rendez-vous avec une tonne de paperasse et une très grande tasse de café. Mais si tu es libre ce soir, j'ai une idée.

— Une idée pour nous mettre dans l'ambiance de Noël ?

Elle se tapota le nez.

— Un peu de patience.

Jamie ne s'était pas trompé, Anna l'emmena à un concert de chants de Noël à l'église du Temple, en plein cœur de Londres.

— C'est l'un de mes endroits préférés, lui révéla-t-elle. J'adore les statues des croisés, les petits lions et les dragons à leurs pieds, les têtes grotesques dans la nef. On devrait aller les voir, après le concert.

— J'ai passé presque toute ma vie à Londres, pourtant je ne suis jamais venu ici, c'est magnifique, dit Jamie, la tête levée vers l'incroyable voûte.

— C'est fermé le week-end, donc il faut prendre un jour de congé pour la visiter. Mon frère aîné est architecte, alors j'ai eu la chance de visiter toutes sortes de lieux merveilleux.

Sous la rosace se dressait un sapin de Noël immense, orné de guirlandes lumineuses blanches et de grandes décorations de verre. D'impressionnants cierges dans des lanternes de fer forgé illuminaient le chœur. L'église était pleine à craquer. Il y avait quelque chose d'à la fois paisible et émouvant à entendre la congrégation se joindre aux voix de la chorale.

Tout se passa bien jusqu'à *Douce nuit*, le chant de Noël traditionnel que préférait Hestia. La gorge de Jamie se noua si fort qu'il fut incapable de chanter le premier couplet.

Il sentit le regard inquiet d'Anna posé sur lui. Il ne devait pas la décevoir. Elle l'avait amené ici car c'était un lieu qu'elle chérissait et un moment qu'elle voulait partager avec lui. Alors il essaya d'y trouver de la joie, lui aussi. Le mercredi précédent, elle avait parlé de chercher le bonheur jusqu'à le trouver.

Chercher le bonheur et être l'homme qu'il avait envie d'être, plutôt que celui qui ployait sous les regrets.

Au troisième couplet, il se reprit et recommença à chanter. Des paroles lui restèrent en tête : « C'est l'amour infini », un amour qu'il percevait à cet instant, dans cette église.

Après le service, Anna se tourna vers lui, ses beaux yeux vert océan écarquillés d'inquiétude.

— Est-ce que…, commença-t-elle.

— C'était parfait, dit-il doucement. Merci. Je suis heureux d'avoir partagé ce moment avec toi. Aujourd'hui, je n'aurais voulu le vivre avec personne d'autre.

Les larmes montèrent aux yeux d'Anna, l'une d'elles roula sur sa joue. Il l'essuya tendrement du pouce.

— Anna, ne pleure pas. Je ne voulais pas te blesser.

— Non. C'est que… Tu avais l'air un peu triste, tout à l'heure.

— *Douce nuit*. C'était le chant préféré de Hestia.

— C'est le mien aussi. Elle avait bon goût.

Il lui prit la main.

— Oui. Veux-tu qu'on se promène au bord de la Tamise ?

— Avec grand plaisir.

Ils déambulèrent main dans la main le long des berges. Jamie se sentait parfaitement bien. À cet instant, en compagnie de cette femme merveilleuse, il était heureux. L'avenir se dessinait devant lui, pour la première fois depuis très longtemps. Ce ne serait pas facile. Il faudrait qu'ils se montrent d'une sincérité douloureuse l'un envers l'autre, notamment au sujet des enfants. Malgré tout, il avait très envie que ça marche.

Ils gardèrent leurs mains jointes jusqu'à ce qu'ils soient de retour à Muswell Hill, devant chez Anna.

— Tu veux monter boire un chocolat chaud ?

Il n'avait pas encore envie de la quitter, alors il acquiesça.

À peine avaient-ils mis le lait dans le micro-ondes, que Jamie la fit tourner dans ses bras pour l'embrasser. Avec tendresse et légèreté d'abord, il caressa ses lèvres du bout de la langue, et elle ouvrit la bouche pour approfondir leur baiser.

Lorsqu'ils se séparèrent, il avait la tête qui tournait.

— Reste avec moi ce soir..., fit-elle, les joues roses et les yeux brillants.

Comment résister ?

— D'accord.

Cette fois, ce fut elle qui l'embrassa et, sans réfléchir, il la souleva dans ses bras.

— Je suis trop lourde, protesta-t-elle.

— Tu es parfaite, dit-il, sincère. Mais il faut que tu me guides.

— En sortant de la cuisine, deuxième porte sur la droite.

Il l'emmena jusqu'à sa chambre, alluma la lumière, ferma les rideaux et la posa enfin sur le lit.

— Tu es sûre que c'est ce que tu veux ? demanda-t-il doucement.

— Certaine.

Son sourire était si timide, si mignon, qu'il vint à bout de ses dernières réticences.

Anna lui plaisait. Non, c'était bien plus que cela : il était à moitié amoureux d'elle. Et il aurait juré qu'elle partageait ses sentiments.

Alors il l'embrassa, la déshabilla. Elle l'embrassa à son tour et ils firent l'amour tendrement.

Jamie s'était dit qu'il sortirait du lit lorsque Anna se serait endormie, et qu'il partirait discrètement. Toutefois, il était bien, là, au chaud. Et elle était si bien, là, dans ses bras. Il céda donc à l'envie de rester, et tous deux s'endormirent enlacés.

Le samedi matin, Anna se réveilla la première.

Oh ! non. Elle n'avait pas du tout prévu de passer la nuit avec Jamie !

Comment réagirait-il ? Ferait-il marche arrière, horrifié d'avoir perdu tout contrôle ? Serait-il embarrassé ?

— Salut, toi, dit-il simplement en ouvrant les yeux.

Son sourire était si tendre, si chaleureux… Elle n'aurait pas pu rêver mieux.

— Salut, toi, répondit-elle d'un ton léger. Je…

Elle s'interrompit, désemparée.

— Je ne sais pas quoi dire non plus, reconnut-il. Mais je n'ai aucun regret.

— Dans ce cas, que penses-tu d'un petit déjeuner ? demanda-t-elle, soulagée.

— Que du bien. Et je vais t'aider à le préparer.

10

Jamie passa toute la journée du mardi en salle d'opération. Lorsqu'il en sortit, il avait un message d'Anna.

Ce soir, dernière sortie pour te convaincre. On se retrouve à l'entrée de l'hôpital à 17 heures.

Quand il la rejoignit, elle avait les yeux pétillants. Elle devait vraiment avoir hâte de lui révéler sa trouvaille, pourtant elle refusa de lui donner le moindre indice.

Ils sortirent du métro à Covent Garden, et il crut d'abord qu'ils allaient admirer les illuminations. Mais soudain, la façade emblématique de l'Opéra apparut, avec sa verrière, ses colonnes et ses fenêtres en forme d'éventail.

— Il n'y a pas de spectacle plus magique à Noël que *Casse-Noisette* ! déclara Anna, tout sourire.

Il se figea. *Casse-Noisette*. Le ballet préféré de Hestia. Celui qu'elle avait dansé tant de fois dans le rôle de la jolie fée Dragée.

Le dernier qu'elle avait dansé professionnellement.

Il eut l'impression de recevoir une enclume sur la tête.

— Ma meilleure amie et son mari avaient pris des places pour ce soir, mais il a la grippe et elle ne se sent pas bien non plus. Elle m'a proposé les billets, alors je me suis dit que…

En voyant son expression, elle s'interrompit.

— Jamie ?

— Non. Je ne peux pas. Je suis désolé, Anna. Je ne peux vraiment pas.

— Je ne comprends pas…

Il prit une profonde inspiration.

— Hestia était danseuse de ballet. La dernière fois que je suis venu ici, c'était pour la voir danser *Casse-Noisette*. Alors je… Je ne peux pas y aller. Je suis désolé.

Elle prit l'air horrifié.

— Oh ! Jamie, je suis dé…

— J'ai besoin d'être seul, l'interrompit-il. C'est mon problème, ne t'inquiète pas, ajouta-t-il avec sincérité. Pardon. Reste, profite du spectacle. Ce ballet est merveilleux. Mais… Je ne peux pas.

Il se détourna et s'éloigna vite, de peur de hurler sa douleur et sa colère au ciel.

Anna regarda Jamie partir.

Si elle avait su que Hestia avait été danseuse, elle n'aurait jamais amené Jamie ici.

Cette jolie surprise qu'elle avait planifiée s'était transformée en terrible cauchemar. Elle n'avait jamais eu l'intention de le blesser. Elle avait cru qu'ils s'étaient rapprochés, depuis vendredi soir, quand elle s'était endormie dans ses bras. Ils avaient passé la majorité du week-end ensemble. Ils s'étaient quittés lorsqu'elle était allée travailler dimanche et que lui avait rendu visite à sa famille. La veille, il avait à nouveau passé la nuit chez elle. Elle s'était imaginé qu'ils avaient peut-être un avenir, finalement.

Quelle erreur !

Elle était allée trop vite pour lui.

Et si c'était la fin ? Elle aurait voulu le rattraper et essayer de se faire pardonner, mais il avait été clair : il voulait être seul. Si elle le forçait à parler, elle risquait d'aggraver la situation.

Elle n'avait plus qu'à espérer qu'il lui parlerait plus tard, lorsqu'il aurait eu le temps de se remettre de ses émotions.

Et maintenant ? Jamie lui avait dit de profiter du spectacle. Mais comment y arriver, alors qu'il souffrait par sa faute ?

En fait, ce ballet qu'elle aimait tant l'aiderait peut-être à surmonter son chagrin, songea-t-elle. Jamie ne lui avait-il pas dit qu'elle voyait toujours la vie du bon côté ? Ce soir-là, hélas, la vie avait un goût d'amertume.

Il était bien trop tard pour proposer à quelqu'un d'autre de se joindre à elle. Alors elle entra, montra l'un des deux billets à l'ouvreuse et alla s'asseoir.

La salle se remplit. Anna ne cessait de penser au siège vide à côté d'elle.

Pourquoi, mais pourquoi, n'avait-elle pas compris que Hestia, si menue, si gracieuse, avait été ballerine ? Pourquoi n'avait-elle pas encouragé Jamie à lui en dire plus au sujet de son épouse décédée ?

Comme les larmes lui montaient aux yeux, elle cligna des paupières pour les chasser. Non. Elle allait recouvrer son sang-froid, apprécier le spectacle, laisser la musique, la chorégraphie et les costumes l'emmener loin d'ici...

Ce fut un échec.

Tout le temps de la représentation, elle ne cessa de penser à Jamie, dont elle avait rouvert les plaies sans le vouloir !

Pourquoi ne lui avait-elle pas simplement proposé d'aller voir un ballet avec elle, plutôt que de le surprendre en le conduisant à l'Opéra ?

Lorsque la mélodie du célesta introduisit la fée Dragée, les larmes coulèrent sur ses joues.

Hestia avait été l'amour de la vie de Jamie, il était donc normal qu'il n'arrive pas à se remettre de sa perte et de celle de leur bébé. Anna avait été bien bête de penser qu'ils pourraient tous les deux tourner la page ensemble.

Le rejet de Jamie faisait si mal. C'était la première fois qu'elle se permettait d'être vulnérable depuis l'implosion de son mariage, la première fois qu'elle prenait un risque, et le résultat était catastrophique. Elle avait l'impression d'être tombée du bord d'une falaise, son cœur brisé en mille morceaux. Une fois de plus.

Quelle idiote !

Ils ne se connaissaient que depuis quelques semaines. Pourquoi leur rupture inévitable était-elle plus douloureuse encore que la fin de cinq années de mariage ?

Elle n'aurait jamais dû baisser ses défenses. Elle n'aurait jamais dû tendre la main à Jamie, imaginer qu'elle suffirait à un homme. De toute évidence, il lui manquait quelque chose. Leur complicité au concert de Noël des enfants, cette sensation que Jamie était à sa place dans sa famille, dans son monde... Tout n'avait été qu'une illusion. Une illusion qui avait volé en éclats en même temps que son cœur.

Jamie s'éloigna de l'Opéra, la tête pleine d'images de Hestia qui dansait sur scène. Il avança sans faire attention à sa destination, un pied devant l'autre. Il se retrouva à Trafalgar Square, où les lions et les fontaines semblaient garder l'immense sapin de Noël tout scintillant de blanc, devant la National Gallery.

Hestia avait aussi adoré ce musée où se trouvait sa peinture préférée, *Les Tournesols* de Van Gogh.

Le cœur serré, il coupa à travers la gare de Charing Cross pour rejoindre la Tamise. De l'autre côté, la grande roue du London Eye brillait et les illuminations de Noël chatoyaient sur les berges. Il longea le fleuve jusqu'au pont de Waterloo. La patinoire de Somerset House diffusait de la musique qui lui rappelait la fois où Anna l'avait emmené à la patinoire. Il avait bien failli l'embrasser, avant qu'ils reprennent leurs distances et décident de rester amis.

Sauf qu'il n'avait pas pu résister bien longtemps à sa chaleur et sa douceur.

Après le concert à l'église, ils s'étaient promenés sur les

berges, main dans la main. Il avait été heureux, apaisé. Comme la première fois qu'ils avaient fait l'amour...

Pourtant, tout venait de s'effondrer. Il croulait à nouveau sous le chagrin d'avoir perdu sa femme et son bébé, le poids de toutes ces années où le monde lui avait semblé si vide de sens.

Pourtant, Anna avait franchi les murs qu'il avait construits autour de lui. Elle avait empli son monde de soleil. Elle lui avait rendu Noël supportable, lui avait appris à aimer les lumières, l'affection et la bonne humeur qui l'accompagnait. Elle avait été si attentive, si gentille, elle s'était souciée de son bien-être à chaque instant...

Et il n'y avait pas que Noël. Avec Anna, le monde était plus beau.

Pourtant, voilà qu'il était sur le point de tout gâcher, de se morfondre à nouveau sur ce qu'il avait perdu et ce qui aurait pu être.

Il revit le visage horrifié d'Anna. Elle avait été si désolée de l'avoir blessé. Mais ça n'avait pas été sa faute. Il n'y avait pas une once de méchanceté en elle. Comment aurait-elle pu deviner que Hestia était ballerine ? C'était lui qui l'avait fait souffrir. Il l'avait abandonnée.

Alors qu'il était appuyé contre la rambarde du pont, le regard perdu sur les eaux de la Tamise, il se mit à neiger. De tout petits flocons, qui ne restaient pas, de la neige tout de même.

Des flocons.

La fée Dragée.

Cette mélodie qu'il connaissait si bien résonna dans sa tête.

— Hestia, chuchota-t-il. Je suis perdu. Je me sens seul. Tu me manques. Mais j'ai rencontré quelqu'un avec qui je pourrais être heureux... Je la laisse m'échapper. Tu serais furieuse de mon comportement imbécile.

Elle ne répondit pas. Bien sûr que non. C'était impossible. Pourtant la musique tournait toujours dans sa tête, elle faisait des pirouettes dans ses souvenirs. Leur rencontre. Le moment où il était tombé amoureux d'elle. Toutes ces fois où il l'avait admirée sur scène, enchanté par sa grâce et son talent. Leur mariage. Apprendre qu'elle était enceinte. Sentir Gisèle bouger dans son ventre qui s'arrondissait de ce bébé tant désiré.

Puis le noir. La solitude. Ce sentiment que le monde ne tourne plus rond. Les murs qui montent toujours plus haut autour de son cœur.

Enfin, Anna était entrée dans sa vie. Cette femme rayonnante, aux yeux vert océan, avait peu à peu fissuré ses défenses, laissant filtrer la lumière du bonheur. Elle lui avait rappelé ce qu'était la joie.

Il n'avait qu'à lui tendre la main. Dire oui.

C'est alors qu'il l'entendit : cette chanson qu'il faisait de son mieux pour éviter.

Avant de comprendre ce qu'il faisait, il se retrouva sur la place de Somerset House, où tournaient les patineurs. Certains se tenaient la main ou restaient près de la barrière, d'autres se montraient plus téméraires.

Tout ce qu'il voulait pour Noël...

C'était Anna.

Rester avec elle pour Noël, et pour toujours.

Il avait l'impression que, au travers de cette chanson, Hestia le poussait à tourner la page une bonne fois pour toutes. À réfléchir à ce qu'il voulait vraiment.

— Je t'aimerai toujours, Hes', murmura-t-il. Mais il est temps que j'avance.

Elle serait toujours dans son cœur, c'était Anna qui l'avait dit, si chaleureuse, si généreuse, si adorable. Elle ne méritait pas d'être traitée comme il l'avait fait. Il ne valait pas mieux que son ex-mari.

— Je ne peux pas passer le reste de ma vie dans les limbes.

Je veux recommencer à vivre, avec Anna. Nous pourrions être heureux, tous les deux.

Si ce n'était pas trop tard. Il prit une profonde inspiration.

— Elle te plairait. Beaucoup. Elle est aussi chaleureuse et douce que toi. Mais elle n'est pas toi, et ce n'est pas ce que j'attends d'elle. Pourtant j'ai tout gâché. Je ne sais pas comment réparer le mal que je lui ai fait.

Le laisserait-elle s'expliquer ? Lui donnerait-elle une seconde chance, malgré son comportement ?

Il regarda sa montre. Était-elle allée au ballet sans lui ou était-elle rentrée ?

Il prit son téléphone et composa son numéro. S'il tombait sur le répondeur, cela signifierait qu'elle était toujours à l'Opéra et qu'il avait le temps d'y retourner. Si elle était rentrée, alors elle décrocherait.

Du moins, il l'espérait.

Un instant, il crut que l'appel ne passait pas, puis le répondeur se déclencha.

Dans la foule qui sortait du spectacle, il risquait de la rater. Il tapa un SMS rapide.

Je suis désolé. Il faut qu'on parle. Tu veux bien me retrouver près du chandelier de gui au milieu de Covent Garden Market ?

Pourvu qu'il n'ait pas tout gâché !

Croisant les doigts, il envoya le SMS et se dépêcha de retourner à Covent Garden, où il attendit près de l'énorme sculpture de gui.

Il l'aurait bien mérité, si Anna ne venait pas. Il s'était montré si injuste envers elle. Il avait laissé le passé s'interposer entre eux, alors qu'il voulait tourner la page et, surtout, la tourner avec elle.

Assis sur le banc, il attendit.

La neige commençait à s'accumuler.

Enfin, des gens tenant des programmes à la main apparurent, ce qui signifiait que le ballet devait être terminé.

Est-ce qu'Anna viendrait à sa rencontre ? Ou l'avait-il repoussée pour de bon ?

Il reprit son attente.

La foule se dispersa, sans aucun signe d'Anna.

Il consulta sa montre. Peut-être faisait-elle partie des derniers, peut-être venait-elle seulement de rallumer son téléphone et de voir son message. Peut-être ne viendrait-elle pas.

Encore dix minutes, et il se résignerait.

Le temps sembla s'étirer, cinq secondes durer une minute entière.

Neuf minutes plus tard, il se dit que, oui, c'était trop tard, il n'avait plus qu'à rentrer dans cet appartement qui n'avait rien d'un foyer.

Anna surgit alors.

— Coucou.

Son cœur rata un battement. Elle était là !

— Anna ! Je suis désolé. Merci d'être venue.

— J'ai failli ne pas venir, reconnut-elle en s'asseyant à côté de lui.

Le cœur de Jamie se serra. Avait-elle douté de lui ? Comme s'il avait parlé tout haut, elle expliqua :

— J'ai oublié de rallumer mon téléphone. Je suis sortie dans les dernières et je me suis retrouvée au bout de la queue de la station de métro. Ton message est arrivé au moment où j'allais monter dans l'ascenseur.

— Je suis vraiment heureux que tu sois là. Pardonne-moi. J'ai été injuste avec toi, ce soir.

— Hum.

Le ton de sa voix était neutre, son visage sans expression.

Il n'avait plus qu'à lui ouvrir son cœur, et espérer qu'elle lui accorderait une nouvelle chance. Il inspira profondément.

— Après la façon dont je me suis comporté, je comprendrais que tu ne veuilles plus avoir affaire à moi. J'aurais dû te remercier de cette occasion de revoir ce spectacle, et t'y accompagner, plutôt que de t'abandonner comme ça.

Il prit les mains d'Anna et continua :

— Mais ça m'a permis de réfléchir, à Hestia, à toi. Tu as changé ma vie, Anna. Tu m'as rendu quelque chose que j'avais cru à jamais perdu. Tu as éclairé ma vie. Quand je suis avec toi, le soleil brille. Tu m'as appris à surmonter le passé. On ne se connaît pas depuis longtemps, mais je sais ce que je veux pour Noël, et pour toujours. C'est toi, Anna. Je t'aime. Veux-tu m'épouser ?

L'épouser ?

Anna dévisagea Jamie sans comprendre. Elle avait cru l'avoir perdu pour de bon, qu'il n'était pas prêt à tourner la page, ou qu'elle l'avait blessé en allant trop vite. Il avait réagi en lui tournant le dos. Et s'il recommençait ? Elle ne voulait pas d'une relation où elle devait mesurer chacune de ses paroles.

Cette conversation ne serait pas facile, mais il fallait qu'elle sache.

— Comment être sûre que tu ne m'abandonneras pas la prochaine fois qu'un événement te rappellera Hestia ?

— C'est un risque. Mais s'il te plaît, fais-moi confiance, je ne referai pas une telle erreur. Au lieu de partir, je te parlerai et nous surmonterons le problème ensemble.

C'était ce dont elle avait envie aussi, toutefois le doute subsistait.

— Tu as perdu ta femme et ton bébé. Je ne peux pas avoir d'enfants. Pas sans difficulté, et il n'y a aucune garantie qu'une FIV fonctionnera.

— Tu me suffis telle que tu es.

— Pour l'instant peut-être, mais à l'avenir ? Et si tu changes d'avis et que tu veux des enfants ?

Il grimaça.

— Franchement ? Je te préviens, je vais dire quelque chose qui te paraîtra horrible.

— Rien ne vaut la franchise. Je dois savoir ce qui se passe dans ta tête, et toi ce qui se passe dans la mienne. Tourner autour du pot ne sert à rien.

— D'accord. J'avais très envie d'être père… Mais après avoir perdu Hestia et Gisèle, je suis terrifié à l'idée de courir à nouveau ce risque. J'ai beau connaître les statistiques, il y a toujours une chance que l'histoire se répète.

Une pensée affreuse traversa l'esprit d'Anna.

— Et comme je ne peux pas avoir d'enfants, tu ne risques rien avec moi.

— Ça m'est venu à l'esprit, reconnut Jamie, et je sais combien c'est égoïste. Seulement, l'essentiel n'est pas là. Je t'aime, Anna Maskell, pour celle que tu es. Que tu puisses avoir des enfants ou non. Je t'ai vue avec tes neveux et nièces, et au sein de ta famille. Tu serais une mère extraordinaire. Si tu veux des enfants, je ferai de mon mieux pour étouffer mes peurs.

— La FIV est risquée, justement, lui rappela-t-elle. Et ça pourrait ne même pas marcher.

Il acquiesça, avec un petit sourire.

— Si c'est ce que tu veux, on essaiera quand même. Je t'aime assez pour surmonter ma terreur. Mais si on passe par là et que ça marche, sache que je serai toujours sur ton dos, à vouloir te protéger.

— Et si ça ne marche pas ?

— Si ça ne marche pas, je resterai à tes côtés et nous surmonterons ensemble cette déception. Mais ce n'est pas la seule option. On pourrait passer par une mère porteuse, comme la sœur de Jenna, adopter ou devenir famille d'accueil. Ou simplement savourer la joie d'être oncle et tante, et rien que tous les deux, jour après jour. On a le choix, Anna.

— Tu crois vraiment que ça peut être aussi simple ?

— Oui, vraiment, dit-il doucement. Tu m'as dit que tu ne laisserais pas ta stérilité définir qui tu es. Ça ne définira pas non plus notre couple. Que nous ayons des enfants ou pas, nous formerons une famille, tous les deux. Avec George le Génial bien sûr, ajouta-t-il avec un sourire.

— Johnny et moi étions ensemble depuis un an quand on s'est mariés. J'étais sûre qu'il était le bon. Pourtant, tout s'est effondré après quelques années, dit Anna en secouant la tête. On ne se connaît que depuis un mois. Comment savoir que tout ira bien ?

Jamie haussa les épaules.

— On n'en sait rien. L'amour est un risque à prendre. Tout ce que je peux te dire, c'est qu'avec toi je me sens différent. Et j'espère te prouver que tous les hommes ne sont pas comme ton ex-mari.

— On ne se connaît que depuis un mois, répéta-t-elle.

— Si tu as besoin de plus de temps, j'attendrai que tu sois prête. Tu en vaux la peine. Je t'aime, Anna. Je veux que tu sois heureuse. Je veux te donner tout ce que tu désires, et j'espère que ça commence par moi.

Il lui accorderait le temps dont elle avait besoin. Il serait patient avec elle.

Et elle voyait dans ses yeux qu'il était sincère.

Il l'aimait.

Ils avaient tous les deux traversé des moments difficiles. Son rêve d'avoir des enfants s'était brisé, son mariage aussi, elle avait dû recommencer sa vie. Jamie avait enterré sa femme et son bébé.

C'était leur seconde chance d'être heureux. Ensemble.

Elle pouvait lui tourner le dos, comme lui avant le ballet.

Ou elle pouvait aller au-delà de la blessure, comprendre son hésitation, lui prendre la main et avancer vers l'avenir.

D'accord, ils ne se connaissaient pas depuis très longtemps. Mais ils avaient travaillé ensemble, elle aimait la façon dont il traitait ses patients, leurs parents et ses collègues. Ils avaient passé autant de temps tous les deux que s'ils étaient sortis ensemble pendant plusieurs mois. Et en peu de temps, il lui avait appris sa valeur. Il lui avait redonné confiance en elle. Ils étaient compatibles au travail, et dans le privé.

L'avenir ne serait pas forcément un long fleuve tranquille, mais ils pourraient se soutenir l'un l'autre durant les épreuves, discuter quand il y aurait un problème. Être sincères l'un avec l'autre.

Prendrait-elle le risque de lui dire ce qu'elle ressentait, d'accepter de l'épouser, ou resterait-elle seule, comme elle s'y était préparée ?

Elle le regarda dans les yeux. L'amour qui y brillait la décida.

— Je t'aime aussi. Je suis terrifiée, mais si tu es assez courageux pour tenter ta chance, alors moi aussi. Oui, Jamie, j'accepte de t'épouser.

Il l'embrassa sous le gui.

— Parfait. Et ceci marque la fin de notre premier accord. Je porterai avec plaisir le costume du Père Noël, et je passerai dans le service en faisant : « Ho, ho, ho ! »

Elle éclata de rire et lui rendit son baiser.

11

Le jour de Noël, Anna baissa les stores dans le bureau de Jamie, verrouilla la porte et l'aida à enfiler le costume rouge et la barbe que Robert leur avait laissés.

— Tu es sûre que c'est ressemblant ? demanda-t-il.

Elle le scruta d'un œil critique puis ajouta un autre coussin sous le haut avant de reculer.

— Il fallait un peu plus de rembourrage. Là, c'est parfait.

— Je reste convaincu que tu aurais dû t'habiller en elfe.

— Non, certains des enfants m'auraient reconnue. Alors que, là, ils trouveront normal que le Dr Anna ait un invité spécial.

Jamie souleva le sac où était inscrit « cadeaux » en lettres dorées.

— Allons-y, alors. Il y a un paquet différent pour chaque chambre ?

— Et tous les cadeaux ont une étiquette. Nous avons fait le tri la semaine dernière. Les peluches pour les tout-petits, des fournitures artistiques pour les moins de sept ans, et des livres pour les plus grands.

Elle déverrouilla la porte et ils se dirigèrent vers la première chambre.

— Bonjour, bonjour ! Nous avons un invité, aujourd'hui !

— Ho, ho, ho ! Joyeux Noël, tout le monde ! lança Jamie

depuis le seuil de la porte. Le Dr Anna et les infirmières Sajana et Kelly vont m'aider à distribuer vos cadeaux.

— Joyeux Noël, papa Noël ! répondit une petite fille dans un coin.

Anna, Sajana et Keely s'assurèrent que les enfants reçoivent ce qui leur était destiné, puis ils passèrent à la chambre suivante, jusqu'à ce que tout le monde soit gâté.

À l'accueil se trouvait un buffet de friandises. Tandis qu'ils traversaient le département de pédiatrie, Anna encouragea tous les visiteurs à se servir.

Elle avait apporté sa guitare acoustique. Avec Keely et Sajana, elle chanta des comptines de Noël connues, ainsi que celle sur les rouges-gorges du spectacle de l'école.

Keely avait une voix magnifique. Anna avait dit à Jamie qu'elle faisait partie de la chorale de l'hôpital. Peut-être qu'elle pourrait chanter à leur mariage, prévu l'année suivante.

Grâce à Anna Maskell, l'esprit de Noël était bien parmi eux : la paix, l'amour, la gentillesse.

Discrètement, il retourna à son bureau, se changea et revint chanter avec les autres. Même les parents stressés à l'idée que leur enfant passerait Noël à l'hôpital semblèrent se détendre un peu.

Enfin, à la fin de son service, Anna le rejoignit dans son bureau et lui prit la main.

— Merci, tu as été super !

— Je me suis bien amusé. Voir les enfants sourire, les aider à oublier leur maladie, juste un instant… Si je suis là l'année prochaine et que Robert est d'accord, je recommencerai volontiers.

— C'est vrai ?

— Oui. J'ai accepté de remplacer Nalini pour le reste de son congé maternité. Après ça, si elle veut revenir à mi-temps, je m'organiserai avec elle.

— C'est le plus beau des cadeaux de Noël !

Jamie sourit et l'embrassa.

— Je ne promets rien. On verra. Même si je ne reste pas après le retour de Nalini, nous nous débrouillerons pour coordonner nos heures de service.

— Absolument ! Tu es sûr d'être prêt pour le Noël de la famille Maskell ?

— Oui. C'est tellement gentil de la part de tes parents d'avoir invité ma famille pour le réveillon.

Anna sourit largement.

— Plus on est de fous... Et comme tout le monde participe à la préparation du dîner, maman n'a qu'à s'occuper de la dinde. En plus, il y a assez de place pour que tous les enfants jouent ensemble. Rien ne saurait être plus parfait !

Encore qu'Anna ignorait quelque chose. Elle croyait que le joaillier n'avait pas terminé la jolie bague de fiançailles qu'ils avaient choisie tous les deux, inspirée d'un nœud celtique et sertie d'une tanzanite. Il l'avait fait livrer chez les parents d'Anna la veille, avec une demi-douzaine de bouteilles de champagne, dans le plus grand secret. La semaine précédente, il avait échangé des textos avec la sœur d'Anna, afin de choisir la chanson idéale au moment de donner la bague. JoJo lui avait promis qu'elle était enregistrée sur son téléphone, et sur celui de Becky en cas de couac. Elle la lancerait à l'instant où il lui ferait signe.

Il espérait avoir fait le bon choix.

Lorsqu'ils arrivèrent chez les parents d'Anna, la fête battait déjà son plein. Les enfants jouaient bruyamment, de la musique de Noël animait la maison et l'odeur délicieuse du dîner de réveillon embaumait l'air.

Alison, la mère d'Anna, les accueillit chaleureusement. Son père, Tony, leur servit un verre de vin.

— Tout le monde est dans le salon, annonça Alison. Allez dire bonjour.

— Avez-vous besoin d'un coup de main ici ? demanda Jamie.

— Non, vous avez déjà travaillé tous les deux toute la journée. Allez vous amuser, répondit-elle en les chassant de sa cuisine.

Jamie et Anna saluèrent tout le monde, et ils étaient en pleine conversation lorsque Tony appela :

— Le dîner va être servi, à table !

C'était tellement agréable, de faire partie d'une grande famille. Jamie adorait ça.

Pendant le dîner, la conversation alla bon train. Jamie aida à débarrasser avant le café. Il avait prévenu Mark, le frère aîné d'Anna, pour qu'il la retienne à table.

Alison lui donna la boîte à glisser dans sa poche. Il l'étreignit.

— Merci pour votre aide.

— Tu rends mon Anna heureuse, dit-elle simplement. C'est tout ce qui compte pour moi.

JoJo entra dans la cuisine et agita le téléphone.

— Prêt ?

— On va dire que oui.

Pourtant, il se sentait incroyablement nerveux, aussi nerveux qu'avant l'opération la plus compliquée.

— J'espère que tu connais les paroles par cœur, dit JoJo avec un grand sourire. Maman, Becky et moi, on chantera le refrain avec toi. On t'aurait bien fait mettre le T-shirt et le pantalon blanc du clip pour faire les choses dans les règles, mais Anna t'aime de toute façon, alors tu y échappes. En revanche, il faut que tu danses !

— Va chercher ta fiancée, Jamie, dit Alison en lui tapotant l'épaule.

Ils retournèrent ensemble dans le salon, où tout le monde discutait et riait. Alison tapota un verre avec sa cuillère pour demander le silence.

JoJo appuya sur « play » et les premières notes de *Wake Me Up Before You Go-Go* résonnèrent.

Jamie chanta et dansa, et peu importait qu'il n'arrive pas

à atteindre les notes aiguës du refrain, car JoJo, Alison et Becky l'accompagnaient.

À la fin du couplet suivant, JoJo arrêta la chanson et il se mit à genoux devant Anna.

— Tu as chassé les nuages qui assombrissaient mon ciel, et tu as fait briller le soleil, Anna Maskell. Je t'aime, je veux me réveiller chaque jour à tes côtés. Veux-tu m'épouser ?

Il sortit la boîte de sa poche, l'ouvrit et la lui tendit.

— Je n'arrive pas à croire que tu aies fait ça pour moi... et au pauvre George, dit-elle en pleurant et en riant à la fois. Oui ! Oui, je veux t'épouser !

Tout le monde cria de joie. Le père d'Anna et le père de Jamie servirent le champagne, et leurs mères du jus de raisin pétillant aux enfants.

— À Anna et Jamie ! trinqua Tony. Nous vous souhaitons tout le bonheur du monde. Et un très joyeux Noël !

Tout le monde reprit en chœur :

— À Anna et Jamie ! Un très joyeux Noël !

LEAH MARTYN

Un mariage à Sunday Creek

Traduction française de
CAROLINE JUNG

BLANCHE

HARLEQUIN

Titre original :
WEDDING AT SUNDAY CREEK

Ce roman a déjà été publié en 2020.

1

Dr Jack Cassidy, chirurgien en médecine d'urgence, explorateur à temps partiel et amant à ses heures… Oui, voilà une bonne carte de visite ! Et qui avait le mérite de l'honnêteté. Souriant à cette pensée, Jack s'éloigna de l'avion, avant de s'immobiliser pour contempler les couleurs intenses de la campagne australienne. Au loin, une famille de kangourous broutait de l'herbe. Rien ne venait limiter le panorama, qui semblait s'étendre à l'infini, contrairement à ce qu'on pouvait observer en Angleterre. Ici, la nature s'offrait dans toute sa splendeur et son immensité. Il inspira profondément. Comme c'était bon de se retrouver chez soi ! La fin de son histoire avec Zoe n'avait pas été un moment facile à traverser, mais lui procurait désormais un sentiment de liberté, qu'il n'avait pas éprouvé depuis des mois.

Il retourna sur la piste d'atterrissage, et après avoir pris son sac se mit en marche. L'hôpital de Sunday Creek n'était pas loin. D'après les informations qu'on lui avait transmises, il n'y avait qu'un médecin en poste, le Dr Darcie Drummond. Excepté son nom, il ne savait pas grand-chose d'elle. Il espérait seulement qu'elle ne serait pas trop à cheval sur la définition des rôles assignés à chacun. Car si elle attendait de lui qu'il se cantonne à un travail de gestion et d'administration, elle allait être déçue. Il avait bien l'intention, en tant que directeur de l'hôpital, de s'impliquer aussi sur le terrain.

Darcie jeta un coup d'œil à sa montre. Il était temps de rentrer. On saurait toujours où la trouver, si on avait besoin d'elle à l'hôpital. Elle se leva et alla se poster devant la fenêtre.

Elle émit un léger soupir. Le temps était toujours couvert à l'ouest. De gros nuages gris s'élevaient des feux de broussailles, et filaient dans le ciel. Il n'y avait pas de quoi s'inquiéter, l'avaient rassurée les autochtones : il s'agissait de feux d'herbes hautes ou de broussailles, que les pompiers maîtrisaient parfaitement.

Pourvu qu'ils disent vrai…

A cet instant, on frappa à la porte.

Elle se retourna et aperçut, dans l'encadrement de celle-ci, un homme d'environ un mètre quatre-vingts, qu'elle ne connaissait pas.

Elle écarquilla les yeux. Brun, les yeux bleus, une mâchoire affirmée et une bouche qui fit aussitôt naître en elle des images, qui la firent rosir. Elle déglutit, la gorge soudain sèche.

— Puis-je vous aider ?

— Je l'espère ! répondit-il avec une ébauche de sourire. Je suis le nouveau directeur de l'hôpital.

Elle retint un sursaut. C'était une blague !

Le scrutant de la tête aux pieds, elle secoua légèrement la tête. Pour elle, un directeur d'hôpital portait un costume et une cravate. L'homme qui se tenait devant elle avait l'air de revenir d'un trek dans l'Himalaya. Affublé d'un pantalon de treillis, d'un T-shirt noir et de chaussures de randonnée, il ressemblait à tout sauf à un directeur d'hôpital. Du moins à l'idée qu'elle s'en faisait.

— Je suis venu en avion, dit-il. Cela a l'air de vous surprendre.

— Non. Enfin… si. Enfin nous savions que vous veniez, mais pas exactement à quel moment.

Il afficha un air surpris.

— Vous ne lisez donc pas vos mails ? Je vous ai envoyé le jour et l'heure de mon arrivée, il y a deux jours.

— Oh… L'anti-virus de notre ordinateur est un peu capricieux depuis quelque temps. Il élimine certains messages, tout à fait indépendamment de notre volonté. Et un arbre est tombé sur des câbles hier, si bien que nous n'avons plus internet. C'est la pagaille…

— Vous êtes le docteur Drummond ? demanda-t-il en jetant un coup d'œil sur la plaque collée à droite de la porte.

Elle baissa les yeux, contrariée par l'effet que produisait sur elle son regard intense. Et par le fait d'avoir totalement oublié son nom.

— Oui, je suis Darcie Drummond, dit-elle en tendant la main.

— Jack Cassidy.

Sa grande main chaude enveloppa la sienne.

— Je suis désolée, mais nous sommes plutôt isolés. Ce n'est pas facile de faire venir un réparateur jusqu'ici.

— L'hôpital devrait pourtant être prioritaire. Il faut leur botter les fesses.

Elle réprima un geste d'agacement. C'était à lui qu'il faudrait botter les fesses ! N'avait-il pas remarqué que les hôpitaux de campagne, que ce soit en Angleterre ou en Australie, manquaient chroniquement de tout ?

— Vous avez l'eau courante, au moins ?

Elle sentit, pour le coup, la colère la gagner. Pour qui les prenait-il ? Certes, son sourire en coin signifiait qu'il plaisantait, mais elle n'avait aucune intention de se laisser marcher sur les pieds. Elle redressa la tête.

— Il faut tirer l'eau du puits, dehors, répliqua-t-elle, pince-sans-rire.

Le sourire de Jack Cassidy s'élargit, creusant de petites rides autour de ses yeux. Il s'appuya sur le coin du bureau.

— Je dois passer quelques coups de téléphone, notamment au conseil d'administration de l'hôpital. Les lignes fonctionnent ?

Elle lui lança un regard glacial.

— Passez vos coups de téléphone, répliqua-t-elle en indiquant l'appareil sur son bureau. Après quoi, je vous montrerai votre logement.

Sur ces mots, elle tourna les talons et se dirigea d'un pas vif vers le bureau des infirmières, en quête d'un peu de solidarité féminine.

— Il est arrivé ! déclara Darcie en ouvrant les portes battantes du bureau.

Maggie Neville, l'infirmière cadre, et Lauren Walker tournèrent brusquement la tête vers elle.

— Qui est arrivé ? demanda Maggie.

— Le nouveau directeur, répondit-elle en soupirant.

— Cassidy ? Mais je n'ai vu arriver personne.

— Il a dû passer par les champs. Toujours est-il qu'il se trouve en ce moment même dans mon bureau.

— Ah ! s'écria Lauren derrière sa frange blonde. C'est lui que j'ai vu passer dans le couloir ? Pantalon de treillis, yeux bleu acier... plutôt canon ?

Elle acquiesça.

— J'ai cru que c'était un acteur qui venait se faire soigner.

Darcie et Maggie se regardèrent, perplexes.

— Un acteur ?

— Oui, ils sont en train de tourner une série, à Pelican Springs. Ils ont monté des tentes, près du tournage. Je ne peux pas croire que vous n'ayez rien vu !

— Je n'étais pas au courant, répondit Maggie en haussant les épaules.

Puis elle fit un signe de la main à Darcie.

— Je suis à toi tout de suite, Darcie. On finit la relève.

Lauren, surveille Trevor Banda de près. Si ce vieux grincheux se lève de son lit…

— Je le menacerai d'une douche froide, poursuivit Lauren en riant. Alors bon week-end, Maggie !

— J'espère qu'il sera bon, en effet, répondit cette dernière entre ses dents. Nous avons donc un directeur. Ce ne sera pas du luxe. A quoi ressemble-t-il ?

Elle se sentit rosir. Beau à se damner…

— Il a l'air un peu frimeur.

— On aura vite fait de le remettre à sa place, ne t'inquiète pas ! répondit Maggie.

— Je peux me tromper, reprit-elle, un peu mal à l'aise. Il m'a prise par surprise. Je travaillais, j'ai levé les yeux et il était là, devant moi, dans l'encadrement de la porte.

— Un canon, à en croire Lauren ?

Elle leva les yeux au ciel, avant de raconter dans les grandes lignes l'e-mail manqué et l'ironie à peine masquée de Jack Cassidy.

— Tu n'as rien à prouver à personne, Darcie. Tu as eu le courage de venir travailler ici, contrairement à tant d'autres médecins beaucoup plus frileux ! C'est héroïque d'affronter des conditions comme celles-là, en débarquant d'Angleterre, en plus !

Regardant Maggie, elle sentit la culpabilité l'envahir. Venir travailler dans ce coin isolé de l'Australie n'avait rien d'altruiste. Au contraire, c'était l'opportunisme à son stade le plus brut, qui l'avait conduite à Sunday Creek.

En gros, elle avait choisi un endroit sur la carte, où Aaron ne la trouverait pas. Elle le connaissait suffisamment pour savoir qu'il ne lui viendrait jamais à l'idée d'aller la chercher dans l'arrière-pays australien. Et c'était ce qui lui permettait de dormir enfin sur ses deux oreilles.

— Je n'y serais jamais arrivée sans toi et les infirmières, Maggie, répondit-elle, gênée.

— C'est vrai que nous formons une bonne équipe, toutes ensemble, dit Maggie en prenant son sac et ses clés. Veux-tu que je reste un peu ?

— Non, rentre chez toi. Va t'occuper de tes garçons.

Maggie était divorcée et mère de deux adolescents. Peu à peu, des liens s'étaient créés entre elles, et elles étaient devenues amies. Maggie lui parlait beaucoup d'elle, de ses difficultés à élever seule ses enfants. Ce qui arrangeait bien Darcie, pour qui se confier n'était pas une seconde nature. Elle avait du mal à se livrer aux confidences que les femmes semblaient échanger si facilement, et préférait le plus souvent écouter.

— Ça va aller, dit-elle avec un petit sourire. Surtout maintenant que nous avons un nouveau directeur.

Si seulement elle pouvait en être un peu plus convaincue, tout irait encore mieux...

Jack raccrocha à l'instant même où elle rentrait dans son bureau.

— Tout va bien ? demanda-t-elle avec un sourire poli.

— Oui, merci, répondit-il en se levant.

Elle jeta un coup d'œil circulaire à la pièce, avant de se diriger vers la fenêtre pour baisser le store.

— Où sont les logements du personnel ? demanda-t-il.

— Votre maison de fonction est en train d'être remise à neuf. En attendant, il va falloir vous contenter d'une chambre dans l'annexe. Pour l'instant, il n'y a qu'une infirmière et moi-même, qui y vivons.

— J'ai connu des situations pires, répondit-il avec un sourire en coin.

Elle sentit son ventre se nouer, et prit une longue inspiration. Il faudrait qu'elle demande aux peintres d'accélérer un peu la cadence. Plus vite Cassidy serait chez lui, mieux cela vaudrait pour tout le monde.

— Il arrive que des médecins volants logent également

chez nous, ainsi que des étudiants étrangers, qui viennent observer la médecine dans l'arrière-pays, ajouta-t-elle un peu sèchement.

Elle croisa son regard. Qu'il n'aille surtout pas s'imaginer qu'elles étaient seules à la merci du premier bellâtre venu…

Elle avait tellement attendu l'arrivée d'un nouveau médecin ! Et maintenant qu'il était là, avec l'air d'être tombé du ciel, elle avait du mal à se faire à l'idée qu'elle allait partager avec lui la responsabilité de l'hôpital et des patients.

— Avez-vous des bagages ?

— Je les ai posés dans ce qui m'a semblé être un local technique. Je n'ai croisé personne sur mon chemin.

— Nous n'avons qu'une toute petite équipe d'infirmières permanentes. Cela dit, elles sont le pilier sur lequel repose tout l'hôpital. Nous embauchons parfois des intérimaires, selon les besoins.

— Si je comprends bien, c'est vous qui gérez cet endroit, avec les infirmières.

— Oui, sans oublier l'aide précieuse des médecins volants, bien sûr.

— Oh ! Désolée ! s'exclama Lauren en s'arrêtant net dans l'encadrement de la porte.

— Entrez, je vous en prie, Lauren. Je vous présente le Dr Cassidy, notre nouveau directeur.

— Jack, dit ce dernier en tendant la main.

— Enchantée, répondit Lauren, tout sourire. Personne n'est venu vous attendre à votre arrivée, ajouta-t-elle d'un ton désolé.

— Il y a eu un problème dans les mails, l'interrompit Darcie, agacée. Vous aviez besoin de quelque chose, Lauren ?

— Oui, il faudrait que vous alliez parler à Mitchell Anderson.

Elle fronça les sourcils.

— Mais j'ai signé sa sortie. Il rentre chez lui demain. Quel est le problème ?

— Rien sur le plan médical. Seulement il a l'air morose, pour quelqu'un qui rentre chez lui.

— D'accord, je vais passer le voir.

— Merci, répondit Lauren en papillonnant des cils, principalement à l'attention de Jack. Je retourne au bureau, si vous avez besoin de moi.

— Qu'est-ce qui est arrivé à ce Mitchell Anderson ? lui demanda Jack.

— Il s'est fait mordre par un serpent.

— Il est peut-être sous le choc. Parler lui ferait sûrement du bien.

Elle haussa les épaules.

— J'ai déjà essayé d'engager la conversation sur les serpents et leurs habitudes, mais Mitchell n'a pas vraiment rebondi. Pourtant, il s'y connaît bien mieux que moi. De fait, je n'avais jamais eu à traiter un cas de morsure de serpent avant lui. Mais je connais la marche à suivre, maintenant : compresser la blessure, et foncer à l'hôpital le plus proche, en priant pour qu'ils aient du sérum anti-venin sous la main.

Il eut un petit rire.

— En effet... C'est une méthode plus civilisée qu'avant, lorsqu'on recouvrait la morsure de poudre de revolver, et qu'on allumait une mèche. Vous imaginez le résultat !

— C'était plutôt radical, c'est vrai. J'avais lu quelque chose à ce sujet, dans un livre d'histoire locale, à la bibliothèque.

Elle ponctua ces mots de son plus charmant sourire. S'il s'attendait à ce qu'elle soit choquée, il se fourrait le doigt dans l'œil.

Jack ne put se retenir de sourire à son tour. Cette femme était un phénomène. Vive, intelligente et sûre de ce qu'elle affirmait, en le regardant droit dans les yeux.

C'était assez excitant.

Mais il n'était pas là pour cela. Il venait juste de s'extirper d'une relation chaotique, et ce n'était certainement pas le moment de replonger la tête la première dans une nouvelle histoire. Pourtant, en se dirigeant vers les chambres de l'hôpital, il fut surpris de constater que la jolie silhouette toute en courbes de sa nouvelle collègue ne le laissait pas indifférent.

2

Jack secoua la tête, agacé contre lui-même. Il fallait qu'il se ressaisisse et redevienne professionnel.

— Pouvez-vous m'en dire un peu plus sur Mitchell ? demanda-t-il.

— Il a seize ans, et travaille dans la propriété de ses parents, à une centaine de kilomètres d'ici. Il s'est fait mordre lundi.

— Il a passé toute la semaine à l'hôpital ?

— Oui, cela nous a semblé plus prudent. Vu les distances que les gens ont à parcourir pour venir jusqu'ici, je préfère attendre qu'ils soient vraiment tirés d'affaire avant de les renvoyer chez eux.

Il hocha la tête.

— Vous avez raison. Où a-t-il été mordu ?

— Au mollet. Par chance, il n'a pas paniqué. Et il n'était pas loin de chez lui, si bien qu'on l'a trouvé rapidement. Ses parents l'ont emmené à l'hôpital aussitôt.

— Serait-il possible qu'il souffre d'une sorte de syndrome post-traumatique ?

Elle le regarda, l'air sceptique.

— Je ne sais pas. Qu'en pensez-vous ?

— Cela arrive parfois, dans des cas de morsures de chien ou d'attaques de requin. A-t-il un bon sommeil ?

— Non, il ne dort pas très bien, mais j'ai imputé cela au fait que c'est la première fois qu'il séjourne à l'hôpital.

— Cela dit, il peut y avoir une autre raison à son mutisme. A seize ans, il est débordant de testostérone. Le contact avec les femmes n'est pas évident.

— Sous-entendez-vous qu'il est gêné de s'adresser à un médecin femme ? J'ai été tout à fait professionnelle avec lui.

— Je n'en doute pas.

— Je devrais peut-être réessayer de lui parler.

— Et si j'y allais, moi ?

— Vous ?

— Je suis en service, désormais. Et Mitchell aurait peut-être moins de mal à discuter avec un homme. Si cela ne vous dérange pas, bien sûr.

Elle parut hésiter un instant, avant de lancer du bout des lèvres :

— D'accord. Venez lui parler.

Mitchell était l'unique patient du service, qui comprenait trois lits en tout. Vêtu d'un caleçon et d'un T-shirt, il avait l'air de s'ennuyer, et jetait des coups d'œil distraits sur l'écran allumé de la télévision.

Suivant les conseils de Jack, Darcie entra.

— Bonjour, Mitchell, dit-elle simplement. Je viens pour la visite du soir.

Le visage de l'adolescent se colora, mais il ne quitta pas le téléviseur des yeux.

— Je te présente le Dr Cassidy, ajouta-t-elle en passant le brassard du tensiomètre autour de son bras. Il va travailler avec nous à Sunday Creek. C'est le directeur de l'hôpital.

— Le Dr Drummond m'a dit que tu t'étais fait mordre par un serpent, poursuivit Jack en s'approchant du lit. Quel genre de serpent ?

Mitchell lui décocha un regard peu avenant.

— Un serpent brun de l'Ouest. Ils sont mortels.

— Ce n'est pas la même variété que les serpents bruns ordinaires ?

Mitchell tourna la tête vers Jack. Elle retint son souffle.

— Le brun de l'Ouest est plus coloré. En fait, ils ne sont pas bruns du tout. Ils sont noirs, avec la tête et le cou plus clairs. Ils font vraiment peur. Celui qui m'a mordu devait bien faire un mètre cinquante, expliqua-t-il, d'un air toujours buté.

— Un mètre cinquante ! En effet, ce doit être effrayant !

— Ouais, je me suis presque fait dessus.

— Mais il paraît que tu as super bien réagi. Tu as gardé ton sang-froid.

Mitchell haussa les épaules.

— Chez nous, on apprend vite à faire attention. Sinon, on crève.

Darcie et Jack échangèrent un regard. C'était exactement la réponse qu'ils avaient envie d'entendre. Encouragé par les remarques et les questions de Jack, le jeune homme finit par se détendre, au fur et à mesure qu'il racontait ce qui lui était arrivé. Et maintenant qu'il avait commencé à parler, il ne s'arrêtait plus.

Jack finit par consulter sa montre.

— Tu rentres chez toi demain ?

— Ouais, répondit Mitchell avec un bref sourire.

— Sais-tu à quelle heure tes parents viennent te chercher ? demanda-t-elle en accrochant sa feuille de suivi au pied du lit.

— Vers 10 heures. Et… Merci de m'avoir soigné, lui dit-il avant de baisser pudiquement la tête.

— Je t'en prie, Mitch. Mais n'oublie pas, la prochaine fois, d'enfiler un pantalon avant d'aller te promener dans les champs.

— Et ne va plus embêter les serpents, promis ? dit Jack d'un ton léger, en lui tendant la main.

— Promis, répondit Mitchell.

— Merci, dit Darcie, une fois qu'ils furent dans le couloir. Vous aviez raison.

— C'est toujours bien d'être deux. Même si, par ici, les médecins avec qui discuter des cas ne courent pas les rues.

— Je suis contente qu'il quitte l'hôpital le cœur plus léger.

— Ne vous inquiétez pas, vous avez fait du bon travail, avec lui. Mitchell aurait sans aucun doute trouvé quelqu'un d'autre à qui parler, son père, un copain.

— De toute façon, on ne peut pas avoir un deuxième avis sur tout ce qu'on accomplit en médecine, n'est-ce pas ?

— Heureusement que non ! On deviendrait fou ! Avez-vous d'autres visites à faire, maintenant ?

Elle secoua la tête.

— Je suis là, dans ce bureau, si vous avez besoin de quoi que ce soit, ajouta-t-elle en souriant.

— Très bien. Tout ce dont j'ai besoin, à présent, c'est de prendre une bonne douche, de me raser et de boire une bière bien fraîche. Dans cet ordre.

— Oh ! Je suis désolée. Je ne vous ai même pas demandé...

Elle s'interrompit, prenant conscience des cernes qui ombraient ses yeux.

Un frisson lui parcourut l'échine. Elle éprouva l'envie soudaine de caresser ses joues et de faire disparaître les cernes d'un geste tendre... Mais quelle idée ! Elle se morigéna intérieurement. Cette pensée était d'autant plus incongrue que, pour toutes sortes de raisons, sa confiance en la gent masculine était plus que modérée.

Jack suivit Darcie, détaillant les lieux, non sans curiosité. Le bâtiment dans lequel se trouvaient les logements était une grande maison annexe, située à quelques mètres du corps de l'hôpital, et elle aussi construite de bois. Des vérandas avaient été aménagées selon l'orientation du soleil, sans doute pour laisser entrer les rayons du matin, et offrir une ombre bienvenue durant les étés caniculaires.

— Nous y voilà, dit Darcie en ouvrant le portail.

Un effluve de jasmin les enveloppa dans l'allée conduisant à la porte d'entrée.

— Bonjour, toi ! Comment t'appelles-tu ? demanda-t-il à l'adresse du chien, qui descendit placidement les quelques marches pour venir à leur rencontre.

— Je vous présente Al Capone, dit-elle.

— Al Capone ?

— Oui : il fait des tas de bêtises, sans jamais se faire prendre !

Il observa les touffes de poils blanchis sur le dos de l'animal.

— Il n'est pas tout jeune, n'est-ce pas ?

Il le gratta entre les oreilles, tandis que le chien levait vers lui des yeux innocents.

— Non, d'après ce qu'on m'a raconté, il appartenait à l'un des anciens du district, qui est mort ici, à l'hôpital. Le chien a cessé de s'alimenter, et n'a jamais voulu quitter les lieux.

— Alors le personnel de l'hôpital l'a adopté, poursuivit-il.

— Oui, comme on ne pouvait pas le garder à l'hôpital même, ils l'ont peu à peu habitué à rester à l'annexe. Et il a l'air de s'y plaire.

Il donna encore quelques tapes sur le dos d'Al Capone, souriant à l'idée de ce nom. Il adorait les chiens de troupeaux. Il les connaissait bien, pour avoir été élevé dans une ferme.

— Il a l'air de vous apprécier.

— C'est réciproque, répliqua-t-il d'un ton léger.

Ils entrèrent dans la maison.

— Il y a six chambres, toutes assez spacieuses. Nous avons une femme de ménage, Meg Mc Leish, qui brique la maison toutes les semaines. C'est une perle.

Il approuva poliment de la tête. Personnellement, il se fichait pas mal de ce genre de détails, mais il avait compris qu'il comptait aux yeux des femmes.

— Vous pouvez vous installer ici, reprit-elle en ouvrant une porte.

La chambre sentait le propre et la cire. Il la parcourut du regard : un grand lit, deux tables de chevet et une armoire.

— C'est parfait, Darcie. Merci.

— Vous trouverez les draps et les serviettes dans une bonnetière, au bout du couloir. Il y a deux salles de bains pour tout le monde. La maison date d'avant la mode des sanitaires privatifs.

— Merci, Darcie, dit-il encore, en se laissant tomber sur le bord du lit.

Il était impatient de se retrouver seul.

— Bien. Je vous laisse, alors, articula-t-elle en se mordant la lèvre inférieure.

Il leva la tête. L'avait-il vexée ?

La voyant relever le menton, dans un geste qu'il commençait à reconnaître, il se releva et sourit.

— Je vais me laver. Je serai plus présentable ensuite.

— Bien sûr, répondit-elle en se dirigeant vers la porte. Quand vous aurez terminé, rejoignez-moi dans la cuisine. Je vous trouverai bien une bière.

Vingt minutes plus tard, il entra dans la cuisine, alors que Darcie regardait par la fenêtre.

— Vous avez fait vite, dit-elle en se retournant.

Elle l'observa discrètement. Il était vêtu d'un jean et d'une chemise en coton rayée. Là, au moins, il ressemblait davantage à un médecin chef ! Elle alla ouvrir le réfrigérateur, et en sortit une bière.

— Je sais que vous, les Australiens, êtes très attachés à vos bières. J'espère que vous apprécierez celle-là, dit-elle en la lui tendant.

Il attrapa la bouteille et, sans même en regarder l'étiquette, la décapsula avant d'en boire une longue gorgée.

— Ce soir, je suis prêt à boire n'importe quelle marque, pourvu qu'elle soit bien fraîche ! Vous n'en buvez pas ?

— Je me suis servi un verre de vin.

Il lui fit signe de s'attabler en face de lui.

— Qu'est-ce qui est prévu pour les repas ?

— En ce moment, seules Lauren et moi vivons ici. On mange un peu n'importe quand, selon nos horaires de service. En général, on trouve quelque chose à manger dans la cuisine de l'hôpital. Mais maintenant que vous êtes là, on devrait peut-être s'organiser un peu, et faire des courses.

— C'est une bonne idée, répondit-il en roulant les épaules, avant de s'étirer avec un plaisir manifeste. Et pour ce soir ? Y a-t-il quelque chose dans le frigo ? Je meurs de faim.

— Heu… En fait, de la pastèque et des caramels.

— Ah… Je vois que vous êtes particulièrement soucieuses de votre équilibre alimentaire.

Elle éclata de rire.

— Si j'avais su que vous arriviez…

— Vous auriez fait un gâteau au chocolat, dit-il d'un ton moqueur.

— Pas du tout ! Un bon steak saignant.

— Si je comprends bien, il n'y a pas de quoi faire un repas décent ? Même des restes ?

Elle secoua la tête.

— Des œufs ? Un vieux bout de fromage ?

— Je suis désolée, dit-elle. Il y a un pub.

— On y mange bien ?

— Oui, c'est bon. Et aujourd'hui, c'est soirée steak, si cela peut vous rassurer.

— Enfin une bonne nouvelle ! Allez, venez, docteur Drummond, je vous invite au pub.

— Il faut prendre la voiture. C'est un peu loin. Mais d'accord.

— Y a-t-il un véhicule prévu pour moi ? demanda-t-il, alors qu'ils sortaient de la maison.

— Le Rotary Club d'ici a financé l'achat d'une Land Rover pour vous. Elle est garée à l'hôpital. Je vous la montrerai demain, si cela vous convient.

— Parfait, dit-il en ouvrant la portière.

Ils s'installèrent à bord, et prirent la route du pub.

C'était un pub comme on en trouvait dans tout l'arrière-pays australien, avec un long bar, une table de billard et quelques tables disséminées dans la pièce.

— Il y a une terrasse. Il faut commander au bar avant d'aller s'asseoir, dit Darcie.

— Qu'est-ce que vous avez envie de manger ? demanda Jack en s'approchant du tableau sur lequel figurait le menu. Voyons... Steak-frites-salade ou steak-légumes.

— Je vais prendre un steak-salade, sans frites.

— Et à boire ? Un autre verre de vin ?

— Non, merci. De l'eau, ce sera parfait.

— Pour moi aussi, je n'ai pas envie de piquer du nez dans mon assiette.

Vexée, elle lui décocha un regard glacial. La trouvait-il ennuyeuse au point de risquer de s'endormir au milieu de la conversation ?

Ils arrivèrent sur la terrasse, bondée comme tous les vendredis soir. Elle salua plusieurs personnes, avant d'aller s'asseoir à une petite table libre.

— Vous avez rencontré beaucoup de gens, depuis que vous êtes arrivée ? lui demanda-t-il.

— Tout le monde se connaît, ici...

— Il va falloir que je me tienne bien, alors.

— Ce sera difficile ?

— Je n'ai pas l'intention de danser sur les tables, si c'est ce qui vous inquiète.

Elle le regarda, amusée malgré elle.

— En fait, je n'ai jamais vu personne danser sur les tables.

— Cela m'est arrivé une fois.

— Vous aviez bu ?

— Cela vous choque ? demanda-t-il avec un sourire qui acheva de réchauffer l'atmosphère. C'était la fin des examens, et je venais d'apprendre que j'étais reçu en chirurgie.

Elle haussa un sourcil, désemparée. Cet homme, qui semblait être littéralement tombé du ciel, allait être son supérieur hiérarchique. Elle n'en revenait toujours pas.

— D'où veniez-vous, quand vous êtes arrivé ici ? demanda-t-elle.

Elle le dévisagea, curieuse d'en savoir un peu plus sur lui.

— Vous voulez dire : d'où venais-je pour être habillé comme ça ?

— Bronzé comme vous l'étiez, j'imagine que vous n'arriviez pas tout droit de Londres.

— Non. Je viens de faire deux semaines d'excursion en Nouvelle-Guinée, sur une portion du Kokoda Track. J'avais promis à mon grand-père que j'irais un jour, en son honneur. C'est là que son bataillon était posté pendant la Seconde Guerre mondiale.

— C'est un lieu important pour l'Australie, n'est-ce pas ?

— Oui, beaucoup d'Australiens s'y sont illustrés. J'ai pris des photos de l'endroit, pour que mon grand-père me dise ce qui a changé.

Elle se sentit émue. Elle avait vraiment envie de mieux connaître cet homme avec lequel elle allait travailler tous les jours, mais n'était-il pas un peu indiscret de lui poser des questions sur sa famille ? D'autant que cela l'inciterait à faire de même. Or, elle n'avait pas l'habitude de parler de sa vie privée. Même à Maggie, elle n'avait finalement rien raconté.

Tout en réfléchissant, elle aperçut une silhouette qui slalomait entre les tables, et se dirigeait vers eux à grands pas. Elle se leva d'un bond.

— Que se passe-t-il ? demanda Jack, l'air surpris.

Il se retourna vivement.

— C'est Warren Rowe, le gérant du pub, expliqua Darcie.

L'homme s'approcha d'elle, le teint blême.

— Darcie, une chance que tu sois là, dit-il, manifestement soulagé. Nathan, le chef, a reçu une décharge électrique. Il faut qu'un médecin l'examine d'urgence.

— J'y vais, dit Jack aussitôt, en emboîtant le pas de Warren.

— Je vais chercher la mallette dans la voiture, intervint Darcie.

— Quand cela s'est-il passé ?

— Il y a deux, trois minutes au maximum, répondit le gérant en poussant les portes battantes de la cuisine. Avec le couteau électrique.

Jack entra, et se précipita vers le blessé étendu sur le carrelage de la cuisine. Le jeune homme était pâle comme un linge. Le contour de ses lèvres était bleuté et, pire, ses doigts agrippaient toujours le couteau électrique.

— J'ai coupé le compteur général, dit Warren. Qu'est-ce que je peux faire ?

— Avez-vous un défibrillateur ?

— Oui, et un appareil à oxygène.

— Allez les chercher, nous aurons besoin des deux.

— Nathan ! s'écria Darcie, en entrant dans la cuisine.

Elle s'agenouilla près de lui.

— Il réagit ? demanda-t-elle en ouvrant la mallette.

— Pas pour l'instant. Branchez l'oxygène.

Il plaça doucement le tuyau, et le brancha à l'appareil à oxygène.

— Respire, mon grand ! articula-t-il entre ses dents.

Darcie le regardait, immobile, les lèvres serrées, tandis qu'il prenait son pouls.

— On le choque ? demanda-t-elle.

— Oui. Ecartez-vous tous !

Le corps de Nathan tressauta. Elle prit son pouls, et secoua la tête.

— On recommence, ordonna-t-il. Ecartez-vous !

Nathan émit un léger son.

— Le débit cardiaque reprend, dit Darcie, avec soulagement.

— Bien. On va pouvoir le perfuser. Est-ce que quelqu'un a appelé une ambulance ?

— Nous sommes là.

Deux ambulanciers entrèrent avec une civière.

— Je vous présente le Dr Cassidy, dit Darcie, en posant le cathéter.

Elle sourit, rassurée de voir le jeune Nathan revenir à la vie.

— C'est le nouveau directeur de l'hôpital. Il vient juste d'arriver.

— Et il a déjà sauvé une vie, dit l'un des ambulanciers. Zach Bayliss, ajouta-il en tendant la main. Et voici mon collègue, Brett Carew.

Les hommes soulevèrent doucement Nathan, et le déposèrent sur la civière.

— On se voit à l'hôpital ?

— On y va tout de suite, répondit Jack. Warren, ne remettez pas le compteur en marche, tant qu'un électricien n'a pas vérifié le réseau. On ne sait jamais. Avez-vous un moyen de vous organiser pour la cuisine du restaurant ?

— On avait prévu de faire des pizzas au feu de bois demain : on a déjà fait la pâte, et mis le four à chauffer.

— Si vous avez le temps, livrez-en quelques-unes à l'hôpital. Nous n'avons pas mangé.

— Sans problème. C'est offert par la maison, répondit Warren. Merci, docteur.

— On y va ? demanda Darcie après avoir rangé le matériel médical. Nathan n'a pas l'air d'avoir des fractures, mais il est tombé de tout son poids. Il faudra l'examiner attentivement.

— Savez-vous s'il a des proches que l'on pourrait prévenir ?

— Je ne connais pas sa famille, mais je me doute que Warren va s'en occuper, si ce n'est pas déjà fait.

— Warren m'a dit que c'est vous qui lui aviez conseillé d'avoir un défibrillateur et un appareil à oxygène au pub. Bien joué, docteur !

— Le pub est toujours plein, le week-end. Cela m'a semblé plus prudent. Et tout le personnel a été formé aux premiers secours.

— Par vous ?

— Et Maggie Neville, notre infirmière cadre. Je vais vous la présenter. Je crois qu'elle pourrait faire tourner cet hôpital toute seule, s'il le fallait.

— C'est bien d'avoir des gens sur qui compter, répondit-il en montant dans la voiture.

Darcie hésita.

— En tout cas, j'ai été contente de pouvoir compter sur vous, ce soir.

Jack éprouva une étrange sensation.

Il venait de recevoir un compliment de la part d'un médecin anglais plutôt sur la réserve, jusque-là. Et, si son intuition était bonne, il semblait même que le compliment fût venu du fond du cœur.

3

Darcie gara la voiture sur le parking de l'hôpital.

— Je peux m'occuper de Nathan, si vous voulez, dit Jack. Rentrez vous reposer. Cela vous fera du bien de relâcher la pression pendant une nuit.

— Vous êtes sûr ? demanda-t-elle avec une moue dubitative.

— C'est votre supérieur hiérarchique qui vous l'ordonne ! A partir de cet instant, vous n'êtes officiellement plus en service.

— Alors merci, dit-elle.

Et elle sentit soudain tout le poids de la responsabilité s'envoler.

— Je ne sais pas ce que je donnerais pour prendre un bon bain, ajouta-t-elle en souriant.

— Et moi, pour dîner, enfin, répliqua Jack en claquant la portière. Les pizzas de Warren devraient bientôt arriver.

— Comment va-t-il ? demanda Lauren à Jack qui remplissait le dossier de Nathan, dans la chambre de celui-ci.

— Il a des points d'entrée et de sortie sur la main gauche et le pied droit. Le choc a été violent. Il faudra le laisser en observation pendant quelque temps.

— Il revient à lui, dit Lauren en prenant son pouls, les yeux rivés sur sa montre. Nathan, tu es à l'hôpital. Tu as pris une décharge électrique. Voici le Dr Cassidy.

— Ne vous inquiétez pas, Nathan, dit Jack d'une voix rassurante. Cet engin, c'est pour vous aider à respirer.

Nathan referma les yeux.

— Son pouls est régulier, annonça-t-elle.

— Vous récupérez bien, Nathan, et vous allez rapidement recouvrer vos pleines capacités respiratoires, dit Jack avant de se tourner vers elle. Je pense que nous allons pouvoir l'extuber. Gardez l'oxygène à portée de main, au cas où.

Il ôta le tube avec une grande délicatesse, ce dont elle se félicita. Elle avait déjà vu des médecins extuber des patients avec la même douceur que s'ils arrachaient des clous avec un arrache-clou.

— Toussez, maintenant, dit-il ensuite. Ne vous inquiétez pas, cela ne vous fera aucun mal.

Le jeune homme s'exécuta.

— Parfait. Maintenant, je vais ausculter vos poumons. C'est bien… Votre respiration est redevenue normale.

— Merci, docteur, dit Nathan d'une voix enrouée. J'ai eu de la chance, n'est-ce pas ? Vais-je pouvoir sortir bientôt ?

— Pas dans l'immédiat. Votre organisme a subi un choc énorme. Vous devrez rester en observation pendant quelques jours.

— Mais mon travail…, dit Nathan d'un air anxieux.

— Ne craignez rien. Warren viendra vous voir demain. En attendant, il faut vous reposer. Les infirmières vont prendre soin de vous.

Lauren acquiesça avec un grand sourire.

— C'est notre métier, expliqua-t-elle gentiment. Vous avez encore besoin de moi, docteur ?

— Non. Merci. Appelez-moi en cas de problème. Je suis à côté, répondit-il en se levant.

— Je n'y manquerai pas. C'est bien de vous avoir avec nous, Jack.

Il rangea son stylo dans sa poche.

— A quelle heure ouvrent les magasins, par ici ?

— Cela dépend de ce que vous cherchez. Il y a un café routier qui ouvre à 5 heures et demie, le supermarché et la boulangerie à 6 heures, et le reste autour de 8 heures et demie.

— Merci pour les infos.

Il lui adressa un signe de tête, avant de quitter la pièce, pour se diriger vers l'annexe.

— Je me régale ! s'exclama Jack en tirant sur un fil de fromage fondu.

Darcie et lui mangeaient, à même le carton, la pizza que Warren avait fait livrer.

— Pourquoi me regardez-vous comme ça ? demanda-t-il. Vous n'imaginiez pas que j'allais mettre une nappe, et sortir le service en porcelaine, si ?

Elle prit son temps pour lui répondre, toute à son bonheur de croquer dans son délicieux morceau de pizza.

— Je pensais qu'en voyant l'état du réfrigérateur, vous auriez compris que je n'étais pas une fée du logis.

— De toute façon, à quoi sert une fée du logis ? demanda-t-il en enroulant un autre fil de fromage autour de son doigt. Vous en voulez une autre part ?

— Non, merci. J'ai trouvé de la glace à la framboise dans le congélateur. Cela vous tente ?

— Non, merci.

— Une tasse de thé ?

— Auriez-vous du café, à tout hasard ?

— Il y a du café lyophilisé, mais il n'est pas mauvais.

— Parfait, dit-il en se levant pour se laver les mains.

Il s'approcha d'elle, tandis qu'elle prenait deux tasses dans le placard.

— Nous sommes finalement arrivés à dîner, dit-il en souriant.

Elle sentit une série de signaux se déclencher dans son

corps, manifestement provoquée par la proximité de Jack. Elle se redressa.

— Oui, il était temps ! répondit-elle sur un ton qu'elle aurait préféré plus spontané.

Elle posa doucement les tasses sur le plan de travail, comme si elles étaient en porcelaine.

En quelques heures à peine, Jack Cassidy avait assis son autorité, et conféré à cet endroit une impression de stabilité, de force, sur laquelle elle ne demandait qu'à s'appuyer.

Elle secoua légèrement la tête. Mais que lui prenait-il ? Où pensait-elle que ce genre de pensée allait la mener ? La bouilloire produisit un petit clic en s'éteignant, la distrayant de ses idées déplacées.

— Darcie, pensez-vous que nous allons nous entendre ? demanda-t-il en s'appuyant contre l'évier, les bras croisés.

— Il vaudrait mieux, répondit-elle, ignorant la lueur malicieuse dans son regard. Nous sommes les deux seuls médecins à des centaines de kilomètres à la ronde. Que diraient les gens, si l'un d'entre nous piquait une crise ?

Jack éclata de rire.

— Vous croyez vraiment que les hommes piquent des crises ?

— Bien sûr, surtout lorsqu'ils sont au bloc opératoire. Même s'ils ne décrivent pas leurs « éclats » dans ces termes.

Jack laissa échapper un petit soupir, avant de la fixer dans les yeux. Elle avait un regard incroyable. Des yeux noisette, légèrement cuivrés près des pupilles, avec des éclats de vert.

— On dit d'un homme qu'il pousse un coup de gueule.

— Ou encore qu'il pète les plombs ?

Elle le regarda en souriant pendant quelques instants. Il sentit une sorte de vibration entre eux, suffisamment forte pour le déstabiliser, l'espace d'une seconde.

Il saisit sa tasse, et but une gorgée de café. Il fallait qu'il s'éloigne un peu avant de céder à une impulsion idiote. Comme celle de l'embrasser, par exemple.

— Et si nous allions boire notre café dehors, dans le jardin ? proposa-t-il.

Elle parut surprise, mais le suivit.

— Je peux allumer, afin que nous voyions où nous mettons les pieds.

— La lune est pleine, dit-il, tandis qu'ils s'installaient autour de la vieille table de bois. Cet endroit a dû en voir, des histoires !

Il leva les yeux vers le ciel immense et étoilé, bien différent du ciel londonien. L'air était saturé du parfum du jasmin, qui grimpait sur un treillis de près de deux mètres de haut.

— Sans doute, répondit-elle en portant sa tasse de café à ses lèvres.

— Vous êtes loin de chez vous, Darcie.

Il la sentit se raidir légèrement dans le fauteuil d'à côté.

— L'Australie est loin de l'Angleterre, certes, répliqua-t-elle avec un haussement d'épaule. Mais c'est ici que je me sens chez moi, maintenant.

Elle prononça ces derniers mots avec une telle détermination qu'il n'eut pas envie d'approfondir ses questions. De toute évidence, des fantômes flottaient dans l'existence de Darcie Drummond. Il aimait à penser que ses propres fantômes s'étaient faits plus discrets, ces derniers temps, tapis dans un recoin presque oublié de son cœur. Darcie, en revanche, semblait encore fuir activement les siens.

— Parlez-moi de Sunday Creek, si vous le voulez. Si j'ai bien compris, il n'y a pas de médecin généraliste ?

— Non, il n'y en a plus depuis longtemps. Si bien que les gens viennent directement à l'hôpital, quand ils rencontrent un problème de santé.

— J'imagine que chaque jour doit apporter son lot d'imprévus.

— Oui, et on voit passer de sacrés phénomènes.

— Vous vous souvenez d'un épisode, en particulier ? demanda-t-il.

Il se mordit la lèvre. Il était décidément avide de tout ce qui pourrait lui faire connaître des détails de sa vie !

— Oh oui…, répondit-elle avec un sourire qui lui creusa une fossette. Je venais juste d'arriver ici. J'ai reçu un appel de l'un des postes de police. Un accident s'était produit dans un hangar, où l'on tondait les moutons. A l'époque, j'étais encore sous le choc de l'immensité des choses ici. Quand je suis entrée dans le hangar, tout le monde était occupé et je me suis arrêtée là, indécise, ne sachant pas où aller ni à qui m'adresser, au milieu de cette véritable fourmilière. C'est alors qu'un des types s'est retourné, et a crié quelque chose que je n'ai pas compris sur le moment. Toujours est-il qu'un silence impressionnant est tombé dans le hangard.

Jack se mit à rire.

— Il a dit quelque chose comme « il y a des canards dans l'étang », non ? Pour signifier qu'une femme se trouvait là, et qu'ils devaient surveiller leur langage ?

Elle rit à son tour.

— Oui, c'est ce que Maggie m'a expliqué par la suite, parce que je ne connaissais pas cette expression typiquement australienne. Cela dit, ils ont été adorables avec moi. L'un d'entre eux s'était coupé la main assez profondément, et j'ai dû suturer la plaie. Je crois que je m'en suis sortie honorablement, ajouta-t-elle humblement.

Il hocha la tête. Darcie était un médecin courageux, il en avait déjà eu la preuve. Mais d'où venait-elle, et qu'était-elle venue chercher en pleine campagne australienne ?

Il se cala dans son fauteuil, et croisa les mains derrière sa tête.

— Prenez votre week-end, Darcie. Une pause vous fera le plus grand bien.

— Oh… Devons-nous organiser les plannings ?

— Nous nous en occuperons lundi. D'ici là, je vais faire connaissance avec les lieux et les gens.

— Qu'est-ce que je vais bien pouvoir faire…, lâcha-t-elle dans un soupir.

— Je ne sais pas. Amusez-vous, sortez, allez voir vos amis.

Darcie croisa son regard. Dans sa bouche, tout paraissait si simple, si évident. Elle aurait vraiment l'air idiote, si elle passait son week-end à traîner dans l'annexe. Elle se mit à inventorier mentalement les possibilités qui s'offraient à elle. Elle pourrait rendre visite à des amis, Louise et Max Alderton, qui vivaient à une dizaine de kilomètres de là, à Willow Bend. Louise faisait partie du conseil d'administration de l'hôpital, et semblait avoir compris le besoin d'autonomie de Darcie, y compris en amitié. Lou devait être encore debout, à cette heure. Elle pourrait l'appeler pour passer la voir ou aller se promener avec elle.

— Vous avez raison, je vais appeler des amis. Merci.

Le lendemain, Darcie se réveilla, étonnée d'avoir dormi aussi tard. Si tant est que 7 h 30 puisse être considéré comme une heure tardive… Le soleil était levé, et l'air déjà chaud. Elle s'étira et prit son temps pour se lever. Elle était en congé, après tout. Elle sourit un instant à cette idée, avant de se rembrunir.

Mais elle ferait bien de ne pas oublier qu'un homme vivait sous le même toit. Elle enfila alors vivement sa robe de chambre, et sortit pour gagner la salle de bains.

Tout en s'habillant, elle eut l'impression que quelque chose avait changé, comme si la maison avait pris vie, après des mois d'assoupissement. Une délicieuse odeur de bacon grillé parvint à ses narines. Ce qui signifiait que Jack était levé et aux fourneaux. Pourvu qu'il en ait fait pour deux !

Au fur et à mesure qu'elle avançait vers la cuisine, son enthousiasme se mit à fléchir. Avait-elle vraiment envie que Jack lui fasse la cuisine ? Non, il n'était pas là pour cela.

Il fallait bien admettre qu'il ne collait pas exactement aux préjugés qu'elle s'était forgés sur lui, à son arrivée. De fait, il n'était pas frimeur, et plutôt compétent. Et, à ce qu'elle avait pu en voir, il avait l'air franc, qualité qu'elle appréciait tout particulièrement.

Elle entra doucement dans la cuisine.

— Vous êtes matinal, dit-elle.

— Bonjour, répondit-il sans détacher les yeux des fourneaux. Comment voulez-vous vos œufs ?

— Heu... brouillés, s'il vous plaît.

Elle le rejoignit près de la cuisinière, où il retournait les saucisses. Le bacon attendait au chaud dans le four.

— Vous êtes déjà allé faire des courses ? demanda-t-elle en apercevant les sacs sur le plan de travail.

— Je me suis réveillé tôt. J'ai emprunté votre voiture. J'espère que cela ne vous ennuie pas ?

— Bien sûr que non. Vous nous direz combien nous vous devons pour les courses.

— Nous verrons cela plus tard. Voulez-vous des tomates ?

— Avec plaisir. Si vous avez acheté du pain, je peux faire des toasts.

Elle esquissa un sourire. Toutes ces bonnes odeurs lui mettaient l'eau à la bouche.

— Le boulanger n'avait pas encore ouvert sa boutique, mais je suis allé le voir, nous avons fait connaissance et il m'a gentiment vendu deux pains.

— Jai et sa femme Nikki viennent de Thaïlande. Leur pain est délicieux.

Jack déposa les saucisses dans un plat.

— Dois-je en garder pour Lauren ? demanda-t-il.

— Je pense qu'elle va se lever très tard et, de toute façon, Lauren est végétarienne.

— De celles qui se nourrissent de tofu à longueur de semaines ?

— Son péché mignon, c'est plutôt le risotto. Et sa salade de courgettes est un régal. Je prends les assiettes ?

— Oui, c'est prêt. J'espère que ce sera bon.

— Je n'en doute pas un instant. Vous avez l'air d'être un bon cuisinier.

— J'ai grandi dans un ranch, dit-il, tandis qu'ils s'installaient à table. Nous avons tous appris à préparer les repas pour tout le monde. Le jour où on était désigné préposé en cuisine, mieux valait que tout soit prêt pour le retour des troupes, sans quoi on risquait de se faire botter les fesses.

— Vous êtes nombreux ?

— Je suis l'aîné d'une fratrie de cinq. J'ai deux frères et deux sœurs. Il y avait une sacrée ambiance pendant les repas.

Il sourit, apparemment tout au souvenir de ces joyeux repas de famille. Darcie sentit soudain le poids de son enfance solitaire peser sur ses épaules. Il n'y avait pas beaucoup d'ambiance, lorsqu'elle mangeait, seule.

Elle secoua la tête. C'était sa vie d'avant. Cela ne servait à rien de ressasser ces tristes souvenirs.

— Quel est votre programme pour la journée ? demanda-t-il en la détaillant de la tête aux pieds.

Elle avait enfilé un jean, une chemise blanche et des bottes.

— Je vais monter à cheval avec mon amie Louise, répondit-elle. Vous ferez sa connaissance tôt ou tard. Elle fait partie du conseil d'administration. Elle a toujours des idées très intéressantes.

— Avec plaisir. Si nous sommes la seule structure médicale du district, toute aide sera la bienvenue.

Ils mangèrent de bon cœur, tout en parlant de choses et d'autres, puis se levèrent pour débarrasser la table.

— Il y a un trousseau de clés pour vous dans le bureau des infirmières, auquel j'ai accroché les clés de votre voiture.

— Merci, répondit-il en emplissant le lave-vaisselle.

Elle hocha la tête, surprise. Décidément, cet homme savait tout faire dans une maison.

— Natalie Britten sera l'infirmière de service et, avec un peu de chance, des vacataires devraient venir travailler aussi. Il y a une liste des gens à joindre, en cas de problèmes de personnel.

— Vous êtes bien organisée, n'est-ce pas ? répliqua-t-il avec une lueur amusée dans l'œil.

— Il faut que les choses soient en ordre dans un hôpital, c'est tout !

Elle le dévisagea, un peu agacée.

— Au fait, vous rentrez ici, ce soir ?

Elle écarquilla les yeux. Pour qui se prenait-il ? Pour son père ?

Ou bien cherchait-il à savoir si elle risquait de passer la nuit ailleurs, avec quelqu'un d'autre ?

— Oui, mais je ne sais pas à quelle heure.

Il referma la porte du lave-vaisselle et se retourna.

— Alors, bonne journée !

— Merci pour cette journée de repos.

— Vous en méritez sans doute des centaines.

— En cas d'urgence...

Il lui adressa un regard exagérément contrarié.

— Si j'ai besoin de vous, je vous appelle. Maintenant, filez ! C'est un ordre !

Elle ne se le fit pas dire deux fois, et quitta la cuisine.

Jack sortit sous la véranda afin de sentir l'atmosphère de son nouvel environnement. Appuyé sur la rambarde de bois, il regarda le callistemon, dont les touffes rouges flamboyaient sous la lumière du soleil. C'était l'arbuste le plus robuste de tous, et qui produisait des fleurs en abondance, indépendamment des aléas climatiques. Il laissa ensuite errer son regard sur l'horizon. Un ruban de fumée s'élevait dans le ciel. Rien de préoccupant, tant que les choses en restaient à ce stade.

Des bruits de pas interrompirent sa méditation. Il se retourna presque dans un sursaut. Darcie avait attaché ses cheveux en une grande queue-de-cheval, et souligné sa bouche d'un rouge très sexy.

Son cœur fit un bond dans sa poitrine, et ses antennes de mâle se dressèrent, soudain en alerte.

Voilà qui était pour le moins surprenant.

Cette fille lui plaisait-elle donc ?

Darcie s'arrêta à sa hauteur, son Akubra entre les mains et, sur les lèvres, un sourire des plus charmants.

— Bon, je m'en vais, dit-elle d'un ton léger en descendant les marches de la véranda.

Une fois en bas des marches, elle se retourna.

— Et ne m'attendez pas, ce soir.

Il baissa la tête pour dissimuler son sourire.

— Et vous, ne tombez pas de cheval !

Il la regarda s'éloigner dans l'allée.

Ses mains agrippèrent la rambarde. Une partie de lui avait étrangement envie de courir la rejoindre. Et de passer la journée avec elle.

4

Darcie se réveilla en sursaut et se hissa sur un coude, luttant pour entrouvrir les yeux. On avait frappé à la porte, non ?

On frappa de nouveau.

— Qui est là ? demanda-t-elle d'une voix ensommeillée.

— C'est Jack. Nous avons une urgence.

Jack ?

Jack…

Jack !

Elle bondit du lit, et alla ouvrir la porte.

— Quelle heure est-il ? demanda-t-elle en clignant des yeux.

— Il est 5 heures. Il y a eu un accident sur un lieu de tournage, non loin d'ici.

— Lauren nous en parlait justement hier. Que s'est-il passé ?

— Apparemment, deux acteurs sont tombés dans un puits désaffecté. Le message que les ambulanciers ont reçu n'était pas très clair. Ils ont demandé un médecin. Je suis désolé de vous avoir réveillée, mais je pense que nous ne serons pas trop de deux.

— Bien sûr, vous avez bien fait. Je vais m'habiller.

— Je vous attends dehors.

Ils montèrent dans la Land Rover de Jack, munis de deux kits d'intervention d'urgence.

— J'ai eu le sergent de police, Mal Duffy, qui m'a expliqué où se trouvait le puits en question. C'est à une quarantaine de kilomètres d'ici.

— Qui sera là, à part l'ambulance ?

— Les secouristes.

Darcie hocha la tête. Elle connaissait bien les services d'urgence australiens et leurs bénévoles.

— Le matériel de secours est entreposé au commissariat. Mal Duffy va devoir mettre sur pied une équipe, ce qui risque d'être difficile un dimanche, à cette heure-ci. Quelle idée de tourner un film à une heure pareille !

— Ils voulaient peut-être saisir les premières lueurs de l'aube.

Elle tourna la tête vers lui.

— Vous vous y connaissez, en tournage ?

— Un peu, oui, répondit-il. Mon ex est actrice.

Elle se mordilla la lèvre, et un silence pesant s'installa entre eux. Le visage de Jack ne donnait aucun indice sur ce qu'il ressentait. Etait-il triste ou en colère ? Peut-être les deux à la fois ?

— Votre ex-femme ?

— Non. Nous ne sommes pas allés jusque-là. Nous sommes restés ensemble trois ans, mais nos métiers nous ont éloignés l'un de l'autre, au point que la relation est devenue impossible.

Il marqua une pause, la mâchoire serrée.

— Les relations sont parfois compliquées, dit-elle doucement.

Au vu de son silence persistant, elle décida de revenir à un sujet plus neutre :

— Avez-vous une idée des dimensions du puits dans lequel ils sont tombés ?

— D'après ce que je sais, les puits font traditionnellement deux mètres par deux, à peu près.

— C'est l'équivalent d'une petite pièce.

— Vous n'êtes pas claustrophobe ?

— J'ai fait un peu de spéléologie, répondit-elle en sentant son estomac se nouer. Je ne sais pas si ça aide à descendre dans les puits.

— Il n'y a qu'un moyen de le savoir. Il y a des chances pour que le sol soit encombré de gravats ou de déchets. Les gens y jettent parfois n'importe quoi. Il arrive qu'on y trouve même de vieux meubles. Et des rats.

— Des rats ? demanda-t-elle en frissonnant. Mais, le jour se lève tôt, en cette période. Comment se fait-il qu'ils n'aient pas vu le puits ?

— En général, quand on ferme un puits, on le remplit, au moins partiellement. Et on le recouvre.

— Il faut croire que le travail a été mal fait, dans ce cas. Pourquoi ne construit-on pas des barrières, ou un toit ?

— Un toit ? Les éleveurs ont déjà un travail énorme pour maintenir leurs exploitations à flot. Ils n'ont pas le temps de construire un toit sur tous les puits qu'ils ferment. Le plus souvent, ils se contentent de le fermer avec des planches de bois, qui peuvent s'abîmer avec le temps. Pour peu que la végétation ait repris ses droits et recouvert les planches, il est facile de marcher sur une planche pourrie sans s'en apercevoir.

Elle hocha la tête.

— C'est le côté du métier de médecin que je n'aime pas, par ici, souffla-t-elle. Il faut naviguer à vue, sans savoir ce sur quoi on va tomber.

— Oui, vous avez raison, chaque territoire a ses caractéristiques propres. Mais c'est sûr qu'ici, nous ne pouvons pas compter sur beaucoup de renforts. Ce qui exige de nous adapter en permanence. A la fois, psychologiquement et au terrain. De toute façon, quoi que nous ayons à affronter, nous sommes toujours conditionnés par notre passé.

Elle le regarda d'un air interrogateur.

— Par exemple, travailler à Londres a été une expérience très stressante pour moi.

— Vraiment ? s'exclama-t-elle, étonnée.

— Londres est une ville magnifique, chargée d'histoire et très peuplée, mais je me suis senti presque plus isolé là-bas que dans les grands espaces australiens.

Ils se tournèrent l'un vers l'autre, et leurs regards se croisèrent. La chaleur qu'elle lut dans ses yeux lui mit du baume au cœur. Peut-être avaient-ils, malgré leurs différences apparentes, beaucoup de choses en commun.

Il leur fallut quelques minutes encore, pour parvenir sur les lieux de l'accident.

— Au travail ! dit Jack en descendant de la Land Rover.

Il ouvrit le coffre, prit le matériel, avant de lui tendre un gilet à haute visibilité.

— On dirait un bureau, là-bas, ajouta-t-il en indiquant un bâtiment préfabriqué.

Elle enfila le gilet fluorescent.

— Nous trouverons bien un responsable qui nous renseignera.

De fait, un homme petit et trapu se leva de son bureau, lorsque Jack frappa et entrebâilla la porte.

— Bonjour, je suis Blake Meadows, régisseur général du tournage. Vous êtes les médecins ?

— Oui, répondit Jack en lui serrant la main. Jack Cassidy et Darcie Drummond. Que s'est-il passé ?

— Deux de nos jeunes acteurs, Jessica et Lachlan, sont tombés dans un puits. Le bras de Jess a heurté un morceau de métal pendant la chute.

— A-t-elle une plaie ouverte ? demanda Darcie.

Le régisseur acquiesça.

— Elle s'est fait un bandage avec son T-shirt.

— Et l'autre personne ?

— Lachlan n'a pas eu autant de chance, répondit l'homme en grimaçant. Selon Jess, il a atterri sur une surface dure, des rochers, peut-être, et s'est évanoui. Et sa jambe... Si cela s'ébruite, nous allons faire la une des journaux. Nous n'avions pas besoin de cela.

— Ce jeune homme non plus n'avait pas besoin de cela, répliqua sèchement Jack. Quelqu'un peut-il nous conduire jusqu'au puits ?

— Je vous emmène, dit le régisseur en sortant précipitamment du bureau.

Il marcha vers une Jeep garée non loin de là.

— Nous ne pourrons pas faire grand-chose tant que les secouristes ne seront pas arrivés, reprit Jack alors que le véhicule démarrait.

— Ils ne devraient pas tarder, dit Blake. Je n'en reviens pas de la rapidité avec laquelle tout le monde s'est mobilisé.

Elle hocha lentement la tête. Leur présence était appréciée, au moins… Et la Jeep démarra, empruntant le chemin cahoteux et poussiéreux.

A leur grande surprise, Mal Duffy se trouvait déjà sur les lieux de l'accident lorsqu'ils arrivèrent.

— Je connais un raccourci, expliqua-t-il en leur serrant la main. Je vous présente mon équipe : Rod et Gez.

Sans perdre un instant, Mal et les secouristes se mirent à monter un échafaudage à trois pieds au-dessus de l'entrée du puits.

— Disposons-nous de lampes frontales ? demanda Jack. Il doit faire plutôt sombre là-dedans.

— Non, nous n'en avons pas. Nous tâcherons de positionner les torches lanternes, de sorte que vous ayez la meilleure visibilité possible.

— Il faudra inscrire les lampes frontales sur la liste des priorités, dit Jack d'un ton ferme.

— Ce sera fait. Désolé pour ce contretemps, docteur.

— L'ambulance aérienne a-t-elle été prévenue ?

— L'hélicoptère de Care Flight est en route. Il y a un héliport à Pelican Springs, à une dizaine de kilomètres d'ici. Dès que nous aurons fait remonter les victimes, on les y transportera par ambulance.

Jack fronça les sourcils. En théorie, tout cela semblait fonctionner à merveille. Mais il savait, d'expérience, qu'en général rien ne se passait vraiment comme prévu. . On n'était jamais à l'abri des surprises...

Il jeta un coup d'œil à Darcie, qui était en train de se préparer.

— Ça va ? demanda-t-il.

— Ça va. J'imagine que nous allons descendre grâce à la poulie qu'ils sont en train d'accrocher au trépied ? demanda-t-elle en désignant les secouristes d'un signe de tête.

— Oui. Je descendrai en premier, si vous voulez. D'ailleurs, on dirait que tout est prêt.

Quelques minutes plus tard, elle se retrouva suspendue à la corde. Elle retint son souffle, et finit, non sans soulagement, par poser le pied sur des gravats. Puis elle écarquilla les yeux, tentant de se repérer dans la cavité dans laquelle régnait une profonde obscurité. Une odeur désagréable flottait dans l'air.

— Jack ?

— Je suis là.

Elle fit quelques pas à tâtons dans sa direction. Jack orienta sa torche vers les accidentés.

— Je m'occupe de Jessica, dit-elle en entendant la jeune femme gémir.

Elle s'approcha d'elle, et déposa son sac sur le sol.

— Jessica, bonjour. Je suis médecin. Pouvez-vous me dire où vous êtes blessée ?

— Mon bras. J'ai eu si peur..., balbutia Jessica en claquant des dents.

— Vous êtes gelée.

Elle sortit une couverture métallisée de son sac, et en enveloppa la jeune fille.

— Vous êtes-vous cogné la tête ?

— Non. J'ai appris quelques cascades, et je sais comment tomber sans me blesser. Mais je crois que Lachlan s'est fait vraiment mal.

Sa voix s'évanouit dans un murmure. Elle ferma les yeux.

— Je vous en supplie, reprit-elle dans un sanglot, sortez-nous de là.

Darcie rassembla tout son courage, et réfléchit aux différentes possibilités.

Le pouls et les réflexes de Jessica s'avérèrent satisfaisants. Elle avait juste besoin de sortir de ce trou, et de respirer au grand air.

— Je vais examiner votre bras, dit-elle doucement, en ôtant le T-shirt imbibé de sang.

La plaie s'étendait de l'épaule à la moitié du bras. La chair était gonflée et bleuie, et du sang continuait à couler. Par chance, l'artère n'était pas touchée.

Elle se redressa, et prit la main de Jessica dans les siennes.

— Jessica, un ambulancier va descendre vous chercher avec un harnais.

— Mon bras me lance.

— Je vais vous donner un analgésique. Vous sentez-vous nauséeuse ?

— Un peu.

— Je vais vous administrer un antiémétique aussi. Vous avez été courageuse, Jessica, ajouta-t-elle avec douceur.

Après lui avoir administré les médicaments, elle envoya un signal à l'ambulancier, qui descendit dans le puits pour remonter avec la jeune fille.

— Comment se porte-t-il ? demanda-t-elle en rejoignant Jack, agenouillé auprès de Lachlan.

— Il se peut qu'il se soit cassé le col du fémur. Mais nous ne pouvons établir de diagnostic fiable sans une IRM. Son abdomen est mou, ce qui rend possible une injection intraveineuse.

— J'ai l'impression qu'il revient à lui, dit soudain Darcie.

— Lachlan, tout va bien. Vous êtes tombé dans un puits, mais nous sommes médecins et nous allons vous sortir de là. Ne vous inquiétez pas.

Le jeune homme grimaça de douleur.

— Ma jambe…

— Tenez, respirez là-dedans, dit Jack en soulevant sa tête pour appliquer le masque à oxygène. Darcie, pouvez-vous me donner cinq milligrammes de morphine et dix de Maxolon, s'il vous plaît ? Il faut éviter qu'il vomisse. Dès que son état se sera stabilisé, nous lui administrerons de la Péthidine. Avec ça, il devrait tenir jusqu'à l'arrivée à l'hôpital.

Elle sortit le matériel, puis procéda aux injections.

— Mettons-lui l'éclisse, dit Jack. Plus vite il sortira d'ici, mieux ce sera.

Elle ne quittait pas Lachlan des yeux, prête à intervenir à la moindre variation de son état. Pendant ce temps, Jack mit en place les deux éclisses entre les jambes du jeune homme.

— Un bandage ?

— Oui, bien solide, s'il te plaît.

— Cet accident n'aurait jamais dû se produire, n'est-ce pas ? reprit-elle en bandant la jambe blessée de Lachlan à sa jambe indemne.

— Non, pas si les sentinelles avaient bien fait leur métier. Je crois que je vais en toucher un mot aux représentants de la Santé et de la Sécurité au travail.

— Vous allez les dénoncer ? demanda-t-elle, soudain mal à l'aise.

— Je ne fais que mon travail, répliqua-t-il d'un ton ferme, tout en regardant le corps inerte de Lachlan. Il faut lui administrer de la Péthidine, maintenant. Je vais demander qu'on envoie une civière.

Sur ces mots, Jack disparut de sa vision périphérique et elle sentit le froid et l'humidité l'envelopper. Elle tendit l'oreille, à l'affût du moindre bruit. Un petit morceau de feuille tomba sur son épaule. En frissonnant, elle secoua son bras pour s'en débarrasser. Quelle affreuse ambiance !

Mais ce n'était pas le moment de flancher. Lachlan était grièvement blessé. Elle prit le médicament, puis interrompit brusquement son geste.

L'espace d'un instant, la situation avait radicalement changé : Lachlan était devenu blême et, les yeux révulsés, cherchait à prendre de l'air.

— Jack ! cria-t-elle tout en arrachant instinctivement la chemise de Lachlan pour lui administrer un massage cardiaque.

— Que se passe-t-il ? demanda-t-il en bondissant à ses côtés.

— Arrêt cardiaque.

Il fallait l'intuber au plus vite. Jack ouvrit le pack d'intervention d'urgence et en sortit le matériel nécessaire. S'apprêtant à appliquer le protocole, il s'arrêta, laissant échapper un juron. Elle comprit aussitôt la raison de son désarroi. Comment procéder avec si peu de lumière ?

Lentement, cependant, il parvint à passer le tube dans la trachée du blessé, et à le relier à l'oxygène.

— Respire, mon gars, articula-t-il entre ses dents. Allez !

Au bout de quelques secondes, il posa les doigts sur la carotide du jeune homme.

Darcie vit son expression. Aucun pouls.

— Défibrillation ! dit-il. Nous ne devons pas le perdre. Je compte sur vous.

Elle le regarda de nouveau, le cœur battant, et sentit des gouttes de sueur glisser sur son front.

— Jack, vite...

— Quel cauchemar... Tenez-vous prête à récupérer le masque au moment de la défibrillation. Attention... Maintenant !

Presque au ralenti, elle tendit le bras, et retira le masque à oxygène.

— Ecartez-vous !

Quelques instants s'écoulèrent dans un silence de plomb.

— Alors ?

— Rien. J'augmente l'intensité. Ecartez-vous !

Elle s'efforça de ne pas se laisser gagner par la panique. Des gouttes de sueur continuaient à perler entre ses seins.

— Procédez au massage cardiaque, ordonna Jack. Je vais lui administrer de l'adrénaline.

Elle hocha la tête, incapable de prononcer un mot.

Jack prit l'aiguille, et l'enfonça dans la cage thoracique de Lachlan.

— Ecartez-vous ! répéta-t-il avant de procéder à un nouveau choc électrique.

Dans le silence du puits, un léger signal se fit entendre, d'abord irrégulier puis stable.

Jack poussa un cri de soulagement.

Elle se laissa tomber, à cours d'énergie, et au même instant sentit les larmes monter.

— Mon Dieu…

— Ça va, Darcie ? demanda-t-il en posant la main sur son épaule.

Elle le regarda sans répondre, et il la prit dans ses bras. Elle se laissa aller contre son torse, avec l'impression bienfaisante de puiser de la force dans ce contact chaud et accueillant. Quelle douceur de se laisser aller dans les bras d'un homme…

Elle se ressaisit soudain, et s'écarta de lui, gênée. Mais où avait-elle donc la tête ?

Lachlan revenait peu à peu à lui, le regard hagard.

— Tout va bien, Lachlan, dit-elle en prenant sa main dans la sienne.

Jack s'éclaircit la gorge. Il avait l'impression d'avoir reçu un choc dans tout le corps. Quel plaisir de la tenir dans ses bras ! Il avait failli l'embrasser. Poser sa bouche sur ses lèvres si douces et si appétissantes. Quel idiot ! Il prit une grande inspiration.

— Je crois que nous pouvons passer au Midazolam, dit-il, désireux de revenir à une conversation professionnelle.

— Voulez-vous vous en charger, Jack ?

— Vous avez fait du bon travail, dit Zach Bayliss. Il l'a échappé belle, non ?

Darcie eut l'impression d'avoir fait un aller-retour en enfer. Elle déglutit et se redressa.

— Son rythme cardiaque est redevenu sinusal, mais il faut surveiller cela de près. Vous pouvez le remonter.

— Bien, docteur, répondit l'ambulancier. Si vous êtes prêt, Jack…

Ensemble, les deux hommes chargèrent le blessé sur la civière, qui, quelques instants plus tard, fut hissé à l'aide de cordes.

— Où doit-on l'emmener, Jack ? demanda Zach, une fois que la civière de Lachlan fut installée dans l'ambulance.

— L'hôpital Royal de Brisbane me semble le plus adapté, répondit-il en sortant son téléphone portable de sa poche. Je vais prévenir le chef du service de traumatologie, Nick Cavello.

— L'hélicoptère de CareFlight a atterri à Pelican Springs, dit Mal Duffy en se joignant au petit groupe qui s'était formé près de l'ambulance.

— Darcie et Jack, vous emmenez Jessica ? demanda enfin Zach.

Il avait été décidé que Jessica serait envoyée à l'hôpital de Sunday Creek.

— Oui, je l'ai déjà installée sur le siège arrière de la Land Rover, dit Darcie.

Zach alla s'installer au volant de l'ambulance dans laquelle était allongé Lachlan, et démarra.

5

— Détendez-vous, Jessica, dit Darcie. Nous allons nous occuper de vous. Tout ira bien.

— J'essaie d'éviter les nids-de-poule de la route, mais c'est mission presque impossible, intervint Jack en souriant.

Jessica lui sourit en retour.

Ils demeurèrent silencieux pendant la majeure partie du trajet, chacun étant absorbé par ses pensées.

— Darcie, vous êtes toujours officiellement en congé, dit-il, alors qu'ils se rapprochaient de Sunday Creek. Je peux m'occuper de Jessica si vous voulez rentrer vous reposer.

— Merci, mais Jessica est ma patiente, et je veux suivre l'évolution de son état.

— Comme vous voudrez. Mais nous devrons faire un compte rendu, à un moment ou un autre.

Elle se massa la nuque. Bien sûr qu'ils feraient un compte rendu. Mais si Jack avait l'intention de parler de ce qui avait failli se passer au fond du puits...

Il gara la Land Rover devant l'hôpital, où les attendait Dan Prentice, l'aide-infirmier, avec une chaise roulante. Ils installèrent Jessica.

— Vous êtes là, dit Natalie en venant à leur rencontre.

— Oui. Voici Jessica, répondit Darcie, une main sur l'épaule de sa jeune patiente. Pouvez-vous l'emmener en salle de consultation, s'il vous plaît ? Je vais prendre une douche rapide, et je reviens suturer son bras.

Lorsqu'elle fut de retour dans le service, après avoir pris une douche, Natalie avait déjà enfilé sa blouse à Jessica, sorti la Lignocaïne, et préparé le matériel nécessaire à la suture.

— Merci, Natalie, c'est parfait, dit Darcie en enfilant ses gants.

Elle regarda Jessica qui semblait plus détendue.

— Attention, ça va piquer un peu, dit-elle doucement, en injectant l'anesthésiant dans la plaie. Etes-vous à jour dans vos vaccins antitétaniques ?

— On m'a fait un rappel juste avant le début du tournage.

— Tant mieux. Nous n'aurons pas à vous embêter avec ça.

Au bout de quelques instants, elle tâta le bras de Jessica. L'anesthésiant avait fait effet.

— Je vais pouvoir recoudre ce bras. Natalie, pouvez-vous vous charger de la solution saline, s'il vous plaît ? Jessica, vous pouvez décompresser maintenant, et même dormir si le cœur vous en dit.

— C'est incroyable comme vous êtes efficace, murmura Natalie en l'observant, tandis qu'elle maniait l'aiguille.

— Pourtant, on me reprochait toujours de ne pas aller assez vite.

— Pour moi, la suture est un art. D'ailleurs, la pratique de la médecine est un art. Elle devrait être considérée comme telle, en tout cas.

— C'est aussi mon avis.

Elle termina la suture, ôta ses gants, et laissa Natalie poser un pansement sur la plaie.

— Jessica…, murmura celle-ci, la main sur son épaule.

La jeune femme battit des cils avant d'ouvrir les yeux.

— C'est fini ?

— Oui, le Dr Drummond vous a fait de très jolis points.

— Merci, dit la jeune fille en essuyant une larme qui coulait sur sa joue.

Darcie tira une chaise, et s'assit près d'elle. Pauvre Jessica. Elle venait de vivre des heures terribles.

— Il faut vous reposer maintenant. Vous pensez pouvoir y arriver ?

— Je pense, oui...

— J'aimerais vous garder ici en observation jusqu'à demain. Et peut-être plus longtemps. Certains effets secondaires pourraient se manifester après coup.

Elle lui adressa un sourire rassurant.

— Je peux appeler quelqu'un de votre entourage. Vos parents, peut-être ?

— Mes parents vivent à Sydney. Ce n'est pas la peine de les inquiéter. Je les contacterai, quand je serai rétablie, sans quoi ma mère risque de se précipiter pour venir faire ma lessive, répondit-elle avec humour. Où est Lachlan ?

— Nous l'avons envoyé à l'hôpital Royal de Brisbane. Nous vous donnerons de ses nouvelles, dès que nous en aurons.

Elle se leva.

— Maintenant, Natalie va vous installer dans votre chambre. Je passerai vous voir plus tard. Si vous avez besoin d'un certificat médical pour votre employeur, je pourrai vous en fournir un.

— Je ne retournerai jamais travailler là-bas.

Elle acquiesça. Jessica allait être confrontée à plusieurs décisions à prendre, mais ce n'était pas le moment d'y penser. Elle n'avait pas le recul nécessaire pour y réfléchir posément.

— Votre bras risque de vous lancer un peu, dès que l'effet de l'anesthésie cessera. Je vais vous prescrire des antalgiques.

— Et ne jouez pas les martyres, ajouta Natalie en souriant. Appelez-moi si vous avez besoin de quoi que ce soit.

Jack rapporta les kits d'intervention d'urgence, les compléta avec du matériel neuf, avant de les ranger, de nouveau prêts à être utilisés lors d'une prochaine urgence.

Sunday Creek n'était pas une grosse structure hospitalière, et chacun devait apporter sa contribution, en fonction des besoins du moment. Y compris les médecins-chefs. De toute façon, il ne concevait pas son travail sans une participation active et concrète. Ici, au moins, il avait de quoi faire !

Il se rendit dans sa chambre pour se doucher et se changer. Puis il retourna dans le service, où il n'y avait que quatre patients à qui rendre visite. Il rapporta les fiches médicales dans le bureau des infirmières, avant de jeter un coup d'œil à sa montre, et de se diriger vers la salle de consultation.

Mais elle était vide.

— C'est moi que vous cherchez ?

Il se retourna. Darcie se tenait face à lui, dans une blouse bleu pâle, le visage nettoyé, les cheveux rassemblés en un chignon. Elle était fraîche et… magnifique. Il pria aussitôt pour que son pouls recouvre un rythme normal.

— Je me demandais si vous aviez besoin de moi.

— J'ai terminé, répondit-elle avec un sourire. Nous avons installé Jessica dans la chambre de la petite véranda. Elle sera au frais et au calme.

— Bien. J'ai faim. Voulez-vous manger quelque chose ?

— Je rêve d'une tasse de thé.

Il sourit.

— Il vous faut quelque chose de plus consistant, docteur Drummond. Venez, on va trouver de quoi se restaurer dans la cuisine de l'hôpital. Il doit bien y avoir quelques restes du petit déjeuner.

Quelques instants plus tard, ils étaient dans la cuisine où Carole, la cuisinière de l'hôpital, leur servit des œufs brouillés et du bacon.

— Voulez-vous encore des toasts ? demanda cette dernière. J'en ai fait chauffer d'autres.

— Merci, Carole ! répondit Darcie en lui adressant un sourire chaleureux.

Elle s'apprêta à se lever.

— Laissez, je vais les chercher, dit-il. Mangez tranquillement.

Elle but une gorgée de thé et s'étira.

— Je crois que je pourrais dormir une semaine d'affilée.

— Vous pouvez au moins dormir jusqu'à lundi. Je vous ai donné votre week-end, vous vous souvenez ?

— J'ai promis à Jessica de repasser la voir.

— Je pense pouvoir m'en charger. Rentrez vous reposer, Darcie.

— Mais vous aviez parlé d'un compte rendu.

— Cela pourra attendre.

— Je... Je préférerais qu'on s'en occupe maintenant.

Un silence plana dans la cuisine.

Il prit une profonde inspiration. Il ne fallait pas avoir fait un master de psychologie pour comprendre ce qui était en train de se jouer. De toute évidence, Darcie culpabilisait de ce qui s'était passé dans le puits. Or, si quelqu'un devait être considéré comme fautif, c'était lui, et certainement pas elle. Il avait failli l'embrasser, et cela la mettait mal à l'aise.

D'autant qu'il était officiellement son supérieur hiérarchique, et que ce détail devait compter à ses yeux. Sans compter qu'ils partageaient leur logement, en plus de leur lieu de travail. Ils ne pouvaient pas se permettre d'entretenir des relations ambiguës. Il fallait à tout prix tirer la situation au clair.

— Ce qui s'est passé tout à l'heure, dans le puits, était une réaction normale, déclara-t-il sur un ton léger. Une manifestation de la vie. Nous avons sauvé un être humain, après tout !

— Si vous le dites, répliqua-t-elle en se mordant la lèvre.

— Je vous ai juste prise dans mes bras, Darcie.

Il passa une main dans ses cheveux. Croyait-il vraiment à ce qu'il venait de dire ?

— Je n'ai pas l'habitude de me comporter de cette façon avec les personnes avec qui je travaille.

Elle le regardait avec un air de défiance.

— J'imagine que vous n'avez pas non plus l'habitude de pratiquer la médecine d'urgence au fond d'un puits dégoûtant.

— Non, c'est vrai, dit-elle en esquissant un petit sourire.

Il but une gorgée.

— Si nous avions gagné au loto, et que je vous avais prise dans mes bras, vous n'auriez pas trouvé cela bizarre, si ?

Sauf qu'ils n'avaient pas gagné au loto, et qu'il ne l'avait pas prise dans ses bras de la même façon. Ils le savaient l'un et l'autre.

Darcie ne répondit pas, se contentant de hausser les épaules. Il laissa échapper un petit soupir. A lui d'interpréter ce geste comme bon lui semblait.

Darcie dormit une bonne partie de l'après-midi. Lorsqu'elle se réveilla, elle écouta sa messagerie téléphonique. Maggie avait laissé un message. Elle la rappela aussitôt.

— Bonjour, Maggie, tu voulais me parler ?

— Oui, j'organise un barbecue chez moi ce soir. Seras-tu des nôtres ?

— Avec plaisir. On fête quelque chose en particulier ?

— Si seulement je le savais ! répondit Maggie avec un petit rire gêné. J'ai invité Sam Gibson.

— Le nouveau vétérinaire ?

— Oui. Je ne sais pas ce qui m'a pris.

Elle arrangea ses oreillers, et s'installa plus confortablement. Maggie, d'ordinaire si forte et si déterminée, avait l'air étonnamment intimidée.

— Qu'y a-t-il entre Sam et toi ?

— Pas grand-chose, pour l'instant.

— Comment vous êtes-vous rencontrés ?

— Il fallait que je fasse vacciner notre Staffie. Depuis, on a bu quelques cafés ensemble. Et hier, il a emmené les garçons faire du vélo. J'avais envie de l'inviter pour le remercier. Puis j'ai pensé qu'un barbecue serait plus informel. Mais je ne me voyais pas l'inviter tout seul.

— Alors tu as pensé à moi !

— Oh ! Darcie, je suis tellement maladroite en matière de relation avec les hommes.

— Il faut simplement te détendre et profiter de la vie. Tu as bien le droit de flirter un peu, quand même !

— De flirter ? s'exclama Maggie. Peux-tu me rappeler comment on flirte ? C'est une activité que je n'ai pas pratiquée depuis des lustres.

Elle rit.

— Ne t'inquiète pas. Détends-toi, et suis le courant. Si Sam t'invite à sortir avec lui, accepte avec le sourire.

— C'est drôle comme conseil, venant de la femme qui met un point d'honneur à ne sortir avec aucun homme.

— Je sors avec des hommes, répliqua-t-elle vivement.

— Ah oui ? Quand donc ? Je parie que tu ne te souviens même plus de la tête qu'avait le dernier.

— Je suis sortie avec l'un des médecins volants, je te rappelle.

— Brad Kitto ? Penses-tu ! Un Canadien venu en Australie pour trois mois. Tu n'as pas pris beaucoup de risques !

— D'accord, d'accord…, lâcha-t-elle à contrecœur.

Elle n'avait pas très envie de passer au crible ses relations amoureuses, même avec Maggie.

— Je te rappelle que nous étions en train de parler de ta vie amoureuse, pas de la mienne.

— C'est juste. Alors, tu peux venir, ce soir ?

— Bien sûr !

— Super. Tu peux amener le chef.

— Jack ? demanda-t-elle, la bouche soudain sèche.

— Cela lui fera une occasion de rencontrer du monde. Et à moi, de faire sa connaissance. Je ne l'ai encore jamais vu.

Elle se mordilla nerveusement la lèvre.

Parviendrait-elle à être de nouveau à l'aise en présence de Jack ? Le fait de le voir avec d'autres personnes pourrait faciliter les choses. Si toutefois il acceptait l'invitation, bien sûr.

— Je lui demanderai, mais je sais qu'il est assez fatigué, répondit-elle prudemment. Nous avons été appelés en urgence à 5 heures du matin, et il est resté toute la journée à l'hôpital.

— Oui, Karen m'a raconté l'accident dans le puits. D'ailleurs, je l'ai invitée à venir avec Zach.

— Super. C'est un couple adorable. Veux-tu que je fasse un gâteau pour le dessert ?

— Avec plaisir ! J'ai encore du travail : j'ai passé la journée à essayer d'arranger mes cheveux, et j'ai toujours l'impression d'avoir du foin sur la tête.

Darcie pouffa de rire. Les descriptions imagées de Maggie étaient toujours réjouissantes.

— Si tu veux, je peux venir vers 17 heures pour t'aider à préparer.

— Super. Merci, Darcie ! Et n'oublie pas d'inviter Jack, dit encore Maggie avant de raccrocher.

Contre toute attente, Jack accepta spontanément l'invitation à dîner de Maggie.

— C'est à quelle heure ? demanda-t-il.

— J'y vais à 17 heures, pour l'aider à préparer.

— C'est un peu tôt pour moi, mais donnez-moi l'adresse, je vous y rejoindrai.

Et, sur ces mots, il sortit rapidement de la cuisine.

Elle eut l'impression qu'il fuyait. Cherchait-il à mettre de la distance entre elle et lui ? D'autant plus, après la situation embarrassante dans laquelle ils s'étaient trouvés quelques heures plus tôt ?

Mais n'était-ce pas elle, qui avait rendu la chose embarrassante ? Pourquoi ne décidait-elle pas d'en rire ? Et pourquoi ne pouvait-elle prendre les choses de façon plus légère ?

Elle eut un long soupir.

Tout simplement parce que cela lui était impossible.

Jack retourna dans sa chambre. Il détestait la distance qui s'était immiscée entre eux. De plus, il n'était pas tellement d'humeur à sortir et à voir du monde. En fait, il mourait d'envie de se coucher et de dormir. Mais il fallait qu'il rencontre des gens. Cela faisait aussi partie de son travail.

Il s'allongea tout habillé sur le dessus-de-lit en patchwork et scruta le plafond.

Darcie Drummond.

Il ne pouvait se le cacher. Elle lui avait tapé dans l'œil. Peut-être devrait-il l'embrasser une fois pour toutes, et passer à autre chose. Mais pourrait-il « passer à autre chose » ? Et était-ce une bonne idée de l'embrasser, au risque d'alourdir encore davantage l'ambiance ?

Il pressa ses paumes sur ses paupières. Pour commencer, mieux valait se reposer un peu.

Jack arriva chez Maggie en début de soirée. Le brouhaha des conversations, les éclats de rire et l'odeur alléchante de la viande sur le barbecue vinrent l'accueillir dès l'entrée, et le guidèrent dans le jardin situé à l'arrière de la maison.

Une femme s'approcha de lui avec un grand sourire.

— Jack, je suppose ? Bonsoir, je suis Maggie. Venez, je vais vous présenter mes amis.

— Bienvenue à Sunday Creek, lança Sam Gibson qui surveillait la cuisson de la viande. Moi aussi je suis nouveau ici. Je suis vétérinaire.

Il esquissa un sourire. L'homme était avenant et souriant,

tout comme l'hôtesse. La soirée s'annonçait plutôt plaisante. Il ne lui restait plus qu'à se détendre et à s'amuser.

— Vous connaissez Zach, je crois. Et voici sa femme, Karen.

— Bonsoir, Jack, dit Karen. Et voilà Molly, notre fille, ajouta-t-elle en hissant sa petite fille sur sa hanche.

— Quel âge a-t-elle ? demanda-t-il en caressant le petit bras potelé de l'enfant.

— Dix mois.

Il sourit lorsque la petite lui décocha un regard sérieux, un peu hautain. Une étrange sensation s'empara de lui. Il serait probablement père aujourd'hui, si les choses avaient fonctionné avec Zoe.

Cela dit, il n'avait que trente-sept ans, et tout le temps devant lui pour trouver la femme qui lui ferait de beaux enfants.

Il secoua la tête. Mais pourquoi se mettait-il à penser à des choses pareilles ?

— Elle vous fait ses yeux doux, dit Karen en riant.

— Elle est adorable. Vous avez de la chance, Karen.

— Nous en sommes conscients, répondit la jeune femme en regardant tendrement son mari. Nous avions presque perdu espoir, lorsque cette petite chérie est entrée dans notre vie. C'est pourquoi nous l'avons appelée Molly. Cela signifie « enfant désiré ».

Il sentit de nouveau l'émotion le submerger.

— Et ça, ce sont mes garçons, Josh et Ethan, dit Maggie, offrant une diversion bienvenue.

— Bonsoir. Les VTT que j'ai vus près du garage sont à vous, je suppose ?

— Oui, répondit l'aîné. Sam nous a emmenés faire un tour hier. C'était génial !

— Moi, je préfère le skate-board, dit Ethan.

— Je faisais du skate, moi aussi, quand j'avais à peu près votre âge. Vous avez un skate-park, par ici ?

— Non, je roule sur les chemins bétonnés dans le parc. Mais certains roulent sur les trottoirs.

— Ce qui est tout à fait interdit, dit aussitôt leur mère.

— Je sais, maman, je sais, répondit Ethan avec un regard contrit.

— Mieux vaut respecter les lois, champion, dit Jack en souriant.

— Merci, lui souffla Maggie une fois que les garçons retournèrent vaquer à leurs occupations. Ils ne sont pas faciles, parfois.

— Ils ont l'air gentils. Maggie, j'ai apporté du vin. Où voulez-vous que je le mette ? Dans le réfrigérateur ?

— Oui. La cuisine est là, juste en face. Darcie doit y être. Elle vous montrera.

Dans la cuisine, Darcie était affairée au-dessus du plan de travail. Elle leva la tête, un peu troublée de voir Jack.

— Bonsoir, dit-elle dans un souffle.

— J'ai apporté du vin, annonça-t-il en posant le sac sur le plan de travail. Maggie m'a dit que vous sauriez où le mettre.

— Ah... Très bien.

Elle sentit l'émotion la gagner.

Jack portait un jean et un polo qui découvrait ses bras musclés et bronzés. Ces bras qui l'avaient serrée avec tant de douceur. De tendresse.

Elle prit une profonde inspiration, mais cela ne suffit pas à endiguer le flot de désir qui l'avait envahie. Elle s'imagina se pencher vers lui pour l'embrasser, et son ventre se noua.

Mais que lui arrivait-il ? Ce n'était pas son genre de désirer des quasi-inconnus. D'autant que Jack n'était pas un homme comme un autre. C'était le directeur de l'hôpital, son supérieur hiérarchique.

— Je vais faire une petite place dans le réfrigérateur, dit-elle, contente de trouver de quoi occuper ses mains et son esprit.

Elle referma le réfrigérateur, et se retourna en esquissant un sourire bref et nerveux.

— On vous a présenté les autres invités ? demanda-t-elle.

— Oui. Il n'y a pas trop de monde, en fait.

— C'est plus facile pour retenir le nom des gens, répondit-elle en prenant une spatule pour étaler le glaçage sur son gâteau. Voulez-vous boire quelque chose ? Maggie a dit qu'il fallait qu'on se serve.

— Merci. Je prendrai un verre tout à l'heure. Avez-vous besoin d'aide ? Ce gâteau a l'air délicieux.

— C'est ma contribution à la soirée. J'ai eu un chef pâtissier comme colocataire pendant quelques mois. Elle m'a donné des tas de bons conseils.

— Le gâteau au chocolat est votre spécialité ?

— Oui, dit-elle en lui tendant le saladier vide pour qu'il goûte le glaçage au chocolat.

Il pouffa de rire.

— La dernière fois que j'ai léché le plat, je devais avoir six ans.

— Vous avez des années à rattraper, alors.

— Et vous, vous faisiez des gâteaux avec votre maman ?

Elle eut un rire forcé.

— Ma mère ne cuisinait pas. Nous avions une gouvernante. C'est avec elle que je passais le plus clair de mon temps. Mes parents sont professeurs d'histoire. Ils couraient l'Angleterre pour aller dispenser des cours dans différentes universités. Ils sont passés à côté d'une bonne partie de mon enfance.

— Vous êtes fille unique ?

— Oui, répondit-elle dans un soupir. Mais je ne suis pas à plaindre.

— Loin de moi l'idée de vous plaindre...

Leurs regards se croisèrent pendant un moment qui lui sembla durer une éternité.

— Vous êtes là ? s'exclama joyeusement Maggie, mettant brusquement fin à cet instant d'intimité bref et intense.

6

Darcie laissa échapper un soupir. Le barbecue chez Maggie semblait déjà être loin derrière eux, et pourtant on n'était que lundi matin. Jack et elle venaient d'établir les plannings.

— Merci pour votre contribution, Darcie, dit-il en appuyant son dos contre le dossier de sa chaise, les jambes tendues sous son bureau.

— Si vous n'avez plus besoin de moi, je vais faire mes visites, répondit-elle en se levant.

— Ah, je voulais vous dire... J'ai demandé que le bloc opératoire soit nettoyé et stérilisé, de sorte qu'il soit prêt pour n'importe quelle urgence. Cela pourra nous éviter d'appeler les médecins volants, et fera gagner de l'énergie, du temps et de l'argent à tout le monde.

Elle hésita.

— C'est vous qui décidez.

— Mais ? demanda Jack d'un air interrogateur.

— Nous n'avons pas assez de personnel, en cas de traumatismes majeurs.

— Je parle des urgences courantes, Darcie, pas de transplantations cardiaques.

— Et pour l'anesthésie ? J'ai quelques notions, mais pas les qualifications requises.

— Je peux vous superviser.

Elle hocha la tête. De toute évidence, il avait réponse à

tout. Mais, loin de la rassurer, cela ne faisait qu'augmenter ses doutes.

— Je n'ai pas envie que nous jouions les apprentis sorciers, chaque fois qu'une urgence se présentera. Cela risque de ne pas fonctionner à tous les coups.

— Mon idée n'a pas l'air de vous plaire…

Elle se massa le front. Elle s'était réveillée avec une migraine, et une grande confusion intérieure. Tout cela parce qu'elle ne parvenait pas à identifier ce qu'elle ressentait pour Jack. Elle se sentait un peu dépassée. Mais ce n'était pas le moment de laisser ses sentiments prendre le pas sur son travail.

Elle soupira de nouveau. Dire que, quelques heures plus tôt, ils léchaient ensemble le saladier de glaçage au chocolat, complices et hilares comme des enfants…

— Vous n'avez pas bien dormi ? demanda-t-il en la fixant d'un air préoccupé.

Elle redressa la tête. Qu'elle ait bien dormi ou non ne le regardait en rien. L'espace d'un instant, la tension monta entre eux.

— Pourrions-nous en revenir à notre sujet ? Je me réjouis de votre présence dans cet hôpital qui a grandement besoin d'un médecin-chef. Mais, si mes protocoles ne vous conviennent pas, alors changez-les !

— J'essaie simplement de faire fonctionner cet hôpital au mieux. Et, pour cela, j'ai besoin de votre accord.

Il se passa une main sur le visage.

— Il faut que nous avancions ensemble, Darcie. Sans quoi nous n'irons nulle part.

Elle détourna le regard. Il avait raison. Ils ne pouvaient pas se permettre d'être en confrontation permanente dans cet hôpital. Ils étaient deux médecins isolés du reste du monde. Il ne tenait qu'à eux de faire en sorte que les choses fonctionnent. Et il le fallait. Sinon, autant partir tout de suite. Ce qui n'était absolument pas dans ses intentions. D'ailleurs, où irait-elle ?

— Je crois qu'il faut que chacun prenne ses marques, dit-elle enfin.

— Oui, d'autant que nous avons déjà partagé des expériences difficiles, depuis mon arrivée, répondit-il d'un ton conciliant.

— Je suis désolée, Jack. Et je vous suis.

Il poussa un gros soupir.

— Merci, Darcie.

Elle se sentit rougir face à son sourire qui, manifestement, était une invitation à la réconciliation. « Tout ira bien », semblait-il dire.

Il se leva et alla se poster à la fenêtre.

— Le conseil d'administration se tiendra ce matin à 11 heures.

— Ah. Très bien.

Elle hésita.

— Voulez-vous que je vienne ?

— Quelle question !

Il marqua une pause et la fixa dans les yeux.

— Je vous veux toujours à mes côtés.

Après avoir rendu visite aux trois autres patients de l'hôpital, Darcie se dirigea vers la chambre de Jessica. Les mots de Jack résonnaient toujours dans sa tête. Elle s'efforça de chasser son trouble en entrant dans la pièce.

— Comment allez-vous, Jessica ?

Cette dernière leva les yeux de son magazine, et sourit.

— Beaucoup mieux, merci.

Elle était assise dans le fauteuil à côté du lit, avait ôté sa blouse et portait un pyjama rose vif.

— Je vais bientôt sortir, docteur Drummond ?

— Nous demanderons au Dr Cassidy, répondit-elle en prenant la fiche médicale au pied du lit.

D'après ce que Jack avait écrit, Jessica avait cessé de prendre des antalgiques, après une dose initiale en début d'après-midi. Ses réflexes étaient normaux, et elle avait passé une bonne nuit de sommeil, sans sédatif.

— Vous vous remettez bien, Jessica. Je pense que vous allez pouvoir sortir.

— Maintenant ? demanda-t-elle en jetant son magazine sur la table de chevet. Super !

— Dites-moi seulement ce que vous comptez faire de votre travail.

— Je n'y retourne pas. De toute façon, j'ai donné ma démission, et demandé à des amis d'aller chercher mes affaires.

— Tout est en règle ?

— Oui, c'était un contrat à durée indéterminée, avec une clause résolutoire pour chaque partie. Ils pouvaient me licencier comme je pouvais démissionner.

— Ce n'est pas très sécurisant, comme contrat.

— J'ai l'habitude, répondit Jessica en souriant. Cela ne m'inquiète pas plus que ça.

— Que comptez-vous faire, à présent ?

— Maggie a vérifié s'il y avait des vols aujourd'hui. Apparemment, un éleveur de Sunday Creek se rend à une conférence à Brisbane avec son propre avion. Il m'a proposé de m'emmener. Je vais rendre visite à Lachlan à l'hôpital Royal. Ensuite, je retournerai à Sydney pour chercher du travail. Des tournages de films sont prévus. Je vais envoyer mon CV, ajouta-t-elle avec la confiance propre à la jeunesse.

— Si je comprends bien, vous n'avez pas apprécié de travailler à Pelican Springs ?

— Ils ont pris des risques avec la sécurité de leurs employés, répondit Jessica sur un ton catégorique. Je ne peux pas accepter cela. Je peux partir, alors ?

— Je vais rédiger un courrier, que vous remettrez à votre médecin généraliste à Sydney, ainsi qu'une ordonnance d'antibiotiques, au cas où. Vous pourrez vraisemblablement faire retirer vos points d'ici une semaine. Et je vous donnerai aussi des instructions pour le nettoyage de votre plaie. C'est une étape essentielle dans le processus de guérison. Il ne faut pas la négliger.

— D'accord, je ferai attention, et je sais que ma mère y veillera, de toute façon.

— Bien. Je déposerai les papiers au bureau des infirmières. Passez voir Maggie avant de partir. Et bonne chance pour tout.

— Au revoir, docteur, répondit-elle en se levant, manifestement pressée de partir. Et merci de vous être occupée de moi.

— Je vous en prie. Vous avez été courageuse.

— Je crois que je n'ai jamais été aussi heureuse de voir quelqu'un, que lorsque je vous ai vue au fond de ce puits immonde. Enfin, ajouta-t-elle avec un petit soupir, c'est du passé...

Darcie sourit et se dirigea vers la porte. Elle s'arrêta sur le seuil.

— Au fait, Jessica. Ne vous inquiétez pas : vous aurez une cicatrice minuscule. Rien qui ne soit gênant à l'écran.

— Je ne suis pas inquiète. Le Dr Cassidy a dit que vous aviez fait un travail d'orfèvre.

Deux semaines plus tard, Darcie se leva plus tôt qu'elle ne le faisait d'ordinaire le dimanche. Elle trouva Jack dans la cuisine, assis devant une tasse de thé.

— Bonjour, dit-elle en prenant la théière.

— Louise Alderton a appelé, hier soir. Elle nous invite à Willow Bend aujourd'hui. Je me suis permis d'accepter l'invitation pour nous deux. J'espère que cela vous convient.

— On prend donc notre journée ? demanda-t-elle en souriant.

— Nous l'avons bien mérité, me semble-t-il.

— Surtout vous, qui n'avez pas levé le pied depuis votre arrivée.

Elle se tut, vaguement gênée. Elle n'était pas là pour discuter de l'emploi du temps de Jack, qui de surcroît était son supérieur. Il pouvait organiser ses journées et ses semaines comme bon lui semblait.

— Une journée à Willow Bend nous fera le plus grand bien ! A quelle heure nous attend-elle ?

— Quand on veut. Max va sortir les chevaux. Voudrez-vous faire une balade avec moi ?

— Bonne idée ! répondit-elle d'un ton badin.

Elle détourna le regard. Mais était-ce vraiment une bonne idée ? Elle se sentit soudain très vulnérable.

Ils prirent la route pour Willow Bend vers 9 heures.

— La nature déploie des couleurs fantastiques dans cette région, dit Darcie. Le paysage paraît si propre, si pur et si calme. Cette immensité me coupe le souffle à chaque fois.

— Vous n'êtes pas la seule, répondit Jack d'un ton joyeux.

Il lui jeta un coup d'œil, priant pour que cette journée loin de l'hôpital leur permette de faire plus ample connaissance.

Il mourait d'envie d'en savoir plus sur elle. Mais il ne voulait surtout pas la brusquer. Peut-être n'étaient-ils pas destinés à être autre chose que des collègues de travail, après tout. Peut-être aussi que cette journée apporterait des réponses aux questions qui le perturbaient malgré lui.

— J'ai harnaché deux chevaux, dit Max Alderton. J'espère que vous apprécierez Hot Shot, Jack. Il est assez fougueux.

Assis dans de confortables fauteuils, dans la véranda, ils sirotaient le thé que Louise avait préparé.

— Je n'ai pas monté depuis longtemps, mais il me tarde de faire sa connaissance.

— Hot Shot est un ancien cheval de course, expliqua

Louise. Vous pourrez le laisser galoper sur le plat. Darcie vous montrera le chemin.

— Je monte Jewel, comme d'habitude ? demanda Darcie en prenant un scone à la crème.

— Bien sûr ! Je crois que tu lui as manqué. Cela fait longtemps que tu n'es pas venue.

Elle haussa les épaules.

— On a eu pas mal de travail à l'hôpital. Cela dit, le nouveau directeur est loin d'être un esclavagiste, je vous rassure, dit-elle en riant.

Elle lui adressa un regard amusé, mais son cœur battait à tout rompre.

Ces yeux bleu pâle semblaient comprendre ce qu'elle n'avait surtout pas envie de dire. Tout à coup, elle prit peur. Peur de ce qui semblait être en train de se produire entre elle et lui, qu'elle le veuille ou non.

Après avoir bu leur thé, Jack et Darcie se dirigèrent vers les stalles. La journée était magnifique, à peine rafraîchie par une brise légère.

Jack contempla Darcie en selle sur son cheval, son Akubra négligemment posé sur sa tête, ses cheveux tombant en cascade sur ses épaules. Il esquissa un sourire. Oui, c'était décidément une belle journée pour célébrer la vie...

— Où allons-nous ? demanda-t-il en tempérant l'ardeur de son fougueux étalon.

Darcie fit un geste en direction d'un bois de saules.

— En général, Louise et moi traversons le ruisseau, et montons jusque sur le plateau. La vue y est grandiose.

Ils se mirent à avancer au pas.

— C'est beau, non ? demanda-t-elle en désignant le paysage.

— Magnifique ! répondit-il, aux anges.

— Oh ! Jack, regardez ! s'écria-t-elle en tendant le bras vers un groupe de wallabys gris qui, dès qu'ils perçurent la présence des humains, se dispersèrent en se bousculant maladroitement.

Il se mit à rire. Il se sentait d'humeur joyeuse.

— Cela vous dit de galoper un peu ? suggéra-t-il en resserrant les rênes de son cheval.

— Avec grand plaisir !

Les deux chevaux s'élancèrent à l'unisson dans la campagne, leurs sabots frappant le sol et soulevant sur leur passage de petites mottes de terre au milieu des hautes herbes. Puis ils laissèrent la prairie pour grimper à flanc de colline, jusqu'à ce que Darcie lui fasse signe de s'arrêter.

— N'est-ce pas merveilleux ? demanda-t-elle, les yeux brillant de plaisir.

Tout en maintenant les rênes de Hot Shot serrés, il regarda à son tour la vallée qui s'étendait au-dessous d'eux, le ruisseau qui étincelait et, au-delà, la propriété des Alderton, seule trace de vie humaine au milieu de cette immensité.

— Si, vraiment merveilleux, répondit-il.

Et il leva la tête pour mieux sentir l'air matinal sur son visage.

Darcie le regarda, et prit une profonde inspiration. Elle se sentait tellement proche de lui. Qu'était-il arrivé pour que le courant cesse brusquement de passer entre eux ? Avait-elle changé ? Pour quelle raison précise tout ce qui venait de lui la touchait, en ce beau dimanche d'été ?

Comme si la limpidité du ciel allait l'aider à éclaircir ses pensées désordonnées, elle leva les yeux, et laissa errer son regard sur l'étendue immaculée.

— On fait demi-tour ? suggéra-t-elle au bout de quelques minutes.

— D'accord, répondit Jack en clignant des paupières, comme s'il avait du mal à revenir à la réalité présente. On pourra s'arrêter près du ruisseau, pour reposer un peu les chevaux.

Ils reprirent le chemin en sens inverse jusqu'au ruisseau. Jack descendit de sa monture et noua lâchement les rênes autour de son encolure, la laissant libre d'aller brouter l'herbe.

Darcie hésita.

— Etes-vous sûr qu'ils ne vont pas s'échapper ? demanda-t-elle, prudente.

— Un cheval s'échappe rarement, quand il y a un autre animal avec lui.

Il s'approcha du ruisseau et se pencha pour boire.

— Elle est potable ? demanda-t-elle, un peu inquiète.

Jack pouffa de rire.

— Bien sûr qu'elle est potable. Regardez d'où elle vient ! dit-il en désignant le haut de la colline d'un geste magistral. Il n'y aurait pas tout ce cresson, bien vert, si l'eau était polluée. Venez, goûtez-la.

— Si vous le dites, docteur.

Elle se pencha et mit sa main en coupe dans l'eau fraîche.

— Elle est bonne, dit-elle.

— Bonne ? Délicieuse, vous voulez dire !

Il se pencha de nouveau, et se mit à l'éclabousser.

— Non ! Jack !

A son tour, elle prit de l'eau et l'arrosa copieusement.

— Stop ! cria Jack à son tour, les bras dégoulinants.

— Je suis trempée, dit-elle en tirant sur son T-shirt. Et j'ai froid.

— Pauvre femme ! répliqua Jack sur un ton faussement compatissant. Voulez-vous que je vous réchauffe ?

Et, sans attendre de réponse, il s'approcha d'elle, pour la prendre dans ses bras.

— Jack ?

— Darcie ? interrogea-t-il en plongeant son regard dans le sien.

— Est-ce une bonne idée…

Elle s'interrompit, sentant que sa voix tremblait.

— Je ne vois pas en quoi elle serait mauvaise.

Elle s'éclaircit la gorge, le cœur battant. Il se pencha alors vers elle, et elle se sentit happée par ses yeux bleus magnétiques. Le soleil caressant son dos lui parut soudain incroyablement chaud.

Plus rien n'existait, à part la volupté de cet instant.

Jack prit son visage dans ses mains, et poussa un gémissement de désir en collant sa bouche sur la sienne. Lentement, ses mains glissèrent le long de son cou, et il resserra les bras autour de ses épaules.

Le baiser se fit plus intense, fougueux et renversant. Elle sentit le désir monter en elle, un besoin profond d'être serrée et caressée encore…

Jack se détacha d'elle doucement, laissant sur ses lèvres une empreinte douce et légère.

Ils demeurèrent quelques instants silencieux.

Puis elle se laissa tomber sur le sol, et enroula les bras autour de ses genoux.

— Qu'est-ce qui nous a pris ?

— Faut-il absolument trouver une justification ? Nous nous sommes embrassés, Darcie. Et nous aurions pu le faire bien avant.

Elle soupira.

— Et si vous voulez une raison à cela, la voici : vous êtes irrésistible.

Jack, saisissant doucement son menton, lui fit tourner la tête.

— Ne me dites pas que vous n'avez pas apprécié, Darcie.

— Ce n'est pas ça…

Elle se mordit la lèvre. Ils s'étaient embrassés, certes. Mais n'était-ce pas là la porte ouverte à une ribambelle de complications ?

— Alors où est le problème ? Vous savez que vous pouvez avoir confiance en moi.

— Je sais, oui…

— Dans ce cas...

Il vint s'étendre dans l'herbe auprès d'elle.

— Darcie, vous êtes magnifique, murmura-t-il en enfouissant son visage dans son cou, tandis que ses mains remontaient le long de son dos puis s'arrêtaient sur sa taille, ses hanches, avant de remonter vers ses seins.

Avec une passion qu'elle ne soupçonnait pas, elle plaqua sa bouche sur la sienne et l'embrassa fougueusement, incapable de s'arrêter.

Elle n'eut aucune idée du temps qu'ils restèrent ainsi, seuls au monde. Mais lorsqu'ils se détachèrent l'un de l'autre, il lui sembla que le soleil était plus haut dans le ciel, et ses reflets dans l'eau du ruisseau, plus intenses. Elle poussa un profond soupir.

— Depuis combien de temps sommes-nous là ?

— Est-ce vraiment important ?

Elle ne répondit pas.

— Tout va bien, Darcie ? Parle-moi, dit-il en se hissant sur un coude.

Elle arracha une touffe d'herbe, et se mit à la déchiqueter nerveusement.

— Je ne sais pas que dire...

— A quel propos ?

— A propos de tout cela... De nous.

Jack se redressa pour s'asseoir.

— Je ne vois pas ce qui pose problème. Nous sommes l'un et l'autre adultes et consentants. Et célibataires, non ?

— Oui, bien sûr.

— Alors, où est le souci ?

Elle ne répondit pas. Jack prit ses mains dans les siennes et déposa un baiser tendre sur ses paumes. Puis il les posa sur son torse, tout en la dévisageant de ses yeux bleus, qui semblaient l'implorer de lui faire confiance. Elle se sentit enveloppée par sa virilité et sa force, et trouva soudain le courage de parler.

— J'étais fiancée, Jack, dit-elle dans un filet de voix.

— Et alors ?

— Je me suis enfuie pour venir en Australie.

— Il n'y a rien de dramatique à rompre des fiançailles. Tu avais certainement de bonnes raisons de le faire.

— Certes...

Il passa un bras sur ses épaules.

— Veux-tu m'en parler ?

Elle sentit le poids de son indécision s'évanouir peu à peu.

— Il s'appelait Aaron, dit-elle doucement. Il était médecin dans le même hôpital que moi, à Londres. Nous nous entendions bien. Il était un peu plus âgé que moi, toujours gentil et très prévenant. Lorsqu'il m'a demandée en mariage, je n'ai pas hésité. Mais une fois que j'ai eu la bague de fiançailles au doigt, il a changé. Oh ! Pas beaucoup, au début, si bien que je pensais que je me faisais des idées. Mais sa prévenance s'est progressivement transformée en une forme de contrôle sur mes faits et gestes. Il intervenait sur ma façon de me maquiller, de me coiffer. Il s'est mis à choisir mes vêtements, à insister pour que je porte ceux qu'il avait achetés... et ce n'était que le début.

— Mais il n'a pas employé la force ?

— Non. Sans quoi je crois que je serais partie plus tôt. Mais il était très habile. Un fin manipulateur.

— Tu as bien fait de le quitter.

— Tu le penses vraiment ?

— Oui. Le plus tôt était le mieux. Et tes parents ? Ne pouvaient-ils pas t'accueillir ?

Elle secoua la tête.

— Mes relations avec eux sont un peu compliquées. J'ai parfois l'impression de ne pas les connaître. Et qu'ils ne me connaissent pas davantage.

Jack la dévisagea, pensif. Quelque chose la rongeait de l'intérieur. Quoi ? Il l'ignorait. Mais il ne pouvait pas la laisser ainsi.

— Tu sais, il va sans dire que tout ce que tu me raconteras restera strictement confidentiel.

— Tu n'es pas mon médecin, Jack.

— Non, Darcie. J'essaie simplement d'être un ami.

Comme elle ne répondait toujours pas, il reprit.

— Sais-tu quand tu as commencé à te sentir étrangère à tes parents ?

Elle parut hésiter un instant.

— Je devais avoir douze ans, articula-t-elle enfin.

— Tu as parlé d'une gouvernante, l'autre jour. Tu n'allais pas à l'école ?

— Non, mais je crois que j'aurais préféré. Au moins j'aurais eu des camarades de mon âge. En fait, j'ai grandi seule.

Il hocha la tête. Sa voix avait des accents douloureux. Il posa une main sur son épaule en signe d'encouragement.

— Mes parents étaient au sommet de leur carrière. Ils étaient invités dans tout le Royaume-Uni. Quand ils rentraient de leurs conférences, ils me serraient dans leurs bras, comme si j'étais la chose la plus précieuse de leur existence ! Mais ils repartaient deux jours plus tard.

— Ce n'est pas très sécurisant...

— En effet. Et c'est sans doute pour cette raison que j'ai accepté avec reconnaissance la déclaration d'Aaron. Il était si présent, toujours là pour moi. A l'opposé exact de mes parents. Comme j'étais naïve !

— Ne sois pas si dure envers toi-même. On ne comprend souvent les choses qu'a posteriori. Tes parents ont-ils rencontré Aaron ?

— Bien sûr. Nous étions fiancés, et prévoyions de nous marier. Ils l'aimaient bien. Si je leur avais fait part de mes doutes, ils m'auraient probablement répondu que je me faisais des idées.

— Mais savent-ils où tu te trouves ? Et pourquoi tu as quitté l'Angleterre ?

— Oui. Je le leur ai dit.

Elle marqua une pause avant de continuer.

— Quand j'ai pris conscience de ce que ma vie allait devenir si j'épousais Aaron, je me suis dit que la seule issue était de partir. Je ne me sentais pas capable de l'affronter. Il sait se montrer très persuasif, et il aurait sans doute tout fait pour me faire changer d'avis.

Jack acquiesça.

— Tu as écouté ton instinct. Question de survie. Comment t'es-tu organisée ?

— Je me suis liée d'amitié avec un médecin, une Australienne qui travaillait à Saint Faith, dans le cadre d'un échange. Quand elle a quitté Londres, elle m'a dit de lui donner de mes nouvelles et de la contacter, si jamais je venais en Australie. Elle s'est même proposé de m'aider à me trouver un poste à l'hôpital de Brisbane, dans lequel elle travaillait. Alors, à ce moment-là, je l'ai appelée, et je lui ai expliqué mon problème. Vingt-quatre heures plus tard, j'étais dans l'avion. J'avais laissé un mot à Aaron, en m'assurant qu'il ne le lirait pas avant que je sois dans les airs. C'est ainsi que j'ai travaillé quelques mois à Brisbane. Mais je n'étais toujours pas tranquille.

— Tu regardais encore par-dessus ton épaule pour savoir si quelqu'un était à tes trousses ?

— En quelque sorte.

Il la serra plus fort contre lui. Il comprenait mieux, à présent, d'où provenaient toutes ses peurs.

— Sur internet, j'ai consulté les différents postes vacants dans toute l'Australie. C'est ainsi que je suis tombée sur l'annonce de Sunday Creek.

— Et te voilà, un an plus tard…

Elle hocha la tête, avant de pousser un profond soupir.

Il la scruta longuement.

— Crains-tu toujours qu'Aaron te retrouve ?

— De moins en moins. De l'eau a coulé sous les ponts. Et il ne doit pas m'imaginer capable d'être assez audacieuse pour tout plaquer, et partir vivre à des milliers de kilomètres de chez moi.

— Lui non plus ne te connaît pas bien, alors, répondit-il en riant. Tu es la femme la plus courageuse que je connaisse.

— Moi ?

— Oui, toi, Darcie Drummond. Merci de m'avoir fait confiance et de m'avoir raconté tout cela.

Darcie progressait, songeuse. Cet épisode allait-il changer quelque chose dans leur relation ? Tandis que son cheval la ramenait chez Max et Louise, sa raison répondait que non. Cela ne les empêcherait pas de rester des collègues et de travailler ensemble.

Mais qu'adviendrait-il d'eux en dehors de leurs heures de service à l'hôpital ? Seraient-ils amis ? Amis intimes ? Amants ?

A cette pensée, elle se troubla.

Devait-elle discuter de tout cela avec Jack ?

Non. Assurément non.

Mais pourquoi ces pensées ne cessaient-elles de tourbillonner dans son esprit ?

De retour aux stalles, ils dessellèrent les chevaux et les étrillèrent.

— Merci pour cette belle promenade, dit Darcie en flattant le col du cheval.

— C'est à moi que tu parles ? demanda Jack avec un sourire en coin.

— Indirectement, peut-être, répondit-elle en souriant, avant d'esquiver de justesse la poignée d'avoine qu'il lança sur elle.

7

Une semaine plus tard, Darcie décida d'aller voir Jack, et se dirigea vers son bureau. Ils ne s'étaient pas vus beaucoup au cours des journées qui venaient de s'écouler.

Jack s'était souvent absenté pour mettre sur pied ce qu'il appelait un centre médical de proximité. Mais, ce jour-là, il se trouvait à l'hôpital.

Elle frappa, et passa la tête dans l'entrebâillement de la porte.

— Tu as une minute ?

— Bonjour, dit-il en levant les yeux de son bureau. Nous ne nous sommes pas beaucoup vus cette semaine.

Il lui fit signe de s'asseoir en face de lui.

Elle croisa son regard. Il avait l'air sérieux et professionnel. Regrettait-il de l'avoir embrassée ? Déplorait-il que leur relation ait glissé du cadre du travail à la sphère privée, l'espace de quelques heures ? Peut-être avait-il même oublié ce qui s'était passé.

Cette éventualité lui laissa brusquement une sensation de vide.

— Comment avance le projet du centre médical ? demanda-t-elle d'un ton qu'elle voulut dégagé.

— Bien. Les membres du conseil d'administration sont enthousiastes, et des propriétaires de Warrawee nous ont proposé un local. C'est un endroit central, moins éloigné que notre hôpital pour bon nombre de personnes. Aurez-vous un peu de temps, Maggie et toi, pour réfléchir au matériel de base, dont nous aurons besoin pour commencer ?

— Bien sûr, répondit-elle, enthousiaste. Il y aura une salle de consultation, une salle d'attente ? Il faudra un lit, des chaises, des bureaux... des dossiers, un ordinateur. Peut-être faudra-t-il rafraîchir les murs ? Et nous aurons aussi besoin d'une petite pièce avec un évier, une bouilloire... ...

— Attends, Darcie. Pour l'instant, on s'occupe juste du matériel de base, pour estimer le nombre de patients que l'on peut accueillir. Sans prendre en compte les urgences que nous continuerons à accueillir ici, à l'hôpital.

— Oui, mais je suis sûre qu'un lieu moins clinique séduira les gens. En particulier les anciens, qui redoutent toujours de se rendre à l'hôpital.

— Tu as établi une vraie relation de confiance et de proximité avec les autochtones, n'est-ce pas ?

Elle se sentit rosir. Le compliment la touchait droit au cœur.

— Tout le monde me témoigne un respect dont n'importe quel médecin rêverait. J'ai été très bien accueillie.

— Les gens ne placent pas leur confiance en n'importe qui. Tu la mérites amplement.

Elle se sentit rougir franchement cette fois, et fit un petit geste de dénégation.

— Et vais-je parfois travailler dans le centre ou comptes-tu garder cette prérogative pour toi tout seul ?

— Non, tu pourras travailler là-bas aussi. Mais dis-moi : pour quelle raison voulais-tu me voir ?

— Je voudrais que tu me donnes ton avis sur un patient. David Campion, vingt-sept ans. C'est un artiste qui vit dans une cabane au fond des bois, d'après Maggie. Un peu excentrique. Il échoue ici, quand la vie le dépasse un peu.

— Il ne vient pas à l'hôpital comme il irait à l'hôtel, simplement pour se loger ?

— Non, je ne dirais pas ça. Il n'a vraiment pas l'air dans son assiette, mais je ne parviens pas à savoir de quoi il souffre.

— Il se drogue ?

— Je n'ai jamais détecté aucun signe en ce sens.

— Et de quoi vit-il ? De la vente de ses tableaux ?

— C'est un artiste génial, répondit Darcie avec enthousiasme. Ses tableaux sont splendides. Des paysages du coin. Il a fait une exposition à la bibliothèque, il y a quelque temps. Je lui ai acheté deux petits formats, que j'ai accrochés dans ma chambre.

— Ah bon ? demanda Jack en la fixant dans les yeux. Il faudra que je vienne voir ça...

Son cœur fit aussitôt un bond dans sa poitrine. Elle se passa la langue sur les lèvres, qui étaient étrangement devenues sèches. Etait-il sérieux ? Et avait-elle envie qu'il le soit ?

Jack la dévisagea longuement. La surprise au fond des yeux de Darcie ne lui avait pas échappé. Ni l'embarras qui s'était ensuivi. Il faudrait désormais qu'il s'abstienne de faire des remarques de cet acabit. « Que je vienne voir ça... » Mais que lui était-il passé par la tête ? Cela lui avait échappé. Pourquoi avait-il l'impression de perdre le contrôle chaque fois que Darcie entrait dans son champ de vision ?

Il la désirait tellement !

Seulement, c'était une femme blessée, vulnérable. Il devait faire attention.

— Il faudra que nous parlions, Darcie, dit-il enfin.

Darcie retint sa respiration. La promesse dans sa voix la réchauffa telle une caresse. Elle le regarda, un peu effrayée, néanmoins. Puis elle se ressaisit, et hocha la tête. Elle savait ce à quoi il faisait allusion.

— Mais, pour le moment, allons voir ce patient, suggéra-t-il en se levant.

Jack ausculta David Campion, et décela un râle au stéthoscope.

— A quand remonte votre dernier repas ?

— J'sais pas, répondit David dans un haussement d'épaules. J'ai pas très faim en ce moment.

— Nous allons vous garder ici quelques jours en observation, déclara Jack en griffonnant quelques mots sur sa fiche médicale. Vous avez une infection pulmonaire. Il faut s'en occuper, avant qu'elle ne devienne dangereuse pour votre santé. Et, si vous en êtes d'accord, j'aimerais procéder à quelques examens complémentaires.

Le jeune homme écarquilla les yeux, mais acquiesça.

— Nous allons vous installer dans une chambre, dit-elle à son tour, avec un sourire d'encouragement. Vous avez bien fait de venir.

— Darcie, puis-je vous parler ?

Il rangea son stylo dans la poche de sa chemise, et sortit du box.

— Voulez-vous demander à Maggie qu'elle se charge de l'admission de David ?

— Oui, bien sûr. Et dès qu'il sera installé, je ferai un prélèvement sanguin. Que voulez-vous vérifier ?

Il énonça la liste des examens à effectuer.

— Et l'hypothyroïdie, tant qu'on y est.

Elle fronça les sourcils.

— C'est une pathologie plus fréquente chez les femmes, non ?

— Oui, mais cela ne nous dispense pas de vérifier. On ne sait jamais. Il y a deux ans, il y a eu un cas de cancer du sein chez un jeune homme de vingt ans, à l'hôpital Mercy de Melbourne.

— Cela pourrait expliquer l'état léthargique de David.

— Il y a chez lui d'autres signes, expliqua Jack en marchant dans le couloir. Son rythme cardiaque est lent et sa peau, très sèche.

— C'est peut-être dû à ses conditions de vie, et à son régime alimentaire.

— Nous en saurons plus quand nous aurons les résultats du bilan sanguin. Demandez au labo de les envoyer par e-mail. Nous allons également lui faire passer un scanner. L'hôpital est équipé en imagerie ?

— Oui, mais il faut que j'appelle la technicienne, qui est également la pharmacienne, pour lui demander de venir.

— Merci, Darcie. C'est un cas intéressant, répondit-il en lui tendant la fiche de David, avant de s'éloigner.

Une semaine plus tard, ayant pris connaissance des résultats des analyses de David, Jack demanda à Darcie de l'accompagner dans son bureau.

— C'était bien la thyroïde ? demanda-t-elle.

— Oui. Et son taux de fer est extrêmement bas. Mais cela se traite.

— Si on le retrouve, dit Darcie. On ne l'a pas revu depuis qu'il a pris l'initiative de sortir, le lendemain de son admission.

— Il n'est pas retourné dans sa cabane ?

— Je ne sais pas. Il m'a dit qu'il devait apporter des toiles à une galerie de Melbourne. Il a peut-être trouvé un endroit pour peindre.

— Mieux vaut partir à sa recherche. Il faut absolument qu'il se soigne. Demande à Maggie de nous préparer un plan des différents endroits où il est susceptible de se rendre. Ça te dit, une petite sortie ?

— On ne peut pas s'absenter tous les deux de l'hôpital, si ?

— Pour l'instant tout est calme. Et ce n'est pas comme si nous disparaissions une journée entière ! Et si nous trouvons David, j'espère que nous pourrons le persuader de revenir se faire soigner ici.

— Le plus vite sera le mieux, en effet.

— Ce pourrait être sa cabane ! s'exclama Darcie en indiquant une petite construction de bois à peine visible à travers la haie de casuarinas.

Ils avaient roulé une vingtaine de minutes, et trouvé l'endroit, grâce à la précision de la carte de Maggie.

— Espérons qu'il soit chez lui, dit Jack en coupant le moteur.

Ils sortirent de la Land Rover, et s'approchèrent. Ils gravirent quelques marches branlantes, avant de passer derrière un rideau de vigne vierge tombant du toit sur le sol.

Jack frappa, et appela David mais aucune réponse ne leur parvint.

— J'y vais, dit-il soudain, en posant sa main sur la poignée de la porte.

— Tu es sûr ? demanda Darcie d'une voix hésitante.

— Il est peut-être malade et incapable de répondre ou de se lever.

Elle se laissa convaincre par sa logique, et acquiesça.

La porte étant coincée, Jack dut forcer pour l'entrouvrir. Ils pénétrèrent dans la cahute glaciale, où une faible lumière filtrait d'une vitre à l'arrière.

Ils demeurèrent quelques secondes silencieux, jusqu'à ce qu'elle manifeste son admiration devant ce qu'elle avait sous les yeux.

— Mon Dieu…

— C'est incroyable, renchérit Jack, manifestement ébahi, lui aussi.

La pièce était emplie de toiles de différentes tailles, sur lesquelles étaient peints aussi bien des bouquets de fleurs champêtres que des paysages tourmentés sous un ciel d'orage.

— Quel talent ! s'exclama-t-elle encore.

— C'est le moins que l'on puisse dire. Mais, nous sommes vraiment au cœur de son intimité. Je pense que nous devrions partir.

Ils refermèrent la porte, et redescendirent les marches, avant de s'arrêter pour contempler la nature environnante.

— Quel calme ! dit-elle, impressionnée par le silence du lieu.

— Si on fait abstraction du boucan des cigales, oui, c'est calme…

Le ciel était à son zénith, et les feuillages aériens des mimosas s'étendaient à perte de vue. Elle vit Jack suivre du regard les eucalyptus qui montaient jusqu'au ciel, puis les rochers qui revêtaient une teinte cuivrée sous le soleil.

— David peut se trouver n'importe où, dit-il en exhalant un long soupir.

— Qu'est-ce qu'on fait ?

— On peut essayer de lancer un cri de ralliement, et voir s'il y répond.

Ce disant, il mit ses mains en coupe autour de sa bouche, et lança « Coo-ee », le cri que poussaient les autochtones pour se retrouver dans la brousse australienne.

Mais le silence retomba, sans que David ne réponde.

— Criez avec moi, nos deux voix auront plus de portée que la mienne seule.

— Moi ? Mais je n'ai jamais…

— Ce n'est pas compliqué. Faites comme moi.

Elle s'exécuta pour ne parvenir à produire qu'un son étrange, à mi-chemin entre un braillement strident et une trompette désaccordée.

Il secoua la tête.

— Avec ça, il ne risque pas de nous répondre, dit-il en riant. Allez, recommençons.

Le deuxième essai fut plus convaincant.

— Ça y est ! Ça commence à venir ! s'exclama-t-elle, ravie. On réessaie ?

— La troisième fois sera la bonne !

Ils crièrent à l'unisson, mais la campagne demeura silencieuse.

— J'espère qu'il n'est pas blessé ou en difficulté, tout seul quelque part.

— David doit connaître ce coin comme sa poche. Peut-être nous a-t-il entendus et préfère-t-il ne pas répondre.

Elle suivit des yeux la multitude de sentiers qui couvraient les environs.

— On part à sa recherche ?

— Non. On va laisser un mot sous sa porte.

— Dis-lui surtout de revenir à l'hôpital, dit-elle, inquiète.

— Ecris-le-lui toi-même. Il te connaît. Tes mots auront plus d'impact que les miens. Tiens, prends mon bloc-notes. Pendant ce temps, je vais appeler Maggie, pour voir si tout va bien.

Il s'éloigna jusqu'à ce qu'il trouve du réseau.

— Alors ? demanda-t-elle lorsqu'il revint.

— Pas d'urgences.

— On retourne à l'hôpital ?

— Je me disais qu'on pourrait peut-être attendre David encore un peu, et profiter de la nature pour pique-niquer.

— Pique-niquer ? Tu as apporté de quoi manger ?

— Des bricoles. C'est toujours prudent de prévoir des vivres, quand on s'enfonce dans la brousse ! En cas de pépins, les secours peuvent mettre des heures avant d'arriver. D'ailleurs, il ne faut jamais partir sans le dire à quelqu'un.

— Je sais, Jack, je sais.

— Je préfère que les choses soient claires. Je ne voudrais pas que tu commettes une négligence.

— Comme si c'était mon genre ! répliqua-t-elle en pouffant de rire.

— Regarde ! Cet endroit me paraît idéal pour un déjeuner sur l'herbe. Je vais juste vérifier qu'il n'y ait pas de fourmis.

— Je vois que tu as dévalisé la lingerie de l'hôpital, déclara-t-elle d'un ton faussement sentencieux, en l'aidant à étaler la couverture sur le sol.

— Tu vas me dénoncer ?

— Te dénoncer ? A qui ? Au directeur de l'hôpital ? Je ne me donnerai pas cette peine. Rien que de penser à la paperasse…

Il sourit, prenant manifestement plaisir à sa bonne humeur. Et elle ne songea plus à rien qu'au plaisir de partager ce moment avec lui.

Après avoir mangé des sandwichs au fromage et des tomates cerise, ils burent le café dont Carole avait empli une Thermos, tout en grignotant des biscuits au chocolat. Jack soupira de bien-être.

— Je culpabilise quand même un peu de prendre du bon temps alors que notre patient a disparu, dit Darcie.

— Nous exploitons au mieux le temps dont nous disposons, répondit Jack très rationnellement.

— Combien de temps allons-nous rester là ? demanda-t-elle en rangeant les restes du pique-nique.

— Darcie, nous sommes arrivés il y a vingt minutes. Notre digestion commence à peine. De toute façon, nous avons droit à des pauses. Même si on en prend rarement, en réalité.

— C'est vrai.

— Raison de plus pour saisir une belle occasion lorsqu'elle se présente. D'ailleurs, nous sommes en train de travailler, d'une certaine façon, puisque nous attendons notre patient.

Elle revint s'adosser au tronc du caoutchouc sous lequel ils avaient déjeuné. Il se tourna vers elle, et caressa doucement sa joue.

— On est bien, non ? demanda-t-il doucement en levant le bras pour l'enlacer.

— Oui, murmura-t-elle, en se blottissant contre lui.

Il se pencha vers elle et l'embrassa. Ses lèvres avaient un goût de café et de chocolat, délicieux et addictif. Il sentit le désir s'emparer de lui. Il avait envie d'elle, et pas seulement de sa bouche. Il voulait s'allonger avec elle sur la couverture, et faire l'amour à l'ombre du caoutchouc, bercé par les seuls bruits de la brousse autour d'eux. Il passa une main sous sa chemise, et caressa la peau douce de sa taille fine.

Puis il laissa glisser ses lèvres le long de son cou pour y déposer de petits baisers.

— Darcie, regarde-moi, dit-il, tandis qu'elle rouvrait les yeux.

Ils demeurèrent un long moment à se dévisager, immobiles.

Une sonnerie de téléphone retentit.

Darcie soupira.

— Maudit soit celui qui a inventé les portables ! s'exclama-t-il.

— Comment communiquerait-on ? En poussant des cris de ralliement ?

— Il faudrait que tu t'entraînes encore un peu, répondit-il en riant, avant de décrocher. Oui, Maggie, je vous écoute.

— Max Alderton s'est blessé au cou. C'est grave.

— Que s'est-il passé ?

— Il était sur sa moto, et a foncé dans un fil de clôture qui barrait le chemin. Louise affirme qu'il a été placé à cet endroit volontairement. Il s'est fait mal au cou. Il saigne sur le côté droit.

— L'artère a-t-elle été touchée ?

— Louise n'est pas sûre. Par chance, Max avait son portable et il l'a appelée. Elle est en train de l'emmener à l'hôpital. Je lui ai conseillé de laisser Max en position assise. Mais je pense qu'il faut l'envoyer au bloc, dès son arrivée.

— Quel est le personnel sur place ?

— Moi. Et providentiellement, un des médecins volants, Brad Kitto, qui vient de ramener une patiente de sa chimio à Brisbane. Il est encore là et opérationnel.

— Est-il qualifié ?

— Hautement, oui.

— Parfait, répondit-il, soulagé. Demandez-lui de se changer. Nous arrivons.

Jack rapporta les nouvelles à Darcie sur le chemin du retour.

— Quelle malchance. Louise pense qu'il s'agit d'un sabotage ?

— C'est ce qu'elle dit. Max travaille à Willow Bend depuis plus de vingt ans. Il est bien placé pour savoir où se trouvent les fils de clôture, et ne pas foncer dedans à moto.

— Il aurait pu se faire…

— Décapiter, oui, poursuivit Jack sans mâcher ses mots. Mais s'il s'agit vraiment de malveillance, c'est consternant.

— On l'emmène au bloc ?

— Oui. Par chance, l'anesthésiste est là. Ainsi qu'un des médecins volants, qui ramène une patiente de Brisbane, où elle était en chimio.

— Ah, ce doit être Heather Young. En général, elle passe la nuit à l'hôpital avant de repartir chez elle.

— Où vit-elle ?

— A Loganlea, à environ deux cents kilomètres d'ici. Ses parents viendront sans doute la chercher demain.

— Quel est son pronostic ?

— Bon, encore qu'avec le cancer on ne soit jamais sûr de rien.

— Je consulterai son dossier, dès que je le pourrai. On devrait arriver dans dix minutes.

Elle soupira.

Jack avait raison : les pauses étaient rares, et leur petite parenthèse magique en pleine campagne paraissait déjà bien lointaine.

8

Jack et Darcie arrivèrent à l'hôpital en même temps que les Alderton. Max était hébété, mais conscient.

— Je n'avais pas besoin de ça..., murmura-t-il.

— Gardez votre énergie, répondit Jack. Nous allons nous occuper de vous.

Il sortit son stéthoscope pour l'ausculter.

— Tout a l'air normal, dit-il au bout d'un instant.

Il retira avec précaution la serviette enroulée autour du cou de Max, et examina la blessure.

— L'aorte est intacte. Vous avez eu de la chance. Darcie, peux-tu me passer la pince, s'il te plaît ?

Elle lui tendit aussitôt l'instrument. Il procédait systématiquement à la fermeture temporaire des plaies.

— Et panser la plaie ?

Elle posa des compresses épaisses conçues pour absorber le sang résiduel.

— Il est prêt à être oxygéné. A quel débit ?

Jack hésita.

— Commençons par huit litres par minute. Nous verrons ce que cela donne.

Elle s'exécuta, appliquant avec Jack la procédure d'urgence, la sonde placée sur le doigt du patient leur permettant de surveiller la saturation en oxygène de son sang.

— Il faut procéder à une épreuve directe de compatibilité, dit Jack.

— Je m'en occupe, dit Natalie qui venait d'entrer.

— Merci, Natalie. Darcie, comment va la plaie ? demanda-t-il tout en préparant une perfusion.

— Elle tient, malgré quelques écoulements. La saturation est de 90 %. Je vais chercher des analgésiques, ajouta-t-elle en jetant un coup d'œil à sa pression sanguine et à son pouls.

Lorsqu'elle revint avec les médicaments, Max était placé sous moniteur cardiaque. Jack ne prenait aucun risque.

Elle injecta la Péthidine et l'antiémétique.

— Son état devrait se stabiliser assez rapidement. Tu peux aller au bloc, Jack.

Et, voyant qu'il hésitait, elle ajouta :

— Je reste ici.

— D'accord, répondit-il en ôtant ses gants. Et, Darcie... Va voir Louise.

— Bien entendu, répliqua-t-elle, agacée.

Comme si elle n'y avait pas déjà pensé !

Darcie retrouva Louise debout, près de la fenêtre de la salle d'attente, fixant un point au loin.

— Lou ?

Elle sursauta avant de se retourner.

— Comment va-t-il ? demanda-t-elle sans préambule.

— Son état est stabilisé. Natalie vient de l'emmener au bloc. Viens t'asseoir. J'ai demandé à Carole de nous apporter du thé.

— Quelle ironie ! Jamais je n'aurais imaginé, quand j'ai fait refaire cette salle d'attente, que je serais l'une des premières personnes à l'utiliser. Il va s'en sortir ?

Darcie hésita. Dans les cas d'urgence, on ne pouvait garantir aucun résultat.

— Jack est un très bon chirurgien.

— C'est bien qu'il soit là, sans quoi il aurait fallu attendre des heures qu'un médecin volant vienne le chercher et l'embarque à des kilomètres d'ici. Sais-tu combien de temps va prendre l'opération ?

— C'est impossible à savoir, tant qu'on n'aura pas déterminé l'étendue et la gravité de sa blessure. Ah, voilà Carole.

— Je vous ai aussi préparé de petits sandwichs, dit Carole, une théière à la main. Je ne savais pas si vous aviez eu le temps de déjeuner.

— Merci, Carole, c'est très gentil de votre part, répondit Louise.

Darcie versa le thé dans les tasses.

— Que s'est-il passé au juste ? Jack me parlait de sabotage.

Louise secoua la tête.

— Je n'arrive pas à croire que quelqu'un ait voulu lui nuire.

— Tu penses qu'il s'agirait d'un de ses employés ?

— Il y a un couple d'ouvriers agricoles, que Max a pris en flagrant délit de vol d'essence. Nous stockons de grandes quantités de gasoil pour les machines et les véhicules de la ferme. Max leur a donné un avertissement, ils se sont excusés, prétendant qu'ils avaient simplement voulu en prendre un peu, pour pouvoir aller danser à Barclay.

— Max les a crus ?

— Il a mis cela sur le compte de la jeunesse. Ils ont proposé de le rembourser, mais il a refusé. Or, il y a deux jours, il les a repris la main dans le sac. A cette différence près que, cette fois, ils remplissaient des bidons — pour les vendre, sans doute. Max a mis fin à leur contrat, et leur a donné une heure pour déguerpir.

— Mon Dieu… Ils se seraient vengés de cette façon ?

— Peut-être. Ils étaient au courant de ses trajets quotidiens, savaient où il se trouvait dans la journée, et à quel moment. Ils ont pu tendre le fil dans la nuit.

— C'est affreux ! As-tu appelé la police ?

— Je leur ai donné les informations que j'avais, et fait

part de mes soupçons. Ils s'occuperont de tirer au clair cette affaire. En ce qui me concerne, je vais m'occuper de Max et tout faire pour qu'il se rétablisse. Vous allez le garder un peu ?

— Oui, au moins quelques jours. Et il devra s'alimenter de soupes et de purées pendant un bon moment. Mais tout devrait rentrer dans l'ordre, dès lors qu'il sera capable d'avaler normalement.

— Tu n'imagines pas le soulagement que j'éprouve à l'idée que Jack et toi soyez là. Et que le bloc soit de nouveau opérationnel. Cela faisait des années...

— C'est une initiative de Jack, répondit-elle en hochant la tête.

Louise regarda sa montre.

— Cela risque d'être long, Lou, tu sais. Veux-tu aller te reposer à l'annexe ? Je viendrai te chercher quand Max sortira du bloc.

— Non, merci. Je préfère rester ici, répondit cette dernière en esquissant un sourire.

Elle posa les yeux sur la pile de magazines, les tasses colorées et la bouilloire.

— C'est ta petite touche personnelle, n'est-ce pas ?

— Il n'y a rien de plus déprimant que de rester assis dans une salle d'attente d'hôpital, en attendant qu'on vienne vous donner des nouvelles de vos proches.

— Tu as l'air dans ton élément, à Sunday Creek, non ?

C'était plus un constat qu'une question. Darcie réfléchit un instant.

— Oui, je me sens bien, ici, répondit-elle simplement.

Et c'était la vérité. Elle se sentait à sa place et en sécurité, bien plus qu'elle ne l'avait jamais été dans sa vie.

— L'arrière-pays me convient... Je sais que cela peut paraître bizarre...

— Non, cela n'a rien de bizarre. C'est ce qui fait que nous sommes là, pour le meilleur et pour le pire. Mais je ne veux pas te retarder, Darcie. Je sais que tu as des milliers de choses à faire, ajouta Louise en prenant un magazine sur la table.

En fin d'après-midi, Darcie rédigea son compte rendu sur Emma Tynan, une adolescente de treize ans, qui venait d'être admise après une crise d'asthme. Son état s'était stabilisé moins rapidement qu'il n'aurait dû.

— Vous savez, Natalie, j'ai l'impression que sa mère fume encore à côté d'elle. Mais, comme toujours, Emma montre une loyauté à toute épreuve, et ne dit rien.

Natalie secoua la tête.

— Parfois, je me demande laquelle des deux est la mère de l'autre.

— Kristy Tynan travaille dans ce café de routiers. Cela ne doit pas être facile, ni pour l'une ni pour l'autre. Savez-vous si le père est dans les parages ?

— Désolée, mais tout ce que je sais, c'est que Kristy et sa fille ont atterri ici il y a deux ans, environ. Elles vivent dans le petit immeuble, près du bowling.

— Pensez-vous qu'Emma est souvent livrée à elle-même ?

— Si sa mère travaille en équipe, elle doit forcément se débrouiller. Mais je ne comprends pas pourquoi elle n'arrête pas de fumer une bonne fois pour toutes.

— Pour certaines personnes, c'est difficile, répondit-elle avec diplomatie. C'est une drogue à laquelle elles s'accrochent, quand elles sont soumises à un grand stress.

Natalie hocha la tête sans grande conviction.

— Je peux augmenter les percussions dans le dos d'Emma, si vous pensez que c'est utile, dit-elle.

— Oui, ça l'est. Merci, Natalie.

— Oh ! Regardez ! Les voilà enfin ! s'exclama cette dernière avec un soupir de soulagement.

Darcie se retourna.

— Oh ! C'est Brad Kitto ? demanda-t-elle, étonnée.

— Je pensais que vous étiez au courant.

Elle secoua la tête.

— Jack m'a simplement dit qu'un médecin volant était là.

Natalie se pencha vers elle avec un air de conspiratrice.

— Brad vous aime bien, murmura-t-elle.

— Brad aime bien la vie, répliqua-t-elle en sentant ses joues s'empourprer.

— Hey ! Dee-Dee ! s'écria Brad en entrant dans le bureau.

Une seconde plus tard, il la serrait chaleureusement dans ses bras.

— C'est bon de te voir !

Jack observait la scène, les sourcils froncés.

Elle se dégagea maladroitement des grands bras de Brad.

— Je n'avais pas compris que c'était toi qui ramenais Heather.

— J'ai soudoyé quelqu'un pour pouvoir faire le voyage, répondit-il en affichant un immense sourire. J'avais trop envie de revenir te voir. Harry est là, aussi.

Harry Liston était l'un des pilotes réguliers des médecins volants.

— Oui, je l'ai vu. Tu fais l'aller-retour ou tu passes la nuit ici ?

— A ton avis ? demanda-t-il en tambourinant sur le bureau. Et si on faisait la fête ? Nous avons apporté du poisson. On pourrait se préparer un barbecue, non ?

— Pourquoi pas..., répondit Darcie dans un petit gloussement.

— Natalie, vous êtes des nôtres ? demanda Brad en épinglant l'infirmière de ses yeux bleus rieurs.

— Désolée, mais je suis prise. Ce soir, je dîne avec mon petit de deux ans.

— Quel domm...

— Où est Louise ? l'interrompit Jack sur un ton sec.

Darcie tourna la tête.

— Elle est là, dans la salle d'attente.

— N'aurait-elle pas été mieux installée dans une chambre de l'annexe ?

Elle se redressa.

— Je le lui ai proposé, répliqua-t-elle. Mais elle a préféré rester ici. Comment s'est déroulée l'opération ?

— Brad vous fera un compte rendu. Pour ma part, je dois parler à Louise, lança-t-il avant de quitter le bureau.

Elle le regarda s'éloigner, tout en se félicitant d'avoir su esquiver les flèches invisibles qu'il venait de décocher. Mais faire des insinuations n'était pas le genre de Jack. Lorsque quelque chose le contrariait, il avait pour habitude d'en parler ouvertement.

Quelle mouche l'avait-elle piqué ?

Elle se tourna vers Brad pour qu'il l'éclaire.

— L'opération s'est mal passée ?

Brad fronça les sourcils.

— On a eu un pépin en plein milieu de l'intervention, mais on l'a résolu. Max va bien, affirma-t-il.

Elle sentit le soulagement la gagner. Pour Max et Louise, bien sûr, mais aussi pour Jack.

Le silence tomba dans le bureau, puis Brad reprit.

— J'ai l'impression que cette intervention était un test pour savoir si le bloc était opérationnel. Mais ne t'inquiète pas, Dee, Jack sait ce qu'il fait. Crois-moi, je sais reconnaître un bon chirurgien, quand j'en croise un.

Jack retint un juron. Darcie et ce Kitto avaient l'air de se connaître intimement.

Etaient-ils amis ? Amants ?

Il secoua la tête, agacé. Cela paraissait inconcevable.

Elle et lui avaient été si proches, quelques heures plus tôt. Ils auraient sans doute fait l'amour dans la nature, si l'hôpital ne les avait pas appelés en urgence. Darcie ne pouvait pas avoir joué la comédie...

Il s'arrêta devant la porte de la salle d'attente, et après avoir pris une profonde inspiration frappa. Il déploya des efforts surhumains pour afficher un sourire. Mais son regard trahissait l'incroyable tourbillon d'émotions qui agitait son esprit en cet instant.

Plongé dans ses pensées, Jack sortit de son bureau et fonça droit dans Darcie.

— Mais que fais-tu encore ici à cette heure-ci ?

Elle se retint de lever les yeux au ciel. A son avis, que faisait-elle à cette heure à l'hôpital ?

— Maggie doit partir. Nous nous assurions simplement que la relève de la nuit est en place.

— Ne devrais-tu pas être à l'annexe, pour accueillir nos visiteurs comme il se doit ?

Elle inspira profondément. Encore des insinuations. Elle devait se montrer professionnelle, puisque, de toute évidence, lui n'en était pas capable.

— Ils sont assez grands pour se débrouiller sans moi. De toute façon, Lauren est là, et il va sûrement y avoir quelques autres personnes, si l'idée de la fête est toujours d'actualité. D'ailleurs, pardonne-moi de te le dire, mais cela ne te ferait pas de mal d'aller te détendre un peu.

— Il faut que je garde un œil sur Max.

— On pourra toujours te prévenir. L'annexe est à deux minutes.

— C'est bon. Je vais rester un peu avec Louise.

Elle recula d'un pas, ayant soudain besoin d'espace.

— Peux-tu me dire ce qui ne va pas ?

— Que veux-tu dire par là ?

Jack croisa les bras dans un geste défensif, avant de s'adosser contre le mur, le regard assombri.

— Tu es en colère. Et distant, que ce soit avec moi ou avec

Brad. Il me semble que tu devrais être content qu'il ait été là aujourd'hui, pourtant.

— Je n'ai aucun problème avec Brad.

Elle retint un soupir d'agacement. Décidément, cette conversation ne menait nulle part. Mieux valait parler d'autre chose.

— Louise veut rester ici, cette nuit. L'annexe est déjà remplie...

— Elle connaît les gérants de l'hôtel, elle a réservé une chambre là-bas. Mais elle veut passer encore un peu de temps avec Max.

— Et ensuite ? Tu nous rejoins à l'annexe pour dîner avec nous ?

— Ne m'en veux pas, Darcie, mais je vais rester ici. La journée a été rude, même si on s'en est sortis !

Elle le regarda, désemparée. Mais à quel prix ? Il émanait de lui une tension qu'elle n'avait jamais perçue auparavant.

S'il voulait bien la laisser faire, elle saurait comment chasser son stress en un tournemain. Mais, à sa façon de se comporter ce soir, il était sans doute préférable pour tout le monde qu'il aille faire la conversation à Al Capone.

Elle se redressa et, afin qu'il n'y ait aucune ambiguïté, déclara :

— Puisque tu préfères travailler ce soir, je serai là, demain matin, à la première heure, pour les soins de Max.

Jack termina ses visites, satisfait. L'état de Max était stable. On l'avait installé dans une chambre individuelle, sous la surveillance d'Ursula Cabot, l'infirmière de nuit.

Dans ce cas, pourquoi n'était-il pas avec les autres à l'annexe, en train de faire la fête ?

Il soupira. Parce qu'il était têtu et préférait se complaire dans une jalousie qu'il s'était fabriquée lui-même.

Il émit un nouveau soupir de frustration, tout en se dirigeant vers la cuisine de l'hôpital. Dix minutes plus tard, il plantait mollement sa fourchette dans une assiette de restes de la veille, en s'efforçant d'ignorer les arômes de crevettes et de poisson au barbecue qui parvenaient à ses narines par la fenêtre entrouverte.

De toute évidence, la petite fête battait son plein. Il repoussa son assiette.

Il n'était qu'un idiot, décidément !

Il s'était comporté comme un crétin avec Darcie. Mais comment pouvait-il supporter de voir un autre homme la prendre dans ses bras ? C'était au-dessus de ses forces.

Il déambula jusqu'au bureau des infirmières. La nuit était tombée, sans qu'il s'en aperçoive.

Ursula Cabot était penchée sur des mots croisés, faiblement éclairés par une lampe.

— Voulez-vous une tasse de thé, Ursula ?

— Non, merci. J'en ai déjà trop bu. Vous devriez aller vous reposer, Jack. Rentrez. J'ai l'impression qu'il y a de l'ambiance à l'annexe, non ?

— Je préfère rester là. Max Alderton a subi une intervention lourde, aujourd'hui.

— C'est précisément pourquoi je suis là, répondit-elle d'un ton sec. J'ai vérifié que tout allait bien il y a cinq minutes, et je continuerai à le surveiller toute la nuit. Vous n'avez pas besoin de rester, docteur Cassidy. En cas de besoin, je vous appellerai.

— Vous me jetez dehors, dit-il en souriant.

— En quelque sorte… Allez, filez. On dirait qu'on danse, là-bas. Allez vous amuser ! Allez faire danser Darcie. Je suis sûre qu'elle ne demande que ça.

Jack sortit de l'hôpital, d'un pas lent, la tête pleine de pensées contradictoires. Allait-il se montrer à la fête ? Rien n'était moins sûr. Lorsqu'il ouvrit le portail, Al Capone vint à sa rencontre.

— Salut, toi, dit-il en le grattant derrière les oreilles.

Apparemment satisfait de cette petite démonstration d'affection, le chien remua la queue avant de retourner se coucher.

Il monta les marches. Les accents langoureux d'une chanson de Norah Jones parvinrent à ses oreilles. « Come away with me. » Brad Kitto était-il en train de demander à Darcie de le suivre ? Et que répondrait-elle ?

Il n'avait aucune envie de le savoir.

Il évita la terrasse, sur laquelle étaient regroupés les invités, et fila tout droit dans sa chambre.

Allongé sur son lit, les bras croisés derrière la nuque, il scruta le plafond en quête de réponses à ses interrogations. Mais la seule image qui se présentait à son esprit, c'était l'expression perplexe et ennuyée de Darcie. Elle n'avait pas compris pourquoi il réagissait de cette façon. D'ailleurs, le savait-il lui-même ?

Que lui avait-il pris ? Son histoire avec Zoe avait-elle détruit à ce point sa confiance en les femmes ?

Il roula sur le ventre, et enfonça son visage dans l'oreiller. Il fallait qu'il croie en l'authenticité de ce que Darcie et lui avaient partagé.

Qu'il essaie, en tout cas.

9

Darcie déambula dans la maison silencieuse, à la recherche de Jack. Elle le trouva dehors, dans le jardin illuminé par le soleil matinal, assis à la table de bois, une tasse de thé entre les mains. Al Capone était couché à ses pieds.

— Bonjour, dit-elle en descendant les marches.

Jack leva la tête.

— Je pensais que tu en profiterais pour dormir, reprit-elle en tirant une chaise.

Il était à peine 7 heures.

— J'ai dormi. Comment ça va, à l'hôpital ?

— Max a eu mal. Brad a augmenté la dose d'antalgiques. A part ça, la nuit a été calme.

— Notre médecin volant s'est envolé ? demanda-t-il.

Elle crut déceler de la moquerie dans son regard.

— Il est parti depuis un petit moment. Harry et lui ne voulaient pas traîner. Nous nous sommes levés avant 5 heures.

Elle l'observa. Il avait l'air distant, fermé.

— Que vas-tu faire de ta journée de congé ? demanda-t-elle.

— Je n'ai pas l'intention de prendre ma journée.

Elle prit une profonde inspiration, et décida de se jeter dans la gueule du loup :

— Tu te comportes comme un ado qui fait la tête, Jack. Je sais que tu es le directeur et que c'est toi qui décides, mais je pense que ce serait bien que tu ailles te changer les idées. Je suis tout à fait à même de gérer cet hôpital en ton absence.

Et, sans lui laisser le temps de parler, elle reprit :

— Il y a des cannes à pêche dans le garage. Bunbilla Crossing est un très bel endroit pour démarrer.

— Et c'est une Londonienne qui me parle.

Elle refusa d'entrer dans son jeu et poursuivit :

— Prends Al Capone, puisque, de toute évidence, tu préfères sa compagnie à la nôtre.

Elle se leva, poussant sa chaise sous la table.

— Et rapporte-nous du poisson assez gros pour qu'on puisse en faire notre dîner.

Darcie examina la plaie de Max.

— Tu as l'air en forme, Max, dit-elle. Il faudra voir comment tu déglutiras d'ici un jour ou deux, mais pour l'instant l'évolution de ton état est satisfaisante.

— Merci, articula-t-il avec une peine manifeste.

Elle posa sa main sur son avant-bras, et le serra affectueusement.

— Lauren va refaire ton pansement. Quant à Jack, il viendra te rendre visite demain matin.

Elle salua son ami, et retourna au bureau des infirmières.

— Darcie ! l'appela Maggie. Jack au téléphone.

— Jack ? demanda-t-elle, le cœur battant, en prenant le combiné.

— Le dîner sera prêt dans un quart d'heure, dit Jack. Tu peux venir ?

— Le temps de tout boucler, et j'arrive.

— Super. A tout de suite.

— Jack... Tu es allé à la pêche ?

— Bien sûr que je suis allé à la pêche. Viens vite, je t'attends.

Jack raccrocha en souriant. Darcie avait raison. Il avait besoin de prendre l'air. Le simple fait de sortir, ne serait-ce que quelques heures, de l'enceinte de l'hôpital, l'avait revigoré. Il avait même nagé dans la rivière, et avait pris le soleil.

Et il avait pêché.

Décidément, il avait passé une journée de congé très agréable. Darcie avait compris ce dont il avait besoin, et il lui en savait gré.

Comme il lui tardait de la voir !

Le soulagement qu'éprouva Darcie lui donna des ailes. Elle avait eu peur d'avoir dépassé les bornes, mais Jack avait manifestement écouté sa suggestion, et était allé se changer les idées. D'ailleurs, il semblait avoir recouvré sa joie de vivre. Et elle était communicative.

Elle monta sur la terrasse de bois qui longeait l'arrière de la maison.

— Coucou ! dit-elle en passant la tête par la fenêtre de la cuisine.

— Coucou ! répondit Jack en levant la tête du plan de travail.

— Peux-tu patienter encore trois minutes, le temps que je prenne ma douche ?

— Prends ton temps. Je commencerai la cuisson quand tu seras là.

Elle prit sa douche en un temps record puis, hésitant un moment devant sa garde-robe, elle renonça à sa sempiternelle tenue à toute épreuve (pantalon de treillis-T-shirt), et opta pour une petite robe d'été à fleurs. Elle avait envie de se faire belle pour Jack, de lui plaire. Le simple fait d'avoir enfilé cette robe lui donnait le sentiment d'être féminine. Mais aussi...

Désirable ?

Elle scruta son reflet dans le miroir. Qu'y avait-il entre Jack et elle ? Ils n'en avaient jamais parlé ouvertement, et pourtant ils étaient liés par une alchimie indéniable.

Elle se coiffa, décidant de laisser ses cheveux détachés. Puis elle sortit de sa chambre et, passant devant la salle à manger, s'arrêta net.

— Darcie ? Tu es prête ? appela Jack.

— J'arrive ! répondit-elle en accourant dans la cuisine.

Jack la déshabilla littéralement du regard.

— On dîne dans la salle à manger ?

— Dans une partie, du moins.

Il avait dressé le couvert pour deux à une extrémité de la longue table de réfectoire.

— Puis-je me rendre utile ? demanda-t-elle en le dévorant des yeux.

Elle connaissait désormais son visage par cœur, ses yeux bleus rieurs et francs, ses cheveux bruns toujours un peu en désordre, ses traits affirmés et virils, sa bouche, irrésistiblement sensuelle...

— Veux-tu nous servir un verre de vin ? Il y a une bouteille de Riesling au frais. Je pense qu'il s'accordera bien avec le poisson. Et Laura nous a laissé de la salade.

— C'est gentil de sa part. Comment cuisines-tu le poisson ?

— J'ai levé les filets, que je vais juste faire dorer à la poêle. Tu aimes ?

— Je suis sûre que ce sera délicieux.

De fait, ce fut délicieux.

— C'est le meilleur repas que j'ai fait depuis des semaines, dit-elle après avoir fini son assiette.

— Et le poisson au barbecue d'hier soir ? demanda-t-il en finissant son verre.

— Pas mal. Mais ce n'était pas la même chose.

— Dans quel sens ?

— Dans le sens où, ce soir, tu as cuisiné spécialement pour moi. Non ?

— Tu le méritais amplement. Vu la façon dont je me suis comporté hier, tu aurais pu mille fois t'enfuir.

— M'enfuir ? Pourquoi aurais-je fait une chose pareille ? De toute façon, j'ai un contrat de travail. Alors, à moins que vous me licenciiez, docteur Cassidy, je n'ai pas l'intention de partir.

— Et… Quand vas-tu revoir Brad ?

— Je ne sais pas. Mais il a prolongé son contrat en Australie, alors j'imagine qu'on va le revoir de temps en temps.

— Vous avez l'air assez… proches.

Elle le regarda et comprit tout à coup les raisons de son humeur exécrable.

— Ce qui t'a permis de te faire un jugement à l'emporte-pièce, répliqua-t-elle en sentant la chaleur lui monter aux joues. Je te signale que je n'ai pas pour habitude de collectionner les aventures avec les hommes. Tu ne me connais pas encore très bien, mais tu devrais au moins avoir compris ça.

Jack tendit la main vers elle.

— D'accord, d'accord. J'admets avoir été jaloux. Je suis désolé d'avoir réagi de la sorte. Je savais, dans le fond, que ce n'était pas ton genre, mais je ne pouvais pas m'empêcher de penser que…

Il s'interrompit. Elle le regarda dans les yeux. Cet homme n'avait donc pas spontanément confiance en les femmes.

— Quel genre de relation tu as eu avec ton ex ? demanda-t-elle, tout de go.

Il la regarda avec des yeux ronds.

— Je n'ai pas envie d'en parler.

Elle secoua la tête.

— On peut donc parler librement de mes relations avec les hommes, mais en aucun cas des tiennes avec les femmes, c'est cela ?

Jack la regarda, hésitant, avant de pousser un gros soupir.

— Tu veux que je te parle de mon ex ? Ici ? Maintenant ?

— L'endroit n'a aucune importance. Par contre, la parole en a une.

Il demeura quelques instants silencieux, avant de commencer.

— Elle s'appelle Zoe. Nous nous sommes rencontrés à Sydney, par l'intermédiaire d'amis communs. Le coup de foudre. Très vite, nous nous sommes installés ensemble. Nous menions une vie intense, notamment grâce à nos métiers. C'est sans doute ce qui nous a évité de tomber dans la routine.

— Mais vous aviez des vies professionnelles très différentes ?

— Oui. A l'époque, Zoe travaillait beaucoup au théâtre, donc surtout la nuit. Moi, principalement dans la journée. Au début, cela ne nous dérangeait pas. Nous nous retrouvions avec d'autant plus de plaisir.

Surtout au lit, sans doute. Elle éprouva un sentiment de rejet envers cette femme qui avait apparemment mené Jack par le bout du nez.

— Zoe voulait tenter sa chance en Angleterre, reprit Jack. Comme je n'envisageais pas que nous nous séparions, j'ai postulé là-bas. Il a fallu un peu de temps pour organiser mon départ, et Zoe est partie vivre à Londres trois mois avant mon arrivée.

— Mais vous étiez restés en contact ?

— Bien sûr. Quoique, avec le recul, je me dis maintenant que c'était surtout moi qui l'appelais. Elle me disait qu'elle faisait le tour des castings, je comprenais le temps et les efforts que cela exigeait. Puis, presque au même moment, elle a décroché un rôle, et j'ai obtenu mon poste. Je l'ai prévenue de ma venue.

Elle sentit son cœur se serrer à l'idée du soulagement et de l'impatience que Jack avait pu éprouver. Elle tendit la main par-dessus la table. Il la prit dans la sienne, et la fixa. .

— Tu peux t'arrêter, si tu veux, Jack. Je crois que j'ai compris...

— Je suis arrivé à Londres un jour plus tôt que prévu, reprit-il, ignorant sa remarque. J'ai foncé chez elle. Quand elle a ouvert la porte, j'ai compris que je n'étais pas attendu. Et c'est un euphémisme.

— Elle n'était pas seule ?

— Non. Je ne les ai pas surpris au lit, mais pas loin. Elle était en nuisette, et lui fumait un de ces cigares dégoûtants. J'ai eu envie de faire sauter l'appartement et lui avec.

— Et ? Vous n'avez pas discuté ?

Elle se mordit la lèvre. Cela dit, elle non plus n'avait pas pris le temps de parler avec Aaron. Elle avait coupé les ponts et sauté dans le premier avion à destination du bout du monde.

— Il n'y avait pas grand-chose à dire. Nous nous sommes revus un peu plus tard. Zoe m'a simplement dit qu'elle était passée à autre chose, que Simon était un acteur, qu'il comprenait ses besoins... Ce que, de toute évidence, je n'avais pas su faire, ajouta-t-il, l'air blessé.

— Tu as dû être détruit.

Elle vit sa mâchoire se contracter, puis il répondit :

— J'ai fini par tourner la page. Je n'avais pas le choix.

Elle hocha la tête. A l'évidence, la souffrance n'avait pas complètement disparu.

— Tu ne dois pas avoir un bon souvenir de l'Angleterre.

Il ne répondit pas.

— Si nous avions été ensemble, reprit-elle, tu aurais sans doute adoré ! Je t'aurais montré toutes les belles choses qui rendent ce pays si unique.

Le silence retomba entre eux.

— Je suis désolé que tu aies dû quitter l'Angleterre, dit-il enfin doucement en la fixant de son regard bleu, doux comme une caresse.

— Ne sois pas désolé. C'est la vie ! répondit-elle, un sourire un peu forcé sur les lèvres.

Elle se leva.

— Que dirais-tu d'une tasse de thé ?

Jack sentit sa gorge se serrer. Il avait tellement envie de la prendre dans ses bras et de l'embrasser ! Mais il se ressaisit.

— Excellente idée ! répondit-il en la regardant remplir la bouilloire. Et... Darcie ?

Elle se retourna.

— Merci pour la conversation. Et merci pour l'idée de la pêche.

Ils prirent leurs tasses, une assiette de chocolats, et sortirent dans le jardin.

— Nous commençons à avoir nos petites habitudes, dit-elle en s'installant dans le fauteuil.

— On est si bien, ici. J'adore écouter les sons de la nuit. Tu les reconnais, maintenant ?

— Presque tous. Mais le cri des dingos en pleine nuit continue à me faire peur. Heureusement qu'ils ne s'approchent pas trop des maisons.

— Ils s'approchent seulement, quand ils ne trouvent plus de petits animaux à chasser dans la nature.

— Je risque donc de tomber sur un dingo un jour sur la terrasse ?

Jack se mit à rire.

— Il y a peu de chance. Et quand bien même : il serait plus effrayé que toi !

— J'espère, dit-elle sans grande conviction.

— Darcie, ce sont des chiens, pas des loups. Et les gardes forestiers répertorient les lieux où ils se trouvent, il n'y a donc pas à s'inquiéter.

Le silence retomba.

— Je peux parler un peu de travail ? demanda-t-il au bout d'un moment.

Elle émit un petit rire.

— Je me retenais, afin que tu aies une vraie journée de congé.

— J'ai eu une vraie journée de congé. Une excellente journée, ajouta-t-il, les yeux emplis de reconnaissance.

— Alors, par quoi commençons-nous ? demanda-t-elle.

— Comment va Max ?

— Il se rétablit bien. Il a presque arrêté les antalgiques. Je lui ai dit qu'il pourrait peut-être bientôt recommencer à manger.

Il fit une grimace.

— Je préférerais attendre. Brad t'a parlé de l'intervention ?

— Un peu. Il a surtout loué tes qualités de chirurgien.

— C'est aimable de sa part. Mais c'était une vraie collaboration. Brad a une perception tellement instinctive de la médecine.

— C'est sans doute ce qui fait de lui un excellent médecin volant.

— Sans doute. Cela dit, l'intervention de Max m'a fait réfléchir.

— Dans quel sens ?

— Je pense qu'il faut définir plus clairement quel genre d'opérations on peut effectuer ici. D'ailleurs, il faut que tu aies conscience que jamais je n'aurais opéré Max, s'il n'y avait pas eu d'anesthésiste qualifié. Je l'aurais envoyé dans un autre hôpital. Tu avais raison d'être circonspecte. Je me suis montré arrogant dans ma façon de considérer qu'on pouvait procéder à toutes sortes d'interventions ici.

Elle le dévisagea, étonnée. Il avait dû prendre sur lui pour faire une telle déclaration.

— Mais tout s'est bien passé, Jack, lui répondit-elle d'un ton rassurant.

— Cette fois-là, oui. Mais sache que je ne te mettrai jamais plus en porte-à-faux sur le plan médical, Darcie. En d'autres termes, nous n'effectuerons ici que les interventions chirurgicales les plus simples. Et nous déciderons ensemble, si nous pouvons opérer ou s'il est préférable d'envoyer les patients dans d'autres structures.

— Merci, Jack. Mais je pense que nous devons en parler devant le conseil. Pour Louise, il allait de soi que Max fût opéré ici. Elle était soulagée de ne pas avoir à l'emmener à des dizaines de kilomètres de là.

Jack haussa les épaules.

— Dans ce cas, nous pourrons lui en toucher un mot en privé. Quant aux autres membres du conseil, ils devront avoir conscience que c'est nous qui avons l'entière responsabilité des protocoles médicaux.

Elle hocha lentement la tête. C'était exactement ce qu'elle voulait dire, lorsqu'elle avait émis des réserves sur l'ouverture du bloc à l'hôpital. Mais, loin de lui en vouloir, elle était satisfaite qu'ils tombent d'accord sur ces questions.

— L'hôpital et les habitants de Sunday Creek ont beaucoup de chance que tu sois là, Darcie.

— Pff ! émit-elle, balayant l'air de sa main, l'hôpital ne fonctionne que parce que nous sommes une équipe. Bon, je vais faire la vaisselle.

Il la regarda en souriant.

— A-t-on des nouvelles de David Campion ? demanda-t-il.

Elle secoua la tête.

— J'espère qu'on va le voir arriver bientôt, dit-elle en se levant.

— Laisse, je mettrai tout dans le lave-vaisselle plus tard,

— Mais tu as déjà préparé le rep...

Elle n'eut pas le temps d'achever sa phrase que Jack se tenait devant elle, et l'avait prise dans ses bras.

— Tu sais, Jack, tout à l'heure... Je ne voulais pas être indiscrète.

— Je sais. Cela m'a fait du bien de te parler. Merci de m'avoir si bien écouté.

— Je voulais juste...

Il posa ses lèvres sur les siennes.

— Tu as la bouche la plus sexy du monde, dit-il d'une voix légèrement rauque, avant de l'embrasser avec fougue.

Elle eut un petit gémissement. Elle se sentit soudain légère, comme si l'amour et le désir s'étaient unis en une seule et même urgence, faisant battre son cœur, parcourant ses veines. Elle sentit les mains de Jack l'attirer contre lui. Les courbes de leurs deux corps se rapprochèrent, les creux et les pleins s'ajustant dans un accord parfait.

Puis Jack se détacha d'elle, lui laissant une impression de vide et de froid. Autour d'eux, la nuit était tombée, et les cigales s'étaient remises à chanter frénétiquement. L'air était chargé du parfum citronné des arbres à thé.

— Si on rentrait ? suggéra-t-il, les yeux emplis de désir.

Elle sentit les battements de son cœur s'accélérer. Les paroles de Jack étaient sans équivoque. De plus, l'annexe était vide et personne ne viendrait les déranger, quoi qu'ils aient prévu de faire...

— J'ai envie de toi, dit-il en se rapprochant d'elle.

— Jack...

Il la prit dans ses bras, et la serra fort. Une vague de désir monta en elle, et elle passa les mains autour de son cou. Elle aussi avait envie de lui, terriblement.

Mais une petite voix envahit son esprit. Qu'allait-il se passer une fois qu'ils auraient franchi cette étape ? Il n'y aurait plus de retour en arrière possible. Les choses ne pourraient plus jamais être simples entre eux. Et si cela se passait mal ? Elle ne pourrait aller se cacher nulle part.

Elle recula.

— Jack, je pense que nous ne devrions pas précipiter les choses.

— Précipiter les choses ? Cela fait des semaines que nous avons envie l'un de l'autre.

Elle baissa les yeux. Elle ne voulait pas qu'il voie sa vulnérabilité.

— Tu as peur ? demanda-t-il, comme s'il lisait dans ses pensées.

Elle leva les yeux.

— Tu m'en veux ?

— Non. J'en veux à ce crétin qui a abîmé ta confiance. Mais il faut que tu aies confiance, Darcie, en toi comme en moi.

Son cœur se serra, et elle ferma les yeux. Elle voulait faire partie de la vie de Jack, et qu'il fasse partie de la sienne. Et, pourtant, quelque chose la retenait d'accepter.

— J'ai besoin de temps, Jack.

— De temps pour quoi ? demanda-t-il sans rancœur. Pour réfléchir et tourner le problème cent fois dans ta tête ? Pour imaginer tous les scénarios catastrophes possibles ? Allez...

— Allez quoi ? répliqua-t-elle sèchement. Tu veux des solutions immédiates mais, je suis désolée, je ne suis pas à même de te les apporter.

L'atmosphère était soudain devenue lourde et inconfortable.

— Nous travaillons ensemble.

— Et alors ? Cela signifie-t-il que nous n'avons pas droit à une vie privée, en dehors de notre travail ?

Il passa une main nerveuse dans ses cheveux.

— Tu sais, Jack, je ne cherche pas à me fâcher avec toi, dit-elle.

— Je sais.

— J'ai envie d'avancer avec toi.

— Je sais, excuse-moi. Que pouvons-nous faire pour repartir d'un bon pas ?

Elle le regarda, et ses doutes s'évanouirent comme par magie. Sa sincérité était indéniable. Elle avait face à elle un homme mûr et réfléchi, en qui elle pouvait placer sa confiance.

— Je propose que nous nous embrassions, dit-elle doucement.

Jack ne se le fit pas dire deux fois. Il se pencha vers elle pour déposer un baiser sur ses lèvres. Puis, très lentement, il recula.

— Alors fais de beaux rêves, murmura-t-il en posant sur elle son regard clair et doux.

10

Son état s'améliorant de jour en jour, Max fut autorisé à sortir au bout de deux semaines. David Campion avait, quant à lui, fini par revenir à l'hôpital pour se faire soigner, et suivait les conseils de Jack pour avoir une meilleure hygiène de vie.

Darcie sourit en remplissant le dossier médical d'Emma Tynan dans le bureau des infirmières. La vie était belle en ce moment… Même s'ils n'en avaient pas reparlé depuis le jour où Jack était allé pêcher, elle avait l'impression que leur relation avait atteint une sorte d'équilibre.

Tout était possible… Cette pensée lui mit du baume au cœur. Maintenant, que pouvait-elle faire de plus pour Emma ?

— Darcie…

— Oh ! Carole, dit-elle en sortant de ses réflexions. Excusez-moi, je ne vous avais pas vue. J'étais dans mes pensées.

— Je vous en prie. Je me demandais simplement… Comme c'est calme, aujourd'hui, je voulais savoir si je pouvais vous parler un moment.

— Bien sûr ! Venez, allons dans mon bureau, nous y serons plus tranquilles.

Elle montra le chemin, espérant que Carole ne soit pas souffrante.

— Je ne vais pas tourner autour du pot, dit celle-ci, une fois qu'elles se furent installées. Je voudrais vous donner ma démission.

— Oh… Il n’y a rien de grave ? Je veux dire : vous n’êtes pas malade, au moins ?

— Non, non. C’est que ma fille et mon gendre m’ont demandé d’aller vivre avec eux à Brisbane. Ben est souvent absent à cause de son travail, et ma fille se retrouve seule pour s’occuper des deux petits.

— Vous allez lui donner un coup de main.

— Oui, j’ai envie de profiter de mes petits-enfants. Ils grandissement tellement vite !

— Je comprends. Quand souhaiteriez-vous partir ?

— Eh bien… Dès que vous aurez trouvé quelqu’un pour me remplacer. Mais, ne vous inquiétez pas, je ne vais pas vous laisser dans la panade, ajouta-t-elle, l’air un peu gêné.

— Vous allez nous manquer, Carole. Mais la famille doit rester une priorité, quand c’est possible.

— C’est ce que je pense aussi, répondit cette dernière en se levant. Vous aussi, vous allez me manquer.

— Nous organiserons un petit repas pour fêter votre départ. C’est nous qui cuisinerons, évidemment !

— Oh ! C’est très gentil. Cela me touche, Darcie. Merci beaucoup.

Après avoir salué Carole, elle se dirigea vers le bureau de Jack.

— Bonjour, dit-il en lui adressant un grand sourire.

— Tu es rentré tard, hier soir, je voulais savoir comment cela s’était passé.

Le centre médical de proximité avait ouvert la veille.

— L’information avait circulé. Nous avons été débordés. Beaucoup de patients sont venus pour un suivi médical. Heureusement que Maggie était là. Je ne m’en serais pas sorti sans elle.

— Tu vas l’emmener chaque fois ?

— Pour le moment, oui. J’imagine que les autres infirmières vont vouloir venir y travailler aussi.

— Et moi aussi, n’oublie pas !

— Vous aussi, docteur Drummond. Maggie a dressé une liste de tout ce qui manque, pour que les patients soient mieux accueillis.

— Parfait. J'irai lui parler. Ah, à propos, je viens de voir Carole, qui va nous quitter. Il faut lui trouver un, ou une remplaçante.

— Oh ! Non ! s'écria Jack d'un air dramatique. J'adorais les spaghettis bolognaise de Carole !

— J'ai aussi une bonne nouvelle : les travaux dans la maison prévue pour le directeur de l'hôpital sont terminés.

— Oui, je sais. Louise m'a donné les clés.

— Très bien. Alors, tu peux emménager quand tu veux.

Jack la dévisagea un instant.

— J'y penserai, répondit-il enfin, avec un enthousiasme modéré.

En réalité, il n'était pas pressé de quitter sa chambre dans l'annexe. La maison du directeur était une maison idéale pour un couple avec des enfants, un chien et tout ce qui va avec. Il sentait qu'il allait y tourner en rond comme une âme en peine. Pourquoi n'y logeait-on pas une famille, plutôt que lui tout seul ?

— Meg McLeish s'occupera du ménage, dit encore Darcie. Tout ce que tu as à faire, c'est d'apporter tes affaires.

Jack la regarda de nouveau.

— On cherche à se débarrasser de moi, docteur Drummond ?

— Ce n'est pas parce que tu vas habiter là-bas que nous ne pourrons plus nous voir.

— Tu as raison. Nous avons laissé certaines choses en suspens, si mes souvenirs sont bons.

Elle se leva en rougissant.

— Si tu veux de l'aide pour transporter tes affaires, je suis dans les parages, dit-elle avant de sortir du bureau.

Darcie reprit le chemin du bureau des infirmières, pensive. Elle y trouva Maggie, qui prenait la relève pour la nuit.

— Jack t'a dit qu'il fallait faire quelques aménagements dans le centre médical ? demanda cette dernière.

— Oui, mais je voudrais d'abord te parler d'autre chose, répondit-elle en prenant une chaise. Que sais-tu de la situation personnelle de Kristy Tynan ?

— Je sais qu'elle travaille dur. Qu'elle est ici depuis deux ans, qu'elle est divorcée et vit seule avec sa fille Emma.

Elle se mordilla la lèvre inférieure.

— Je ne veux pas avoir l'air de me mêler de ce qui ne me regarde pas, Maggie, mais il se trouve que Carole va partir, pour des raisons familiales.

Maggie la scruta un moment.

— Tu te demandes si Kristy Tynan pourrait prendre sa place ?

— Quelle intuition ! s'exclama-t-elle en riant.

— Si tu savais comme ça énerve mes garçons ! Mais trêve de plaisanterie : je pense que Kristy serait ravie de pouvoir quitter ce relais de routiers. Elle a des horaires impossibles.

Darcie consulta sa montre.

— Je crois que je vais aller lui parler. Plus vite nous aurons trouvé quelqu'un, plus vite Carole pourra rejoindre sa fille.

— L'hôpital serait un meilleur cadre de travail pour elle, c'est certain. Sans compter que cela pourra peut-être la motiver pour arrêter de fumer, ajouta Maggie d'un air entendu.

— Tu lis dans les pensées ! répondit-elle.

Darcie entra dans le relais routier, et se dirigea vers ce qui semblait être la salle à manger.

— Je peux vous aider ? demanda un jeune homme qui essuyait les tables.

— Je cherche Kristy Tynan.

— Je l'appelle tout de suite.

Quelques instants plus tard, les portes battantes de la cuisine s'ouvrirent, et Kristy apparut. Elle reconnut Darcie, et se précipita aussitôt, l'air inquiet.

— C'est Emma ?

— Non, non, Emma va bien. Je suis désolée de vous avoir alarmée. Je suis venue vous voir pour autre chose. Un poste de cuisinière se libère à l'hôpital, et je me demandais si vous seriez intéressée.

Kristy la regarda d'un air interrogateur, tout en essuyant ses mains sur son tablier.

— Je ne comprends pas...

— Vous avez deux minutes ? Y a-t-il un endroit où nous pourrions parler tranquillement ?

— C'est l'heure de ma pause, répondit la jeune femme en dénouant son tablier. Sortons sur la terrasse.

— Vous devrez établir les menus, mais cela n'a rien de compliqué, à part les rares fois où un patient suit un régime particulier.

— Ça, je sais faire, dit Kristy avec enthousiasme. En fait, j'ai fait deux ans d'apprentissage chez un chef à Sydney. Mais ensuite je me suis mariée, nous avons déménagé, j'ai eu Emma...

Elle baissa les yeux.

— Maintenant, je suis divorcée. Je vis seule avec ma fille.

— Vous aurez des horaires plus confortables à l'hôpital. Et je pense qu'Emma pourrait vous rendre visite dans la cuisine. Vous pourrez prendre vos repas ensemble. Je crois aussi que le bus scolaire s'arrête devant l'hôpital.

Kristy soupira.

— Cela me paraît trop beau pour être vrai, répondit-elle.

— Rassurez-vous : c'est vrai. Carole, notre cuisinière, doit partir, et nous devons la remplacer le plus vite possible.

— Mais... il faut que je vienne passer un entretien, non ?

— Considérez que c'est fait, répondit Darcie en souriant.

Il faut simplement que j'informe le conseil d'administration, et que vous leur donniez quelques références.

— D'accord.

— Bien. S'il n'y a pas de contretemps, le poste est à vous.

— Oh...

Kristy essuya ses yeux, soudain remplis de larmes.

— Merci, docteur. Vous n'imaginez pas ce que cela signifie pour Emma et pour moi. Merci d'avoir pensé à moi.

— Quand je suis arrivée à Sunday Creek, les gens m'ont beaucoup aidée, dit-elle. Je ne fais que passer le relais.

Plus tard dans l'après-midi, Jack partit à la recherche de Darcie. Elle se trouvait dans la salle de consultation, où elle suturait la main d'un homme qui s'était blessé en déchargeant des poutres métalliques sur un chantier.

— Puis-je te parler quand tu auras terminé ? demanda-t-il.

— Je n'en ai plus pour longtemps. Je te retrouve dans ton bureau ?

— Merci.

— Que se passe-t-il ?

Jack se leva, et la regarda d'un air penaud.

— Heu... Si tu as le temps... Pourrais-tu venir avec moi jeter un œil à la maison, s'il te plaît ?

— Tu n'y es pas encore allé ? demanda-t-elle, incrédule.

— Rien ne presse. Mais veux-tu bien m'accompagner ?

— D'accord. Je vais juste en informer Maggie. Ah, au fait, j'ai peut-être trouvé notre prochaine cuisinière. Je suis allée voir Kristy Tynan. Je pense que cela pourrait fonctionner.

— Bien joué, docteur Drummond. C'est une bonne nouvelle, pour Kristy et Emma comme pour nous.

— Je vais en parler à Louise, afin qu'elle se charge de son contrat. Et Carole pourra rejoindre sa fille !

— Oh ! Ils ont aussi repeint l'extérieur ! s'exclama Darcie, tandis que Jack garait sa Land Rover devant la maison.

Jack regarda la façade en silence.

— Allez viens ! Allons visiter l'intérieur, dit-elle sur un ton d'encouragement.

Ils entrèrent dans la maison qui sentait la peinture fraîche, et firent le tour du salon, de la cuisine et des chambres, toutes équipées de salles de bains attenantes.

— On reconnaît bien la patte de Louise, dit-elle. C'est clair, lumineux ! Magnifique !

— Et qu'est-ce que je vais faire de tout cet espace ?

— Y vivre, je présume.

Il lui décocha un regard dépité, et elle ne put s'empêcher d'esquisser un sourire.

— Je ne vais tout de même pas être obligé d'organiser des réceptions, en tant que directeur de l'hôpital ! Du genre apéritif dînatoire avec tout le gratin de la ville…

— Ne sois pas ridicule ! Et regarde ! s'exclama-t-elle en ouvrant des portes, Meg a rempli les placards.

— Je n'ai pas besoin de tout cela ! reprit-il.

— Cela fait partie des privilèges de ta fonction. C'est dans ton contrat.

— Penses-tu qu'Al Capone acceptera de me suivre jusqu'ici ?

Elle soupira. S'il le pouvait, Jack ferait venir un troupeau de kangourous, pour ne pas se retrouver seul dans cette maison. Et même elle, qui sait ?

Elle le regarda en coin. Peut-être, un jour…

Son téléphone retentit au fond de sa poche.

— Excuse-moi, dit-elle avant de décrocher. Bonjour, Lou ! Jack et moi sommes justement dans la maison. Elle est magnifique ! Pardon ?

Elle marcha jusque sur la terrasse, tout en écoutant son interlocutrice.

Puis elle raccrocha et demeura immobile un moment.

— Darcie ?

Elle se retourna, l'air défait.

— C'est Jewel, la jument, expliqua-t-elle, la gorge serrée. Elle a trébuché dans un terrier. Ils viennent juste de la retrouver, la jambe brisée. Sam Gibson est en route.

— Je suis désolé, dit Jack en passant un bras autour de son cou. Veux-tu que nous allions à Willow Bend ?

Elle hocha la tête.

— Viens ! Je ferme la maison, je préviens Maggie et je t'emmène. Sais-tu où ils se trouvent, précisément ?

— Ce n'est pas loin de chez eux. Louise m'a dit qu'elle nous guetterait.

Il prit sa main dans la sienne, et la serra.

Jack s'arrêta, lorsqu'il aperçut le drap tendu au-dessus de la jument pour lui faire de l'ombre.

— Vas-y, je te rejoins, dit-il avant de garer la voiture.

Sam et Max se tenaient debout, à côté du petit abri. Tout dans leur posture exprimait ce qu'elle redoutait le plus.

— C'est une triste journée, dit Max lorsqu'elle les rejoignit.

Elle se tourna vers Sam avec l'espoir ténu qu'il la rassure, mais il secoua lentement la tête.

— Puis-je rester un peu avec elle ? demanda-t-elle d'une voix tremblante.

— Autant que tu veux. Sache que Jewel ne souffre pas. Je lui ai administré un sédatif.

Elle s'agenouilla près de l'animal, et lui caressa le cou. Jewel ouvrit ses grands yeux noirs, comme si elle avait attendu sa présence pour le faire.

Elle posa la main sur ses oreilles veloutées, la tache blanche sur son front. Puis elle prit la tête de la jument dans ses mains pendant un moment, avant de plonger son visage dans sa fourrure douce et soyeuse.

— Il faut y aller, Darcie, murmura Max, les traits tirés.

Incapable de prononcer le moindre mot, elle hocha la tête et se leva pour se jeter dans les bras de Jack.

Il la raccompagna à la Land Rover, et ils reprirent la route de l'hôpital.

— Ça va ? demanda Jack au bout de quelques kilomètres.

Il lui jeta un coup d'œil, et la vit essuyer les larmes qui coulaient sur ses joues.

— Jack, puis-je rester avec toi cette nuit ?

Il sentit l'émotion le gagner à son tour.

— Dans la nouvelle maison ?

— Si cela ne te dérange pas...

Il posa sa main sur son genou.

— Bien sûr que non, répondit-il doucement. Je vais juste passer à l'annexe, prendre une bouteille de whisky. Je crois qu'un petit verre nous fera du bien à tous les deux.

— Je... Je suis désolée. Je n'ai pas l'habitude de craquer comme ça. Mais je me suis tellement attachée à cette jument. Sans doute un besoin désespéré d'avoir quelqu'un à aimer.

Jack sentit sa main trembler dans la sienne.

Il eut soudain envie de hurler tous les mots qui se bousculaient en lui : qu'il était là, et qu'il ne demandait qu'à être aimé d'elle...

Mais, bien sûr, il demeura muet.

Jack prit deux verres sur l'étagère.

— Je le bois sec. Et toi ?

— Je veux bien de la glace, répondit-elle en s'attablant au bar de la cuisine.

Il ouvrit le congélateur.

— Il y a même des glaçons ! s'exclama-t-il. Meg est une perle !

Il servit le whisky et tendit son verre à Darcie.

— A Jewel !

Darcie s'efforça de sourire et but une gorgée.

— C'est dingue de se mettre dans un tel état pour un animal, non ?

— Non, ce n'est pas dingue. Nous, les humains, nous avons beaucoup à apprendre des animaux.

Elle but une autre gorgée de whisky, et sentit le liquide ambré lui chauffer la gorge. Elle ne tremblait plus.

— Tu m'aimes bien, Jack ?

Il sembla réfléchir avant de répondre.

— Oui, et je crois que c'est réciproque, non ?

— Tout ce que je veux en cet instant, c'est être ici avec toi.

Il la regarda d'un air circonspect, ou pour le moins incrédule.

— Tu... Tu en es sûre ?

Pour toute réponse, elle se pencha par-dessus le bar, et pressa ses lèvres sur les siennes.

Elle le sentit résister, l'espace d'un instant, puis ses lèvres s'entrouvrirent.

Il se leva et vint l'enlacer.

Une vague de chaleur monta en elle, et elle passa ses bras autour de lui. Elle avait envie de le sentir contre elle, de le toucher. Elle défit fébrilement les boutons de sa chemise, dans un besoin désespéré de sentir sa peau nue sous ses doigts.

Jack la regarda faire, l'air un peu étonné, puis il la prit par la main.

— Viens, murmura-t-il. On va essayer mon nouveau lit.

Une fois dans la chambre, il referma la porte. Ils se regardèrent un moment en silence.

Elle laissa échapper un soupir. C'était incroyable. Elle avait rêvé tant de fois à cet instant. Elle le désirait depuis si longtemps.

— Déshabille-moi, souffla-t-elle, tandis que le désir montait en elle, intense, irrépressible.

Jack ôta un à un ses vêtements, posant sa langue sur chaque parcelle de sa peau, au fur et à mesure qu'il la dévêtait. Une fois nue, elle plaqua son corps sur le sien, incapable d'attendre une seconde de plus pour le sentir contre elle.

Jamais elle n'avait eu une conscience si aiguë de sa sensualité, face à cet homme dont la virilité ne faisait qu'exacerber sa propre féminité.

Elle tourna la tête vers le lit immense qui les attendait, puis regarda Jack en une invitation silencieuse.

Ils s'allongèrent et s'enlacèrent.

— Enfin, tu es là, murmura-t-il, l'air un peu hagard, comme s'il n'y croyait pas lui-même.

Puis elle se laissa emporter par le tourbillon d'émotions que suscitait le contact de leurs deux corps mêlés. Instinctivement, Jack éveillait en elle des sensations dont elle avait jusque-là ignoré l'existence, contactant son être le plus intime, donnant vie à la moindre parcelle de son corps, tel un sculpteur qui fait naître une déesse d'un bloc de marbre. Ils bougèrent ensemble, dans un rythme parfait, jusqu'à ce que le plaisir atteigne un sommet, un point de non-retour, les laissant haletants, heureux et comblés.

Ils demeurèrent enlacés en silence pendant un long moment, comme sous le choc de ce qui venait de se produire.

Ils avaient fait l'amour, dans son lit.

— Qu'est-ce qui te fait sourire ? demanda Darcie.

— Comment sais-tu que je souris ?

Elle souleva la tête et caressa sa joue, que sa barbe naissante ombrait légèrement.

— Je l'ai senti.

Elle se blottit de nouveau dans ses bras.

— J'ai faim, dit-il au bout d'un moment.

— Moi aussi, répondit-elle.

— On va prendre une douche ?

— Ensemble ?

Il la regarda en souriant.

— Evidemment, ensemble ! Maintenant, je ne te quitte plus d'une semelle.

— Je n'ai pas envie de sortir pour aller dîner, dit-elle sur le chemin de la cuisine.

— Moi non plus, répondit Jack.

Il n'avait pas envie de rompre le charme. Ils sortiraient bien assez tôt.

— Voyons ce que Meg nous a laissé.

— Nous ? Je doute qu'elle sache que je suis là, dit Darcie en riant.

Ils trouvèrent du pain dans le congélateur, ainsi que des œufs et du fromage dans le réfrigérateur. Puis une boîte de pêches au sirop dans un placard.

— Un vrai festin !

Il lui sourit.

— Y a-t-il du thé ?

— Je vais te trouver ça, affirma-t-il en déposant un baiser sur ses lèvres douces. Un bon thé anglais pour ma belle rose anglaise !

— Je n'arrive pas à croire que le téléphone n'ait pas sonné, dit-elle.

Il la regarda d'un air amusé.

— J'ai demandé à Maggie qu'elle ne nous dérange qu'en cas d'extrême urgence.

— Oh ! Jack ! s'exclama-t-elle d'un air gêné. Est-ce qu'elle sait... pour nous ?

— Je crois qu'elle s'en doute. Elle m'a dit, texto : « Je suis tellement contente que Darcie vous ait trouvé, Jack. »

— Oh... Elle doit nous imaginer déjà fiancés !

Il la regarda, et sourit de nouveau en la voyant s'empourprer.

— Tu veux bien me ramener à l'annexe ? demanda-t-elle une fois qu'ils eurent englouti leur dîner improvisé.

— Je vais même rentrer dormir là-bas avec toi. J'emménagerai ici par étapes.

Darcie sentit sa gorge se serrer. Elle ne se sentait pas prête à partager son lit tous les soirs avec cet homme. Il devait pouvoir le comprendre.

Même si elle l'aimait.

Surprise par la pensée qui venait de lui traverser l'esprit, elle s'efforça aussitôt de la chasser.

Jack hocha la tête en silence. Manifestement, il avait saisi le message.

— Allons-y ! Il est tard. Et je n'ai pas dit bonne nuit à Al Capone.

11

Une semaine plus tard, Darcie et Maggie étaient en train de s'entretenir dans le bureau des infirmières, lorsque le téléphone sonna. Maggie décrocha.

— Appelle Jack ! articula-t-elle silencieusement, tout en écoutant son interlocuteur.

Jack ne tarda pas à arriver.

— Que se passe-t-il ?

— Un autre accident à Pelican Springs, à l'endroit où ils tournent le film, répondit Maggie. Cette fois, c'est un cascadeur qui s'est retrouvé pendu à un arbre, la tête en bas. Apparemment, il est coincé, et personne ne peut lui venir en aide. Tout le monde panique.

— Ils n'ont toujours pas d'équipe médicale sur le tournage ?

— Non, apparemment. Allez, prenez des packs d'intervention d'urgence et foncez.

Darcie assise à côté de Jack, dans la voiture, regardait le paysage défiler, tendue. Il était difficile d'émettre des hypothèses sur ce qui était arrivé au cascadeur. On pouvait néanmoins imaginer quelques scénarii probables, tous aussi inquiétants les uns que les autres.

— S'il est dans cette position depuis longtemps, dit-elle, il peut très bien avoir perdu connaissance. La situation risque d'être compliquée, tu ne crois pas ?

— C'est le moins que l'on puisse dire. Nous risquons même de nous retrouver avec un cadavre entre les mains. De toute évidence, ces crétins continuent à faire fi des protocoles de sécurité. Mais, cette fois, je ne vais pas en rester là. J'ai appelé Mal Duffy. Les secouristes sont en route, de même que la police et une ambulance. Par chance, il se trouve que la compagnie de téléphone fait des travaux à Pelican Springs. Ils sont équipés d'un élévateur à nacelle. Ils ne devraient pas tarder à arriver non plus.

Elle lui jeta un coup d'œil. L'idée qu'ils aient à monter dans la nacelle la fit frémir.

— Comment allons-nous faire ? Nous sommes médecins, pas acrobates !

— Je suis choqué de voir que ces gens ont si peu de respect pour leurs équipes. Ils n'ont aucune considération non plus pour ceux qui vont devoir venir réparer les conséquences de leur négligence.

Elle tourna de nouveau la tête vers Jack. Il était tendu, en colère. Pourvu qu'il recouvre son sang-froid.

Elle secoua la tête. Quelle idée ! Evidemment qu'il recouvrerait son sang-froid. Tout comme elle, d'ailleurs.

Avaient-ils le choix ?

Une ambiance de chaos régnait sur le site, lorsqu'ils arrivèrent. Ils descendirent de la voiture et enfilèrent des vestes de sécurité et des casques.

— Voilà Mal, dit Darcie avec un certain soulagement. Il pourra peut-être nous en dire davantage.

— Plus que cet énergumène, marmonna Jack, le regard tourné vers le régisseur de plateau qui hurlait après les machinistes avec force gestes, en leur intimant de « faire quelque chose ».

Mal en vint immédiatement aux faits.

— Les docteurs volants se trouvent dans un rayon d'environ trois cents kilomètres. Nous avons réussi à les intercepter à Harborough, avant qu'ils ne rentrent à la base. Ils peuvent arriver d'ici une petite heure.

— Merci, Mal.

— L'élévateur à nacelle est là, dit le policier. Deux secouristes vont monter avec vous pour le détacher de là.

— Avons-nous l'identité de la victime ?

— Wayne Carmody. Il a une soixantaine d'années.

Jack réprima un juron.

— Soixante… ? s'exclama-t-il. Mais qu'est-ce qui lui prend de faire des cascades à son âge ?

Il connaissait la réponse. Tout le plateau de tournage fonctionnait de façon illégale, en sous-effectif, et en prenant un grand nombre de libertés avec la sécurité. Seuls des gens prêts à accepter n'importe quel emploi pour vivre venaient risquer leurs vies ici. Il prit une longue inspiration, s'efforçant de recouvrer son calme.

— Je suis prêt, lança-t-il en levant les yeux vers la nacelle.

— Je viens avec toi ! s'écria Darcie.

— Ce n'est pas la peine.

— Nous sommes une équipe, Jack. Nos compétences unies ne seront pas de trop, reprit-elle avec fermeté.

Jack la regarda, contrarié, mais elle soutint son regard.

— D'accord, dit-il enfin, vaincu.

Il secoua la tête. Darcie était décidément désarmante…

Darcie sentit son estomac se nouer, alors que la nacelle prenait de la hauteur. Elle faillit se retenir au bras de Jack mais se ravisa, et fit quelques inspirations profondes pour se détendre.

Lorsqu'ils arrivèrent à sa hauteur, Wayne Carmody était

empêtré dans les branches, la tête et les bras violacés, plus près de l'inconscience que de la conscience.

— Je ne peux pas m'approcher davantage ! s'écria le grutier.

— Ça va aller, merci ! répondit Jack. Wayne ! Wayne ! Est-ce que vous m'entendez ?

L'homme émit un faible son.

— Restez avec moi, Wayne. Nous allons vous sortir de là. Darcie, passe-moi le masque sans ré-inspiration. Sa tension doit être alarmante. Et une perfusion est impensable dans ces conditions.

— Je vais lui mettre une aspirine sous la langue, dit-elle.

Loin d'être le traitement idéal, l'aspirine permettrait au moins d'abaisser sa tension, et de soulager en partie le choc auquel était soumis son organisme.

— Il se peut qu'il ait une fracture du fémur, Jack, ajouta-t-elle en étudiant la position inquiétante de sa jambe droite.

— Pas nécessairement. Mais sa circulation sanguine doit être sérieusement altérée. On ne peut pas établir de diagnostic tant qu'on ne l'aura pas décroché de là.

Pendant ce temps, les secouristes s'activaient pour isoler et couper les cordes dans lesquelles l'homme était entortillé.

Elle sentit l'angoisse l'envahir. Si on ne parvenait pas à détacher Wayne, et à le faire changer de position d'ici quelques minutes...

— Voilà, docteur ! On coupe la dernière corde.

Jack tendit les bras vers l'homme enfin libéré, et grimaça sous le poids de son corps. Elle se joignit à lui pour soutenir l'homme et l'allonger sur le sol de la nacelle.

Une fois la nacelle redescendue, plusieurs personnes intervinrent pour les aider.

— Il faut le traiter comme pour un traumatisme médullaire, dit Jack. Quelle tension, Darcie ?

— 16/9. Elle diminue.

Jack expira bruyamment, et se pencha au-dessus du patient.

Wayne était étourdi, et ne cessait de répéter qu'il ne sentait plus ses jambes.

— Peux-tu vérifier sa sensibilité ?

Elle palpa le corps du patient et secoua la tête.

— On va lui administrer une solution de Hartmann en intraveineuse. Un litre.

Elle s'exécuta, de plus en plus inquiète. Jack suspectait-il une hémorragie interne ?

— Les médecins volants sont arrivés, cria quelqu'un en brandissant un téléphone.

— On peut l'emmener, Jack ? demanda Zach Bayliss.

— Un instant. Je le mets sous morphine. Et je viens avec vous pour leur faire le compte rendu. Où vont-ils l'emmener ?

— A l'hôpital Princesse Alexandra, à Brisbane.

— Parfait, répondit Jack.

Elle hocha la tête, un peu rassurée. L'hôpital Princesse Alexandra était la meilleure structure en matière de soins post-traumatiques. Dans le cas de Wayne, cela pouvait signifier vivre plutôt que mourir, ou avoir une paraplégie partielle plutôt que complète.

Elle regarda l'ambulance s'éloigner en priant pour que Wayne s'en sorte. Un frisson lui parcourut l'échine. Décidément, cet endroit commençait à lui donner la chair de poule. L'arbre auquel le cascadeur s'était retrouvé pendu avait l'air d'un géant grotesque. Non, ce n'était vraiment pas un lieu plaisant. Et plus vite ils en seraient partis, mieux cela serait.

— J'imagine que tu as contacté la Sécurité et la Santé au travail ? demanda Darcie sur le chemin du retour.

— Oui, répondit Jack, dont le visage était beaucoup plus détendu. Si ce Blake Meadows et ses acolytes n'ont pas cessé leurs opérations douteuses d'ici ce soir, je ne réponds plus de rien.

— Mal et ses agents ont pris les dépositions de l'équipe

du film. Blake Meadows a eu le toupet de dire que le temps c'était de l'argent et qu'il n'avait pas que ça à faire.

— Je pense que Mal a dû apprécier ! répondit Jack en riant.

— Il lui a simplement répondu que s'il refusait de répondre aux ordres de la police, il serait arrêté, ajouta-t-elle.

Jack tendit la main et prit la sienne.

— Darcie... J'ai fini d'emménager ce matin.

— Oh... Tu vas organiser une pendaison de crémaillère, alors ? demanda-t-elle en riant à son tour.

— Il me semble que nous avons déjà inauguré la maison, dit-il d'un air entendu.

Elle se sentit aussitôt rosir, et baissa les yeux.

— Veux-tu venir dîner ? demanda-t-il en pressant légèrement sa main.

— Volontiers. Veux-tu que j'apporte quelque chose ?

— Non, mais prépare-toi à rester. Je te veux à moi toute la nuit.

— Tu as des nouvelles de Wayne ? demanda Darcie le lendemain matin, alors qu'ils prenaient leur petit déjeuner sur le bar de la cuisine.

— Je sais qu'il est en vie.

— Ah, tu me rassures... Il s'est fracturé le col du fémur ?

— Il a eu une hernie discale aux vertèbres lombaires 1, 2 et 3.

— Elle a dû se produire lors de la chute initiale, quand il s'est retrouvé suspendu par le pied. Le pauvre ! Il a dû hurler de douleur.

— On l'a mis sous Fentanyl.

— Et le traumatisme médullaire ?

— Il a passé des radios et une IRM. J'appellerai le chirurgien tout à l'heure.

Darcie le regarda.

— Jack... Ne regrettes-tu pas de ne pas être au bloc, en pleine action ?

Il regarda sa tasse avant de boire la dernière gorgée de thé.

— Non. Pourquoi aurais-je envie d'être là-bas, alors que je peux être ici avec toi ?

Il la vit détourner les yeux, et regarder par la fenêtre, l'air pensif.

Soudain, il fut submergé par l'émotion. Plus jamais il ne voulait être séparé de cette femme... Et à y bien repenser, sa relation avec Zoe était bien fade par rapport à ce qu'il vivait avec Darcie.

Il était tombé fou amoureux. Voilà la vérité.

Cette pensée l'enchanta autant qu'elle l'effraya.

— Pourquoi ne pas nous marier ? lâcha-t-il abruptement.

Darcie ouvrit et ferma la bouche sans produire un son.

Puis elle s'éclaircit la gorge, et le regarda avec étonnement.

— Nous marier ?

— Je t'aime, Darcie, dit-il.

— Je sais...

— Et tu m'aimes, non ?

— Oui, mais... De là à se marier... Nous ne sommes pas de la même nationalité, nous n'avons pas la même histoire...

— Et alors ? Nous ne serons pas les premiers. Et ne me dis pas que nous nous connaissons à peine.

— Non, je ne dirai pas ça. Mais le mariage est un engagement énorme. Cela ne t'effraie pas ?

— Pas le moins du monde. Nous sommes si bien ensemble, et j'aime tout chez toi.

— Oh ! Jack... Je traîne tellement de casseroles.

— Non, Darcie, ce n'est pas vrai. Tu les as laissées au bord du ruisseau, la première fois que nous nous sommes embrassés.

Elle le dévisagea, l'air apeuré.

— J'ai besoin de temps...

— En d'autres termes, tu vas te prendre la tête pendant des heures et des heures.

— Désolée de ne pas pouvoir voir la vie en noir et blanc, comme toi, répliqua-t-elle d'un ton sec.

— N'exagère pas, Darcie ! Je t'ai demandé de m'épouser, pas de te jeter du London Bridge !

— Mais pourquoi devrions-nous nous marier ? Nous sommes bien ensemble, tels que nous sommes.

Il sentit la colère l'envahir, et prit une longue inspiration.

— Des amants occasionnels. Cela te suffit ?

— La vie que je mène me rend heureuse.

— Mais elle pourrait être beaucoup plus riche ! s'exclama-t-il en sautant du tabouret de bar.

Il marcha jusqu'à la fenêtre, et revint.

— Qu'attends-tu de moi, exactement ?

Darcie sentit sa vue se brouiller.

— J'ai besoin que tu me laisses du temps et de l'espace. Et que tu ne me presses pas. Je ne veux pas te blesser, Jack, mais cela ne sert à rien de me mettre la pression pour que je change d'avis.

— D'un autre côté, répondit-il, c'est quand tu auras pleinement confiance en moi que notre relation donnera le meilleur d'elle-même.

Elle se leva. Ou qu'ils seraient deux à avoir le cœur brisé, si les choses ne se passaient pas comme prévu.

— Ne me force pas, Jack.

Il la dévisagea longuement, la mâchoire serrée. Puis haussa les épaules.

— Si c'est ce que tu veux...

Elle se mordilla nerveusement la lèvre. Mais que voulait-elle, au juste ? Elle rêvait de jeter ses doutes aux orties, et d'accepter la proposition de Jack. De vivre avec lui une vie éloignée de tout ce qu'elle avait connu jusqu'à présent. Seulement, au fond d'elle, elle savait qu'elle n'était pas capable de franchir le pas. Pas encore, du moins. Peut-être même jamais.

Elle prit une longue inspiration, s'efforçant de chasser le nœud d'émotions qui lui nouait la gorge.

— Oui, c'est ce que je veux.

— Tout va bien ? lui demanda Maggie alors qu'elles se trouvaient dans le bureau des infirmières, trois jours plus tard.

— Oui, pourquoi ? demanda Darcie en levant le nez de son écran d'ordinateur.

— Tu as l'air un peu... distraite.

— Non, non, tout va bien, reprit-elle, sur un ton qu'elle espérait dégagé.

— Darcie...

Elle poussa un gros soupir.

— Voir quelqu'un accroché à un arbre par les pieds aurait de quoi rendre bizarre n'importe qui, ajouta-t-elle en guise d'excuse.

— Il paraît que Meadows et son équipe ont quitté le district. Une enquête est en cours. Jack et toi allez certainement être appelés à témoigner.

Elle sentit sa gorge se serrer. Si elle était toujours à Sunday Creek...

— Je croyais que tu allais au centre de proximité avec Jack, aujourd'hui, dit-elle pour changer de sujet.

— Je n'y suis pas allée. Ethan ne se sentait pas bien.

— Que lui arrive-t-il ? Veux-tu que je passe l'examiner ?

— Il a juste mal au ventre. Je rentrerai à midi pour lui apporter des DVD. Lauren est allée au centre à ma place, elle était impatiente de le découvrir. Tu sais que Jack s'est arrangé pour avoir une consultation régulière d'ophtalmologie là-bas ? D'après lui, il y a pas mal de problèmes aux yeux chez les locaux.

— Ah bon ? Il ne m'en a jamais parlé.

— Avec tout ce qu'il a à gérer, cela a dû lui échapper.

Elle eut un haut-le-cœur. Ou alors, il avait décidé de lui

laisser tout le temps et l'espace qu'elle avait réclamés. Et même plus.

Quel désastre elle avait provoqué !

Comment le réparer ?

Le soir même, Jack alla s'asseoir sur sa terrasse. Depuis la discussion avec Darcie, il avait envie de tout envoyer promener. Il avait envisagé de hurler à la lune une ou deux fois, mais s'était ravisé, conscient que cela ne résoudrait pas grand-chose.

Il secoua la tête. Pourquoi lui avait-il parlé mariage ?

Sans doute parce que cela lui avait semblé être une bonne idée, sur le moment. Mais il avait détesté la panique qu'il avait lue dans ses yeux.

Il fallait qu'il lui parle. Le fossé qui s'était creusé entre eux depuis était insupportable.

— Qu'est-ce que tu en penses, Al Capone ? dit-il en se baissant pour caresser le vieux chien.

Celui-ci remua la queue, et reposa son museau sur ses pattes avant.

— J'imagine que tu es d'accord.

Il se leva et rentra dans la maison. Il y prit les clés de la Land Rover, puis ressortit aussitôt, avant de changer d'avis. Il glissa la clé dans la serrure de la porte d'entrée, et s'arrêta net. Une voiture, dont le faisceau des phares éclairait la façade, venait se garer dans l'allée.

Il laissa échapper un juron. Qui venait le déranger à cette heure, au moment où il voulait justement partir, en plus ? Un membre du conseil d'administration ? Mais ces gens-là ne pouvaient-ils pas venir le voir dans la journée à l'hôpital, comme tout le monde ?

Il soupira et attendit. La portière du conducteur s'ouvrit. Il distingua vaguement une silhouette dans l'obscurité. Etait-ce... Darcie ?

— Bonsoir, dit-elle en ouvrant le portail.

— Je n'ai pas reconnu ta voiture.

— Elle ne démarrait pas, alors les gars du garage m'ont prêté celle-là, expliqua-t-elle en montant les marches.

— Qu'est-ce qui lui arrive ?

— Je ne sais pas. Ils sont en train de vérifier.

Il croisa son regard. La tension entre eux était palpable. Etait-ce la raison pour laquelle ils étaient en train de discuter mécanique ?

— Puis-je te parler ? demanda-t-elle.

— Bien sûr que tu peux me parler ! En fait, je m'apprêtais à venir te voir. Pour te parler, aussi.

Il sentit le soulagement le traverser avec la force d'un tsunami. Mais ils se regardèrent de nouveau en coin, incapables l'un et l'autre de franchir le fossé qui les séparait.

— Tu veux t'asseoir ici ? proposa-t-il en désignant les fauteuils en rotin de la véranda. Ou peut-être que tu préfères entrer ?

Il se mordit la lèvre. A moins qu'il ne la prenne dans ses bras, et la serre contre lui ?

Elle secoua la tête.

— Non, ici, c'est bien.

— Alors, de quoi voulais-tu me parler ? demanda-t-il une fois qu'ils furent assis.

— J'ai des jours de congé à prendre. Je voudrais les poser maintenant.

Il eut l'impression de recevoir un coup de poing dans le ventre. Ce n'était pas du tout ce qu'il avait espéré entendre.

— Tu veux partir ? Je veux dire... Il faut que tu t'organises.

— Je me suis déjà organisée.

— Ah...

— Il y a un vol demain.

— Pour Brisbane ?

Elle hocha la tête.

— C'est une bonne idée, articula-t-il. Tu pourras aller te balader sur la côte.

Elle le regarda avec étonnement.

— Je n'ai pas l'intention d'aller me balader sur la côte, répondit-elle. Je rentre chez moi.

— Chez toi ? reprit-il en s'étranglant presque.

— En Angleterre.

— En Angleterre ?

Cette fois, il eut l'impression qu'on venait de lui arracher le cœur et de le jeter, encore palpitant, sur le sol.

— Mais je croyais que chez toi, c'était l'Australie, répliqua-t-il brusquement.

Il sentait la colère gronder en lui.

— Ne jouons pas sur les mots, Jack. Il faut que je rentre.

— Pourquoi ?

— Tu sais bien pourquoi. Parce que j'ai des détails à régler. Je me suis enfuie en laissant des tas de choses en suspens. J'aurais dû me défendre, rester digne, tenir tête, au lieu de partir la tête basse.

Il secoua la tête, incrédule.

— Ce crétin vaut-il vraiment que tu traverses la moitié de la planète pour lui ? Tu ne sais même pas s'il est toujours au même endroit.

— Il y est. J'ai vérifié.

Il sentit un vide brutal en lui.

Puis il eut une illumination.

— Il y a un autre scénario, dit-il. Si tu peux retarder ton départ de quelques jours, je pourrai m'arranger pour t'accompagner.

Elle se mordit la lèvre.

— Jack, j'ai déjà pris mes billets. Et le conseil ne donnera pas son accord.

— Ils n'ont qu'à se mêler de ce qui les regarde.

Elle lui fit un petit sourire.

— Je crois que la gestion de l'hôpital les regarde, justement. Et, honnêtement, tu n'as pas à te sentir responsable de ce qui m'arrive. Je sais ce que je fais.

— Es-tu consciente qu'il peut te demander de lui accorder une seconde chance ? demanda-t-il en évitant son regard.

Darcie se mit à frotter nerveusement le bord de la table de ses mains fines, délicates, aux ongles coupés court : des mains de médecin.

— Il ne le fera pas.

Elle joignit les mains devant elle, et les serra.

— Ton amour m'a rendue forte, dit-elle en le fixant droit dans les yeux. Il ne me fera pas changer d'avis.

12

Cette dernière phrase était-elle censée le rassurer ?

La question revenait en boucle dans son esprit. En fait, Jack n'était pas rassuré du tout. Bien au contraire.

Il se frotta vigoureusement les mains au-dessus de l'évier.

— De qui voulez-vous vous occuper en premier ? demanda Natalie en ouvrant un kit de suture.

Deux garçons de douze ans venaient d'être amenés à l'hôpital, après une collision en skate-board. Aucun des deux ne portait de casque. Ils avaient chacun une entaille au sourcil, et étaient pâles comme des linges, probablement sous le double choc de l'accident et de l'arrivée aux urgences.

— N'importe lequel. Quels idiots ! Mais pour quelle raison ne se trouvaient-ils pas à l'école ?

Natalie lui adressa un regard indulgent.

— On est samedi, Jack.

— Samedi ? Ah.

Il secoua la tête. Il avait oublié quel jour on était, pourtant, il se souvenait parfaitement que Darcie était partie depuis dix jours, dix longs et interminables jours.

— Je vais peut-être m'occuper du gosse avec un œuf sur le front, dit-il enfin.

— Il s'appelle Matthew. Pensez-vous qu'il puisse être commotionné ?

— Il n'a pas perdu connaissance, mais je préfère le mettre en observation pendant quelques heures.

— As-tu besoin de moi, par hasard ?

Jack se retourna d'un bond.

— C'est toi ?

Darcie rougit légèrement.

— C'est moi.

— Bon voyage ?

— Excellent.

Il la dévisagea. Elle était magnifique. Rayonnante.

Elle s'était fait couper les cheveux.

Il ressentit une pointe de ressentiment. Il s'était fait un sang d'encre à son sujet, pendant qu'elle passait manifestement de bons moments dans sa chère vieille Angleterre.

— Bonjour, Darcie, dit Natalie avec diplomatie, comblant un silence qui devenait embarrassant. Quel plaisir de vous voir !

— Bonjour, Natalie. Moi aussi je suis contente. Je vous ai rapporté de petits présents, ajouta-t-elle d'une voix chantante.

— C'est vrai ? s'exclama l'infirmière, ravie. De Londres ?

— Oui, de Londres, répondit Darcie, tout sourire.

— C'est super !

— Est-ce qu'on pourrait continuer ? les interrompit Jack en enfilant ses gants.

Ces bavardages commençaient à l'agacer.

— Quelle est la situation ? demanda Darcie à Natalie.

— Deux jeunes se sont fendu l'arcade sourcilière en skateboard. Deux sutures.

— Je peux en faire une, proposa-t-elle. Si cela te convient, bien sûr, ajouta-t-elle en tournant la tête vers lui.

— Comme tu voudras, répondit-il avant de quitter la pièce.

Natalie le regarda sortir.

— J'ai l'impression qu'il s'est levé du pied gauche.

Darcie s'approcha de l'évier.

— Natalie, s'il était prévu que vous assistiez Jack, allez-y. Je peux me débrouiller seule.

— Oh... D'accord, répondit l'infirmière. Je suis si contente que vous soyez revenue.

— Merci, Natalie, répondit-elle.

Elle sentit ses jambes flageoler. Elle était tellement excitée à l'idée de revenir ! Elle avait voulu faire une surprise à Jack, mais elle était passée complètement à côté de son effet. Maintenant, le décalage horaire semblait se faire sentir.

Elle soupira. Pourquoi la vie n'était-elle jamais simple ?

Elle se sécha les mains, et après avoir sorti une paire de gants alla rejoindre son patient.

Elle procéda à la suture, quatre points sur le front du garçon. Puis elle remplit sa fiche médicale et le raccompagna dans la salle d'attente, où l'attendait sa mère. Elle leur donna rendez-vous une semaine plus tard, pour retirer les points.

Elle frotta énergiquement ses mains l'une contre l'autre. Elle devait être encore plus fatiguée qu'elle ne le pensait. Mais elle voulait attendre Jack. Elle consulta sa montre. L'après-midi était déjà bien engagé. Peut-être qu'une tasse de thé lui redonnerait un peu de courage.

Elle prit le chemin de la cuisine.

Jack s'y trouvait.

— Tu as l'air crevé, dit-il sans ambages.

— Merci pour le compliment.

Il sourit et tendit la main.

— Viens, je te ramène.

Dehors, l'air était vif et pur. Elle fit quelques pas, et sentit soudain le sol se dérober sous ses pieds.

— Oh là ! s'exclama-t-il en passant un bras autour de sa taille pour la soutenir. Tu ne tiens plus debout ! Quand as-tu atterri ?

— Ce matin, très tôt. Mais j'ai dû prendre deux correspondances pour arriver jusqu'à Sunday Creek.

— Pas étonnant que ton horloge biologique soit détraquée. Il faut que tu dormes.

Il ouvrit la portière de la Land Rover et l'aida à monter.

— Je t'ai manqué ? demanda-t-elle en posant la tête sur son épaule.

— Terriblement. Je n'aurais jamais dû te laisser partir sans moi. Et moi, je t'ai manqué ?

Il tourna la tête, mais Darcie s'était endormie.

Darcie ouvrit les yeux. Autour d'elle, tout était silencieux. De l'air frais entrait dans la pièce par la fenêtre entrouverte, agitant doucement le voilage.

Où était-elle ?

Elle jeta un coup d'œil circulaire. La tapisserie sur les murs, les rideaux crème. Puis elle comprit. Elle se trouvait chez Jack, dans l'une des chambres d'amis.

Elle s'étira voluptueusement. Il l'avait donc ramenée. Mais qu'avaient-ils fait d'autre ? Lentement, elle glissa une main sous la couette et toucha le legging en jersey qu'elle avait enfilé pour le voyage. A part ses chaussures, elle portait toujours ses vêtements.

Elle esquissa un sourire. Quel homme honorable il était !

Le cliquetis de la porte d'entrée la fit sursauter. Elle s'assit dans son lit, repliant ses genoux sous son menton.

— Jack, c'est toi ?

Jack passa la tête dans l'entrebâillement de la porte.

— Je vois que la Belle au bois dormant est réveillée...

Elle rougit en le regardant entrer. La virilité et la force qui émanaient de sa personne conféraient soudain à la pièce des allures de maison de poupée.

— Tu as bien dormi ?

— Profondément. Désolée d'être tombée. Quelle heure est-il ?

— Il doit être autour de 5 heures.

— 5 heures ?

— 5 heures de l'après-midi. Nous sommes dimanche.

— Tu veux dire que j'ai fait le tour du cadran ?

Il la regarda avec tendresse.

— C'est l'effet du décalage horaire. Tu as faim ?

— Je meurs de faim !

— Cela tombe bien, j'ai préparé un minestrone. Ah, et je suis passé à l'annexe pour récupérer ta valise.

Il sortit sur le palier, et porta la valise jusqu'aux pieds du lit.

— Merci. J'arrive, dit-elle en le regardant refermer la porte derrière lui.

Elle se leva et alla dans la salle de bains.

Où en étaient-ils ? Etaient-ils ensemble ? Formaient-ils un couple ?

Elle entra sous la douche, et laissa l'eau tiède couler sur son visage. Ils ne s'étaient pas quittés en bons termes. Jack n'avait pas compris pourquoi elle tenait à retourner à Londres. Il lui avait semblé plutôt en colère.

Mais, d'un autre côté, l'aurait-il ramenée chez lui s'il était fâché contre elle ?

Elle sortit de la douche et s'habilla. Toutes ces hypothèses étaient vaines et ne la mèneraient pas loin. Elle sortit de la chambre et, suivant les effluves alléchants de basilic et de tomates, elle se rendit dans la cuisine.

Jack était debout, penché au-dessus de la cuisinière. Il portait un jean délavé et un T-shirt noir qui soulignait la musculature de son dos et de ses épaules. Elle l'observa un moment, depuis l'encadrement de la porte.

— Humm, ça sent bon, dit-elle enfin, en se résolvant à entrer dans la pièce.

— Tout va bien ? demanda-t-il en se retournant.

— Très bien. Que puis-je faire pour me rendre utile ?

Il plongea la cuillère de bois dans le minestrone et remua.

— Tu peux prendre deux assiettes à soupe. Et il y a du pain aux céréales dans ce sac.

Ils passèrent à table. Darcie fit honneur au minestrone.

— Tu en veux encore ? demanda Jack tandis qu'elle finissait sa deuxième assiette.

— Non, je crois que ça ira, répondit-elle avec un petit rire gêné. Mais c'était délicieux. Merci.

— Je t'en prie. Un café ?

Elle secoua la tête.

— Plus tard, peut-être.

— Darcie... Je suis désolé de m'être conduit comme un abruti, hier, quand tu es arrivée.

Elle baissa les yeux sur la table, repoussant des miettes près de son assiette.

— Veux-tu que je te raconte mon voyage ?

— Si tu veux, répondit-il en se levant pour débarrasser.

Elle le regarda en coin. Qu'entendait-il par là ? Etait-il en train de fuir la conversation ? Les motifs de son voyage en Europe ne l'intéressaient-ils pas ?

Elle se leva et le rejoignit près de l'évier.

— Si je suis partie en Angleterre, Jack, c'était pour mieux revenir. Et si tu veux que nous construisions quelque chose ensemble, le minimum que tu puisses faire, pour l'instant, c'est d'écouter ce que j'ai à te dire.

— Tu as raison. Viens, on va s'installer dans le salon.

Il la précéda, allumant deux lampes de part et d'autre du canapé, puis s'assit près d'elle, passant un bras par-dessus son épaule.

— Je t'écoute.

Elle sentit les battements de son cœur s'accélérer. Elle se déplaça légèrement pour pouvoir le regarder dans les yeux.

— J'ai vu Aaron.

Le visage de Jack se décomposa, mais il s'efforça visiblement de se ressaisir.

— Autant dire qu'il était surpris de me voir. Je lui ai tout dit. Tout ce que j'avais sur le cœur, depuis toutes ces années.

— Comment a-t-il réagi ?

— Il s'est excusé. A plusieurs reprises, même. Je lui ai suggéré de trouver de l'aide auprès d'un thérapeute. De toute évidence, il est profondément malheureux. Il m'a répondu qu'il suivait déjà une thérapie.

Elle marqua une pause.

— Je lui ai dit que j'espérais que cela l'aiderait. Puis je me suis levée, et je suis partie.

Jack sembla un peu inquiet.

— C'était émouvant, mais tu ne peux pas t'imaginer à quel point lui parler m'a libérée.

— Quel courage ! Je suis fier de toi, dit-il en se rapprochant d'elle.

— Attends, ce n'est pas fini.

Il leva vers elle des yeux interrogateurs.

— Je suis aussi allée voir ma famille. Dans l'avion pour Londres, j'ai réfléchi, et me suis dit que mes parents n'avaient pas fait beaucoup d'efforts pour être de bons parents. Quand je te vois, toi, avec ta grande famille aimante : tu as eu une enfance heureuse. Maggie se débrouille comme une reine, toute seule avec ses deux garçons. Et Natalie s'occupe bien de sa petite fille, en dépit des absences de son mari. Mon père et ma mère, par contre, n'ont pris aucune de leurs responsabilités de parents. Ils ne sont pas idiots, pourtant. Ils auraient pu.

— Alors ? Comment ça s'est passé ?

— Pour la première fois de notre vie, nous nous sommes assis autour d'une table et nous avons parlé. Vraiment parlé.

Sa lèvre inférieure se mit à trembler légèrement. Elle inspira, avant de reprendre :

— Ils m'ont présenté leurs excuses, l'un et l'autre, de ne pas s'être investis suffisamment. Et ils m'ont répété que cela n'avait rien à voir avec l'amour qu'ils me portaient. Qu'ils m'avaient toujours tellement aimée. Ma mère a pleuré, mon père m'appelait « sa petite fille chérie ».

— Tu continues à m'épater, Darcie, dit-il en l'attirant vers lui pour déposer un baiser sur sa tempe. Comment vous êtes-vous quittés, alors ?

Elle hésita, le cœur battant.

— Ils vont venir à notre mariage !

Jack la regarda, médusé.

— Si tu veux toujours qu'on se marie..., ajouta-t-elle vivement.

— Heu... Oui ! Bien sûr que oui ! s'exclama-t-il, avant de la serrer dans ses bras et de l'embrasser avec passion.

Lorsqu'ils se détachèrent l'un de l'autre, la situation lui semblait presque irréelle.

— On va se marier, dit Jack.

— Oui. Dans une église débordant de fleurs, de parents et d'amis. Je veux un mariage couleur locale.

— D'accord..., répondit-il d'un air amusé.

— On louera une grande tente, avec des guirlandes électriques et une piste de danse. Et un repas délicieux.

Jack prit un air soucieux.

— Tu ne comptes pas sur moi pour cuisiner, n'est-ce pas ?

— Non ! Bien sûr que non ! Nous ferons venir un traiteur de Brisbane. Mes parents prennent en charge toutes les dépenses. J'ai acheté ma robe de mariée à Londres. J'espère qu'elle te plaira.

— Je n'en doute pas un instant. Je suis sûr que tu seras magnifique. Avec ta robe et sans.

Elle éclata de rire, et sentit le désir l'envahir à l'idée de se retrouver nue avec lui.

— Il ne reste plus qu'à trouver une date.

— Je propose que nous y réfléchissions demain. Pour l'heure, je crois que nous avons mieux à faire...

Il la regarda d'un air entendu, qui l'embrasa de la tête aux pieds.

— Tu as raison, murmura-t-elle en glissant les mains sous son T-shirt. Viens ouvrir ton cadeau…

13

Darcie, malgré sa nervosité, eut un grand sourire. C'était une journée idéale pour se marier.

— Peux-tu arrêter de bouger une seconde ? lui demanda Maggie en tournant autour d'elle, pour vérifier si les plis de sa robe tombaient bien.

Il ne leur restait plus qu'un quart d'heure avant le départ pour l'église.

— Je suis si heureuse que j'ai l'impression que je vais exploser.

— Evite, répliqua Maggie. Sans quoi je vais devoir reboutonner toute ta robe !

— Comment la trouves-tu ? demanda-t-elle en contemplant son reflet dans le miroir en pied.

La robe était un mélange très étudié de soie et de dentelle, coupée comme un fourreau, avec de ravissants petits mancherons.

— Elle est magnifique ! Et elle te va à merveille. Jack va tomber à la renverse.

— Si toutefois il s'aperçoit que je porte une robe un peu spéciale ! Ses frères l'ont embarqué, hier soir, pour une virée au pub. Je n'ose pas imaginer dans quel état ils se sont couchés !

— Ah, ces garçons ! s'exclama Maggie d'un air amusé. Sam m'a dit que Jack n'avait pas bu autant qu'eux.

— Ah oui ? ! répliqua-t-elle, peu convaincue.

— Darcie ! Détends-toi un peu. Même s'il a fait la fête, il a eu toute la journée pour s'en remettre.

Elle haussa les épaules, un peu agacée.

— On a bien fait de prévoir la cérémonie en fin d'après-midi, alors.

Elle prit une grande inspiration.

— En tout cas, Maggie, merci d'être là et de me supporter avec autant de patience.

Maggie secoua la tête.

— L'amitié est à double sens. Tu as toujours été là, quand j'avais besoin de toi. Mais changeons de sujet. Sans quoi nous allons nous mettre à pleurer, et faire couler tout notre maquillage. Où allez-vous partir en voyage de noces ?

— Nous n'aurons pas de voyage de noces. C'est le prix à payer quand on est médecin dans l'arrière-pays australien. Mais nous allons tout de même partir quelques jours tous les deux. Sur la côte, dans un hôtel chic.

— Avec petit déjeuner au lit ? demanda Maggie en haussant les sourcils d'un air entendu.

Elle sentit ses joues s'empourprer.

— Oh ! Maggie, je suis si heureuse !

— Tu le mérites pleinement, ma chérie. Et comment tes parents trouvent-ils la région ?

— Ils aiment beaucoup. Louise a très gentiment proposé de les héberger. Ils trouvent l'endroit magnifique.

On frappa à la porte.

— Le carrosse de Madame est avancé. Oh ! Mon Dieu, Darcie, tu es somptueuse ! s'exclama Lauren.

Elle jeta un dernier coup d'œil à son reflet en souriant, et sortit de la pièce.

— Mais... Mais qu'est-ce que..., bredouilla-t-elle en apercevant la calèche postée devant l'annexe. Des chevaux ?

— Tu voulais un mariage couleur locale. C'est Sam qui a

trouvé les chevaux. Comme ça, tu pourras aussi saluer les gens sur ton passage, comme une princesse !

Elle éclata de rire.

— Vous êtes prêtes, mesdames ? demanda son père en approchant. Ma chérie, tu es magnifique !

Elle sentit sa gorge se serrer d'émotion. Tout était parfait. Comment aurait-elle pu imaginer se marier sans que son père soit là ?

Avec l'aide de Maggie, elle se hissa sur la calèche, se félicitant de ne pas avoir choisi une robe à cerceaux.

— Bon voyage ! lui cria Maggie en agitant la main. On se voit à l'église.

Debout au bras de son père, à l'entrée de l'église, Darcie eut l'impression que son cœur allait exploser, tant il battait fort.

— Tu es resplendissante, ma chérie, lui souffla-t-il. Jack a beaucoup de chance de t'avoir. Toi aussi, tu as de la chance, ajouta-t-il sur un ton approbateur.

— Il est là, papa ? Tu le vois ?

— Bien sûr qu'il est là, répondit Maggie derrière elle.

Elle remit en place une mèche qui s'échappait de son chignon.

— Allez, tu es prête ? murmura-t-elle.

Darcie hocha lentement la tête.

— Bien. Alors on y va.

Debout devant l'autel, Jack prit une profonde inspiration. Darcie était là, enfin ! Sa Darcie, sa belle Anglaise, l'amour de sa vie. Il sentit sa présence dans son dos et se retourna, admiratif.

— Ça va ? murmura-t-il en lui prenant la main.

Elle hocha la tête.

— Soyez les bienvenus, Darcie et Jack, dit le père Corelli en les regardant avec bienveillance. Je crois que vous avez quelque chose à dire, avant que nous ne commencions la cérémonie.

— Merci, mon père, répondit Darcie, les yeux humides.

Elle se tourna vers Jack.

— Jack, mon amour pour toi est aussi vaste que les magnifiques paysages de ce pays. Tous les jours je te sais gré de m'écouter et de me soutenir, aussi bien professionnellement que personnellement. Je t'aime et je t'aimerai toute ma vie.

Jack s'éclaircit la gorge.

— Darcie, tu es la femme de ma vie, aussi forte et aussi courageuse que les arbres de nos forêts, aussi belle et tendre que les fleurs de nos prairies. Je t'aime et, moi aussi, je t'aimerai toute ma vie.

Le prêtre procéda à la cérémonie, et ils échangèrent les alliances. Un tonnerre d'applaudissements retentit dans l'église. Puis ils furent invités à signer le registre.

C'est alors que Lauren se mit à chanter une magnifique chanson d'amour.

Darcie regarda Jack avec étonnement.

— C'est une petite surprise pour toi, murmura-t-il. Et j'en ai une autre, madame Darcie Cassidy.

Elle écarquilla les yeux. Etait-il possible de mourir d'une overdose de bonheur ?

— Nous partons en voyage de noces, reprit-il. Une semaine. J'ai trouvé un remplaçant.

Il la regarda avec une lueur malicieuse.

— C'est l'un des médecins volants, ajouta-t-il d'un ton de conspirateur.

— Brad Kitto ?

Il hocha la tête d'un air sérieux.

— C'est son cadeau de mariage.

— Mais… Tu l'as toujours considéré comme un rival, non ?

— Plus maintenant, répliqua-t-il doucement en plantant son regard bleu dans le sien. Après tout, mon amour, c'est moi que tu as choisi.